# 붉은 무덤

김희원 장편소설

# 붉은 무덤

초판 1쇄 인쇄 · 2022년 11월 15일
초판 1쇄 발행 · 2022년 11월 20일

지은이 · 김희원
펴낸이 · 한봉숙
펴낸곳 · 푸른사상사

주간 · 맹문재 | 편집 · 지순이 | 교정 · 김수란, 노현정 | 마케팅 · 한정규
등록 · 1999년 7월 8일 제2-2876호
주소 · 경기도 파주시 회동길 337-16 푸른사상사
대표전화 · 031) 955-9111(2) | 팩시밀리 · 031) 955-9114
이메일 · prun21c@hanmail.net
홈페이지 · http://www.prun21c.com

ⓒ 김희원, 2022

ISBN 979-11-308-1970-9   03810
값 18,000원

41
푸른사상
소설선

# 붉은 무덤

김희원 장편소설

 푸른사상
PRUNSASANG

어느 날.

홍주(洪州)가 내게 말을 걸어왔다.

"소설 쓴다며."

"……."

"혹 그 어르신 기억혀?"

"어느 분을 말씀허시나유."

"적동에서 태어나신 그 어르신."

"성삼문 선생?"

"아녀, 성삼문 선생보다 더 먼저 태어나신 그분."

"아, 황금 보기를 돌같이 하셨다는 최영 장군 말씀허슈?"

"그려, 장군 이야기 소설로 써봐."

"제가 감히 어찌."

"쓸 텨."

누군가 그랬습니다.

인간은 누구나 자신이 태어난 땅의 냄새를 따라 회귀(回歸)한다고.

우연일까, 필연일까.

지금도 홍주 어딘가에 머물고 계실 그분 최영 장군, 그리고 낯선 도시에서 흔적도 없이 한 점 바람처럼 떠돌다 사라질 나의 몸이 기억하는 홍주. 그 사이로 긴 강이 흐르고 있었습니다.

소설은 인연과 인과의 산물이라고. 하지만 최영(崔瑩)이란 역사적 거대한 성(城) 앞에서 도무지 엄두가 나지 않았습니다. 막막했지요. 이리 가도 저리 가도 장군의 실체는커녕 그림자조차 보이지 않았습니다. 오직 무심한 시간만 강물처럼 속절없이 흘러가고 있었습니다.

저는 밤이고 낮이고 마치 그리운 먼 옛날을 찾아가는 방랑자의 누더기 행색으로 장군을 부르며 홍주 어딘가를 허기가 진 채 정처 없이 헤매고 다녔지요. 참담하고 안타까운 슬픈 시간들이 또 그렇게 마냥 흘러갔습니다.

소설을 써보겠다고, 설익은 광기가 아닐까?

이미 익히 알고 있는 역사적 사실을 이야기로 엮는 그 자체가, 어설프고 헛된 꿈이자 설익은 광기 같았습니다. 암담하고 비루(悲淚)한 순간순간 맥없이 허공만 바라보았지요. 마치 요동 정벌을 꿈꾸시고 위화도 회군의 고통 앞에서 울지도 못하시던 당신처럼.

그러던 어느 날이었습니다.

'수고가 많네. 잊혀진 고려와 나를 환기시켜주다니 고맙구먼.'

그렇게 당신께서 말씀하시는 것 같았습니다. 그날 이후, 낯설고 낯설었던 장군과 고려라는 나라가 어제 지나온 길처럼 다정하게 다가오고 있었습니다. 저는 조심조심 그 길을 따라가기 시작했습니다.

새벽 3시.

눈이 떠집니다. 어둠 속 희미한 불빛이 스며듭니다. 사방은 고요하고 고요합니다. 홀로 눈을 뜨고 당신을 기다리고 있습니다. 아무리 기다려도 당신을 향한 제 노랫소리는 들리지 않습니다. 저는 지금 아무것도 할 수 없습니다. 까마득한 그 옛날 당신 생(生)의 마지막 그 검푸른 새벽처럼. 기다림의 시간은 형벌 같습니다. 당신께서 갑의(甲衣)가 벗겨진 채 형장으로 끌려가셔야 하는 시간이 다가오듯.

4시, 5시.

그때 등 뒤에서 이런 소리가 들려왔습니다.

"애쓰지 마라. 그 어르신이 걸어오신 길을 머리가 아닌 진심 어린 가슴으로 쓰면 되는 겨."

홍주가 조용히 타이르고 있었습니다.

죽어서도 죽을 수가 없으셨던 당신이 아니십니까. 오죽하면 내 무덤에 풀이 돋지 않을 것이라 말씀하셨나요. 영원히 고려의 혼(魂)과 넋이 되신 당신을 모셔오는 길은 일천한 제게는 참으로 맵고 지난했습니다. 그뿐이 아니었습니다. 여기저기 조각조각 흩어져 있는 오래전 혼들을 만나는 일은 왜 그리 외로웠는지요.

목숨이 있는 모든 것들은 일상이 전쟁이라지만 당신께선 유독 전쟁이 평생의 일상인 다난했던 생(生) 그 혁혁한 백전백승(百戰百勝) 일상을 어떻게 견디셨소. 오직 고려와 백성을 위해 오직 한 번뿐인 목숨을 선뜻 내던지셨는지요. 비 오듯 쏟아지는 화살들, 하늘 아래 전쟁터의

붉은 무덤

칼끝처럼 예리하고 냉혹한 칼끝이 또 있을까요. 그 앞에서 한 치의 흔들림도 없이 어찌 그리 장한 삶을 사시었소.

오늘도 당신이 그립습니다.

고려와 백성을 위해 평생 갑의만 입고 사신 최영 장군님, 저는 이 나이가 되도록 무엇과 싸우기 위해 어떤 옷을 입고 심난(甚難)한 생을 살았을까요. 이 부끄러운 생을.

당신께선 아시는지요.

유구(悠久)한 시간이 흘렀지만 어제도 오늘도 홍주인들은 금마총 앞에서 당신을 그리며 항상 기다리고 있습니다. 홍주가 낳은 영원한 불세출의 동국영웅 홍주인 최영 장군님을.

숨이 막히고 깜깜한 긴 터널을 이제 겨우 막 빠져나온 것 같습니다. 한없이 부족하지만 '붉은 무덤'을 통해 역사적 영웅 최영과 홍주(현, 홍성)라는 고을이 모든 분께 기억되기를 곡진한 마음으로 소망해봅니다.

이 한 권의 책이 되기까지 도와주신 모든 분들께 머리 숙여 진심으로 깊은 감사를 드립니다. '김 선생, 애썼네.' 어디선가에서 들려오는 고(故) 전병석 회장님의 다사롭고 나직한 목소리.

2022년 가을
김희원

## 차례

# 1 검은 안개

잠결이었다.

우르르 쾅! 우르르 쾅! 천둥번개가 치고 있었다. 미처 승천하지 못한 이무기가 단말마를 내지르듯.

"지금 무엇을 하고 있는 것이냐."

번개처럼 호통치는 소리가 들려왔다. 순식간에 검은 안개가 덮쳐오기 시작했다. 아우성치는 검은 안개들이 울부짖으며 서로 달려들고 있었다. 근접할 수 없는 자욱한 검은 안개 속. 불시에 검은 안개의 덫에 갇혔다.

한 치 앞도 보이지 않는다. 보이는 것은 오직 사정없이 몰아치는 검은 안개와 사나운 비바람의 으르렁거리는 울음소리들. 그 사이사이로 어둠을 훑고 내려오는 검은 안개의 거친 숨소리뿐. 이대로 한 발만 내딛으면 자신도 한 자락 검은 안개가 되어 어디론가 흩어져버릴 것 같았다.

"지금 무엇을 하고 있는가 묻지 않았느냐."

"누구신지요?"

"……."

"누구시오."

"……."

근접할 수 없는 검은 안개 속으로 성난 비바람에 실려오는 소리. 누군가 그 검은 안개 속에서 자신을 부르고 있었다. 끊길 듯 말 듯. 메아리처럼 떠도는 알 수 없는 소리들.

이어졌다 끊기고 다시 이어지기를 반복하는 사이. 자욱했던 검은 안개의 거친 숨소리도 서서히 흩어졌다. 사라지는 검은 안개 사이로 푸르스름한 동살이 꿈틀거리며 비치기 시작했다.

다시 밤이 찾아왔다.

오늘도 어제처럼 이승에 한을 풀어놓은 듯 검은 안개가 온 천지를 집어삼킬 듯 달려들었다. 들릴 듯 말 듯 검은 안개 사이를 떠도는 희미한 소리. 아주 먼 시간을 찾아 정처 없이 헤매는 듯한 저 허기진 소리들. 그 소리는 마치 불가항력의 힘으로 자신을 유인하려는 비밀스런 신기(神奇)처럼 느껴졌다. 점점 더 가까이 들려오는 곡진하고 애달픈 숨죽인 소리들.

얼마나 지났을까. 갑자기 알 수 없는 진공 상태에 갇혔던 검은 안개가 어제처럼 서서히 사라지기 시작했다. 그 난폭했던 검은 안개와 거칠고 사나웠던 비바람이 가늘어지자, 한순간 어지럽게 흩어져 있던 익숙한 공간이 다시 살아났다.

그때였다. 휘이익. 등잔불이 꺼졌다. 갑자기 주위가 써늘해지며 찬기운이 돌기 시작했다. 이어 산뜩한 기운 사이로 끊길 듯 말 듯 알 수 없는 소리. 그 소리들은 쉴 사이 없이 들려왔다. 오래전 시간의 사슬에서 유영하는 소리처럼 지칫지칫거렸다. 마치 칭얼대는 아이를 다독이듯.

"뭘 꾸물거리느냐. 어서 일어서지 않고."

알 수 없는 소리 사이로 긴 수염을 늘어트리고 흰 옷을 입은 백발 노인이 큰 지팡이를 짚고 서서 호통을 쳤다. 그 순간 범접할 수 없는 위엄과 영기(靈氣)가 흩어지는 검은 안개 사이로 빛처럼 지나갔다.

"지금 무엇을 하고 있는 것이냐."

백발의 노인이 물었다.

"과거 공부 중입니다."

"그런데 왜 아직?"

"자꾸 늦어지고 있습니다."

"뭘 고민하고 있느냐."

"......"

"길이 아닌 길을 가려니 늦어지는 것이다. 과거 급제만 길이 아니야, 네가 가야 할 길은 따로 있다."

"길이라니요?"

"왜 이리 허송세월을 하고 있는가. 길은 멀리 있지 않고 네 안에 있어."

"길을 가르쳐주십시오."

"네가 길을 만들면 그것이 곧 큰길이 되는 법이다."

큰길이라니 그 길이 어디일까? 다시 소리가 이어졌다.

"시대가 원하는 사람이 되어라."

"시대가 원하는 사람이라니요?"

"네가 가야 할 운명을 모르기에 내가 일러주러 왔다."

"누구신지요?"

"나는 닭재산 산신령이다."

뒤이어 또각또각 말발굽 소리가 들려왔다. 자신의 눈을 의심했다. 닭재산 산신령 뒤로 앞발을 번쩍 쳐드는 낯익은 금마의 모습. 오래전부터 기다리고 있었다는 듯, 다시 뒷다리를 들고 뛰어오른다. 낯익고 그리웠던 모습이었다. 울컥 목이 메어온다.

"설마, 설마 너, 너는?"

넋이 나간 듯 기억이 먼저 소리쳤다. 기억은 마음이 간직하는 한 결코 사라지는 일 없이 영원히 존재하고 있었다.

"금마야, 금마야."

반가워 다가가려 하자, 떠돌아다니던 음습하고 찬 검은 안개가 다시 덮쳐 꼼짝할 수가 없었다. 주위를 두리번거리며 소리쳤다.

"며칠 전부터 검은 안개 속에서 나를 부르는 소리도 혹시?"

금마에게 다가가려는 순간 화들짝 잠이 깨고 말았다. 온몸이 땀으로 범벅이 된 채 서안 앞에 홀로 앉아 있었다. 참으로 기이한 일이었다. 꿈속에서 일갈(一喝)하던 닭재산 산신령의 목소리만, 생시처럼 또 렷하게 다시 귓가를 휘돌아다니고 있었다.

해가 지고 다시 밤이 왔다. 꿈결에 아버지의 서안이 불에 타고 있 었다. 생전 아버지 성품처럼 고상하고 정갈한 서안이었다. 아버지가 생전에 애중하시듯 자신도 소중히 간수하고 있었다. '불이야' 소리치 려는 찰나 잠에서 깨어났다. 연일 이어지는 알 수 없는 그 편각(片刻) 의 꿈들.

갑자기 선친이 세상을 떠나자, 십육 세에 한 집안의 가장이 되었 다. 선조 대대로 문과(文科)에 합격해 관직을 지냈고, 현재도 관직을 갖고 있는 문신 집안이었다.

앉으나 서나 오직 자신에겐 과거만 존재했다. 날이 갈수록 조급한 마음과 달리 과거 급제는 요원해지는 것 같았다. 출구를 알 수 없는 미로에 빠진 듯 허우적거리는 나날들.

과거 날짜가 다가오고 있었다.

악문 입 사이사이로 날비린내가 난다. 비릿한 생피가 목젖을 타고 내려간다. 어느새 비릿함은 온몸 구석구석을 돌며 토악질하듯 진저리 치기 시작했다. 보던 책을 밀쳐놓고 방을 뛰쳐나왔다.

오늘따라 하늘도 산야도 잔뜩 흐려 있었다.

잿빛 산을 내려오던 황량한 밤바람 소리만이 적막한 노래를 부르

검은 안개

며 서성이는 사내를 감싸고 돌아다녔다. 잿빛 하늘 아래 홀로 서 있는 사나이. 이 시간 무엇이 그를 잿빛 속에 가둔 채 서 있게 했을까? 어려서부터 무예로 조율되고 절제된 이 냉철한 사나이를.

잿빛 구름 사이로 멀리 용봉산의 깊고 울창한 푸른 솔숲이 보였다. 곧이어 장군바위가 눈앞에서 나타났다 사라지기를 반복했다.

붉은 무덤

## 2 비범한 아이

고려 충목왕 2년(1346) 어느 비 오는 가을날.

한 젊고 건장한 사내가 비를 뚫고 이른 아침 집을 나섰다. 좁은 골목을 지나 큰길로 나오자 빗줄기가 조금씩 잦아들기 시작했다. 사내의 가슴과 달리 빗물이 스며든 대지는 밟을수록 촉촉하다. 자꾸 느려지는 발걸음, 사내의 발걸음은 멈칫멈칫거린다. 몹시 초조하고 뭔가 망설이는 모습이다. 마치 빗물에 갈 길을 잃고 뒤척이는 젖은 나뭇잎처럼.

사내가 잠시 주위를 살폈다. 주변을 돌아보는 사내의 긴장된 얼굴에는 초조한 기색이 어둠처럼 스쳐 지나갔다. 얼마나 시간이 흘러갔을까. 사내가 갑자기 잰걸음으로 빨리 걷기 시작했다. 얼마나 걸었을까, 갑자기 걸음을 멈춘 채 고개를 들고 주위를 다시 두리번거렸다. 이윽고 큰 건물 앞에서 걸음을 멈추고 섰다. 정문에 양광도(현 경기도, 충청도)도순문사영(楊廣道都巡問使營)이라 씌어 있었다.

사내는 또 망설인다. 들어갈까 말까 갈등하는 모습이 역력했다. 핏발 선 큰 눈으로 도순문사영 정문을 응시한 채 한동안 맥없이 서 있었다. 고뇌에 찬 사내의 어두운 얼굴이 고인 빗물에 어른거렸다.

잠시 시간이 또 그렇게 흘러갔다.

이윽고 사내는 결심한 듯, 양광도도순문사영 안으로 성큼성큼 걸어 들어갔다.


병졸들을 호명하던 징병관 눈이 갑자기 휘둥그레졌다. 자신의 눈 앞에 서 있는 입대자를 보고 고개를 흔들며 갸웃거렸다. 우선 용모가 범상치 않았다. 또한 징병 적령을 훌쩍 넘긴 서른이란 늦은 나이였다.

"어험."

징병관은 사내의 머리부터 발끝까지 매의 눈으로 훑어보았다. 눈을 감고 잠시 생각에 잠기는 것 같았다. 애써 속마음을 감추고 나직한 목소리로 물었다.

"이름은."

사내는 예리하고 단호한 징병관의 눈빛과 마주치자 잠시 머뭇거렸다. '필시 곡절이 있군.' 목소리를 낮추며 재차 묻자 대답했다.

"최영(崔瑩)이라 하옵니다."

"고향은."

"홍주(洪州)입니다."

"부친은?"

사내는 대답을 잊은 채 땅바닥만 바라보았다.

"부친은 무엇을 하시는가."

"최 자, 원 자, 직 자이오나 지금은 타계하셨습니다."

뭐? 징병관은 자신의 귀를 의심하는 듯 큰 소리로 물었다.

"혹, 문숙공(文淑公), 예숙공(譽肅公)의 후손인가?"

"네."

'허, 이런 일이.' 징병관의 눈이 일순 휘둥그레졌다. 선조 대대로 유수한 문벌 가문의 자손이 병졸로 자진 입대. 흔치 않은 일이었다.

사내 역시 대답과 동시에 그 큰 눈이 화등잔처럼 일순 커졌다. 자신의 집안을 알아보다니, 난감했다.


최영의 본관은 동주(東州, 현 철원) 최씨, 시조인 최준옹(崔俊邕) 공은 고려 태조를 도와 통합삼한공신(統合三韓功臣)으로 삼중대광(三重大匡) 태사(太師)를 지냈다.

5대조 문숙공 최유청은 고려 예종 때 집현전 대학사였다. 6대조 예숙공 최석 또한 출장입상의 명신으로 문종, 선종, 순종을 섬기며 문하시랑 중서문하평장사를 지낸 인물이다. 선조 대대로 무인이 아닌 문인으로 자질과 능력이 뛰어난 가문이었다. 그만큼 학문과 덕망이 높았다. 그의 부친 최원직도 사헌부 규정(현 대검찰청 과장)과 형부 정시랑(현 법무부 국장)을 지냈다.

징병관은 사내의 절절한 눈빛과 마주치자, 그 눈빛이 자신을 향해 무언으로 말을 하고 있다는 느낌을 받았다. 흠, 긴 한숨 끝에 다시 물었다.

"정말 병졸이 되겠나."

"네."

짧은 한마디가 징병관의 가슴을 안타깝게 후벼팠다. 자진 병졸 입대라니. 징병관도 익히 아는 명문 집안이었다. 무슨 사연이 있을까.

예부터 홍주현 땅에는 닭재산이란 산이 있었다. 소산(小山)임에도 산세가 험하고 수려했다. 닭재산에는 오래전부터 전해오는 이야기가 있었다.

천지개벽이 있었던 그 옛날, 세상이 온통 물에 잠겨버렸다. 그런데 이게 웬일일까. 산봉우리에 닭 한 마리가 앉을 만큼 물이 잠기지 않은 땅이 남아 있었다. 그때부터 그 산을 닭재산이라 부르게 되었다.

닭재산 너머 달기물마을에는 달기우물이 있었다. 닭이 물을 마시기 위해 닭재산에서 머리를 돌리면 홍북면 노은리 쪽으로 향하며, 닭이 낳은 금알은 당연히 노은리로 쌓인다는 이야기가 전해져왔다. 그 금알이 바로 훌륭한 인물을 배출한다는 뜻이었다.

우리 조상들은 일찍부터 닭의 생김새와 행동으로 미루어 닭은 다섯 가지의 덕(德)을 지녔다고 믿고 있었다. 우선 닭벼슬은 문(文), 발톱은 무(武)를 상징했고, 용감히 싸우는 것은 용(勇), 어린 병아리를 부르는 모습은 인(仁), 규칙적으로 새벽을 알리는 것은 신(信)이라고 말했다. 그래서일까. 문인들도 범상치 않은 이 홍양(洪陽, 현 홍성)을 극찬하는 시로 남겼다.

빙 둘러싼 산과 강이 기상도 웅장하니
지령은 옛날부터 이 홍양(홍주)을 꼽는다오.

또한 구전에 의하면 오래전부터 홍양에는, 적동(赤洞)과 금동(金洞)
에서 큰 인물이 태어난다고 믿었다. 특히 적동은 땅의 기운이 강하고
예사롭지 않아, 기골이 장대하고 뛰어난 무인(武人). 금동에선 고금에
없는 문인(文人)을 배출한다는 말이 전해졌다. 적동과 금동에서 태어
난 무인과 문인은 후세까지 두고두고 추앙받는 위인이 될 거라는 이
야기가 오래전부터 내려오고 있었다.

옛 선인들이 세상에 전하기를 산세가 수려하고 험하면, 그 산의
정기를 이어받아 훌륭한 인물이 태어난다고 일러왔다. 모름지기 인
간의 삶은 자신이 태어나 몸담고 살아가는 땅과 역사로부터 자유로울
수 없다. 사람들은 대체로 자신이 태어난 땅의 정기와 역사가 주는 영
향을 받고 자라게 마련이라고 가르쳤다.

충숙왕 3년(1316), 닭재산 아래 적동마을(현 홍성군 금마면)에 한 사내
아이가 태어났다. 홍양성 홍주목(현 홍성) 판관인 최원직 공과 봉산 지
씨(鳳山智氏) 사이의 1남 3녀 중 막내이면서 장자였다.

"이름을 영(瑩)이라 지었소."

최원직은 출산 후 누워 있는 아내와 아들을 흐뭇하게 바라보며 말
했다. 아이는 갓 태어난 아이 같지 않았다. 가무잡잡한 피부, 다부진
몸에 부리부리한 눈매를 가지고 있었다. 아이는 커갈수록 점차 한눈

에도 기운 좋고 큰 골격을 지닌 장골(壯骨)의 모습으로 자라났다.

홍주는 부드러운 산세와 달리, 지조 강하고 장사(壯士)의 골격을 지닌 인물들이 많이 태어난다는 말이 바람처럼 돌아다니는 고을이었다. 전설을 환기시키듯 적동에서 태어난 사내아이는 남달랐다. 언뜻 보아도 아이의 관상 역시 평범하지 않았다. 커갈수록 기골이 장대하고 출중한 용력이 엿보였다. 누가 봐도 한눈에 사람을 압도하는 압인지상(壓人之相)을 갖고 있었다.

더욱이, 문신 가문에 태어난 아이답지 않게 어린 시절부터 유별났다. 소나무 널빤지로 칼을 만들어 휘두르며 찌르는 흉내를 낸다든가, 스스로 병서를 즐겨 읽으며, 무예에 지대한 관심을 보였다.

"허, 허, 이런."

아들을 보며 부친은 마른 입맛을 쩍쩍 다셨다. 문신 가문의 아이들과는 전혀 다른 모습에 그는 자주 눈살을 찌푸렸다.

지나가는 어른들도 마당에서 노는 범상치 않은 아이를 보며 한마디씩 서로 주고받았다.

"별일이네. 아마도 저 아이는 크게 될 인물 같네그려."

"그러게. 얼굴에 영기(英氣)가 서려 있구면."

"혹 닭재산의 정기를 받고 특별히 태어난 아이가 아닐까?"

"그러게 말여."

사람들의 말처럼 자랄수록 최영은 기골이 더욱 장대해져갔다. 서기에 하는 행동마다 사람들의 이목을 집중시켰다.

어느 날 해 질 녘, 최원직은 하늘을 바라보며 혼잣말로 탄식하고 있었다. 그때 뜰에서 뛰어놀던 어린 아들이 뛰어와 불쑥 물었다.

"무슨 걱정이 있으신지요?"

"아니다. 어린 너는 몰라도 된다."

"별일 아닌데 그리 걱정스런 얼굴이십니까?"

아이의 당돌한 물음이 기특하기도 해서 사실대로 이야기해주었다.

"임금님이 원나라에 잡혀 가셨단다."

아버지 말이 채 끝나기도 전, 어린 아들은 분하다는 듯 앙가슴을 두 주먹으로 치며 말했다.

"제가 연경으로 달려가겠습니다. 가서 기필코 원의 임금을 사로잡고 고려의 위엄을 떨치고자 합니다."

아이답지 않은 말에 아버지 최원직은 한순간 말을 잊고 어린 아들을 지그시 바라보았다. '필시 저 아이는 보통 아이가 아니구나.'

아버지의 예감은 맞아갔다. 최영은 자랄수록 서책보다 무예를 가까이했다. 나날이 괴걸(魁傑)한 소년무사의 모습으로 변해갔다.

최영 자신도 철들기 전 벌써 스스로 무인에 대한 애정과 꿈이 각별했다. 혹 길을 가다 제복의 무인만 봐도 가슴이 세차게 뛰었다. 심지어 갑의(甲衣)를 입은 무장(武將)이 말을 타고 가는 모습을 넋을 놓고 바라보기도 했다. 마치 그들에게서 자신의 미래 모습을 보는 듯.

홍주(洪州)는 주산인 백월산을 중심으로 용봉산과 철마산이 병풍처럼 감싸고 있었다. 특히 용봉산(龍鳳山)은 산이 지닌 암기(巖氣)가 만만치 않았다. 청정한 풍경과 달리 골골마다 범상치 않은 강한 기가 서려 있었다. 날카로운 암봉이 병풍처럼 솟아 있었고, 가파른 바위가 많은 험산인 탓에 계절마다 풍광이 변화무쌍하고 신비스러웠다. 옛날부터 바위가 많은 산을 덕산(德山)이라고 불렀다. 덕이 있는 산이라는 용봉산 정상에는 장군봉 바위가 있었다. 쳐다만 봐도 마치 용맹스런 장군이 떡 버티고 서 있는 것 같았다. 신기하게도 어린 최영은 그 험한 용봉산을 제집처럼 드나들며 오르내리기를 좋아했다. 영험한 용봉산의 정기를 받은 탓일까. 산을 오르는 소년은 항시 거침이 없고 활기찬 기상 또한 넘쳐났다.

소년 최영은 말을 타고 달리다, 활터를 찾아 철마산과 용봉산을 오르는 순간, 주체할 수 없는 힘이 온몸에서 불끈불끈 솟아나는 것을 느끼고 있었다. 날이 갈수록 그 험한 바위산의 부글부글 끓는 잠재된 기운이 온통 최영에게 옮겨가는 듯했다. 어쩌면 용봉산이란 자연의 섭리가 소년을 무인으로 키우고 있는 것은 아닐까? 특히 소년 최영은 장군봉을 좋아했다. 턱까지 차오른 가쁜 숨을 몰아쉬며 장군봉 바위에 털썩 걸터앉아, 미래의 늠름한 장군이 될 자신을 그려보곤 했다. 그때마다 기다렸다는 듯 오래된 굽은 소나무들이, 마치 호위무사처럼 등 뒤로 소년무사를 맞이하며 서 있었다. 최영은 마치 용봉산의 모든 바위들이 장차 자신이 호령할 병사들인 듯 흐뭇하게 바라보았다. 그렇게 용봉산은 최영의 가슴속에 강인한 무사의 힘을 심어주고 있었다. 세월이 흐를수록 그 바위를 바라보던 소년은 변화무쌍한 그 장군봉을 닮아가는 듯 변해갔다.

붉은 무덤

"저 아이는 혹 용과 봉황의 화신인가?"

"그러게 말여."

최영이 어깨에 활통을 메고 백마를 탄 채 늠름하게 지나가는 모습을 본 촌로들은 저마다 소년의 그 늠름한 기상과 기골에 감탄했다. 동시에 용봉산에 산다는 용과 봉황을 떠올려보았다.

이름이 가리키듯 용은 수운(水運)을 상징하며 재물을 가져다주고, 산태극, 수태극을 형성하여 언젠가 훌륭한 인물을 배출할 기운을 갖고 있다는 용봉산. 원래 바위란 단단할수록 여기서 뿜어져 나오는 기운이 강하기 마련이다. 사람들은 용봉산의 바위 기운이 최영의 원동력이 돼 장차 큰 무인이 될 것이라 믿기 시작했다.

그 믿음에 보답하는 듯, 최영은 어려서부터 담력이 세며 무술에 남달리 신재(神材)가 보였다. 홍주 들판을 질주하며 활시위를 당기는 호방한 모습은 가히 장관이었다. 활을 들면 백발백중으로 쏘았다. 최영이 말을 타고 지나가면 남녀노소 가던 걸음을 멈추고, '방금 바람이 지나갔나?' 장차 호걸이 될 소년무사의 모습을 흐뭇하게 바라보았다.

"장군감이여. 홍주에 장군 났네그려."

"자네 말이 맞구먼."

원래 무(武)는 사부의 특별한 가르침이 필요했다. 최영은 문신 가문의 후예였다. 내공을 쌓아줄 사부가 마땅히 없었다. 오직 말을 타고 끊임없이 달리고 과녁을 향해 활을 쏘는 일이 전부였다. 새벽부터 해가 질 때까지 말을 탄 사람도, 달리는 말도 지치는 법이 없었다. 날이 갈수록 궁술(弓術, 활쏘기)은 신기에 가까워져갔다. 보는 이들마다 혀를 내둘렀다.

"저 아이가 활을 쏘면 개경까지 가겠구먼."

혈기왕성하고 무예에 출중한 소년무사 최영에겐 자신의 목숨처럼 끔찍이 아끼는 애마가 있었다.

그 말은 준마(駿馬) 중의 준마였다. 사람으로 치면 팔등신에 가까운 모습이었다. 두 다리는 길고 민첩해 순발력마저 뛰어났다. 백설처럼 흰 털 위로 붉은 해가 쏟아지는 순간 최영의 애마는 황금빛으로 변했다. 노을에 비친 백마의 털이 금빛으로 빛났다. 해 질 녘 최영의 백마는 마치 하늘의 금마(金馬)가 달리는 것같이 눈이 부셨다.

"저 최영이 탄 백마 꼭 금빛이 나네."

언제부터 최영도, 사람들도 그 말을 금마라 부르기 시작했다. 달릴 때마다 금마의 희고 탐스런 말꼬리는 노을빛에 춤추는 금파 같았다.

"금마야, 오늘도 수고했다."

갓 벤 싱그러운 풀을 먹는 금마의 의젓한 모습마저 마치 기품 있는 선비 같았다. 바람이 불 때마다 미끈한 등과 머리를 덮은 은빛 털들이 너붓너붓 나부꼈다. 최영이 다가가 부드러운 털 사이로 등을 긁어주자, 금마는 흡족한 듯 긴 목을 위아래로 흔들며 앞발을 들고 껑충껑충 뛰어다녔다. 어쩌다 최영이 지친 기색을 보일 때면 금마는 얼른 다가와 긴 꼬리로 얼굴을 비벼댔다. 금마의 부드러운 털이 닿는 순간, 하루의 모든 피로가 눈 녹듯 사라지곤 했다. 최영의 사소한 눈짓과 행동만 보고도 대번 그의 심중을 알아차리는 금마였다. 비록 사람과 짐승 사이였지만, 최영과 금마는 서로가 더할 수 없이 각별하고 지극한

붉은 무덤

관계였다.

어느 날이었다.

"이 말은 화살보다 빠른 훌륭한 능력을 갖고 있는 용마랍니다."

"에이, 화살보다 빠르다니."

사람들은 믿기지 않는다는 듯 고개를 저었다.

"내가 활을 쏘면 말은 화살보다 더 빨리 달려가서 기다렸다 주워 올 것입니다."

"그럼 정말인지 한번 보여주게."

사람들이 웅성거리며 채근했다. 젊은 객기 탓일까. 그럴수록 최영 의 객쩍은 혈기가 꿈틀거렸다. 이참에 최영 자신도 사랑하는 금마와 자신이 쏘는 화살을 시험해보고 싶었다. 강렬한 충동까지 느꼈다. 평 소에도 최영은 자신의 활 솜씨보다 금마의 능력을 더 믿고 있었다. 그 만큼 금마는 명마였다. 한 점 망설임도 없었다. 호기 있게 큰소리를 쳤다.

"시합에서 이기면 상을 내릴 것이고 지면 네 목을 치겠다."

최영의 말이 끝나기 무섭게 금마는 알아들었다는 듯 고개를 끄덕 끄덕거렸다. 젊고 성격이 급한 최영이었다. 서둘러 은행정 과녁을 향 해 힘껏 활시위를 잡아당겼다. 최영이 활시위를 힘껏 당기는 동시 애 마인 금마도 힘차게 달려 나갔다.

이게 웬일일까.

은행정에 도착해 아무리 살펴봐도 화살은 보이지 않았다. 벌써 화 살이 지나간 것일까? 크게 실망한 최영은 금마를 자랑한 자신이 부끄러웠다. 거짓말한 꼴이 되고 말았다. 한 치의 망설임도 없었다. 그 자리에서 단칼에 베었다.

최영의 칼이 목에 닿는 순간 말의 목은 단숨에 날아갔다. 금마는 몸을 솟구치며 훌쩍 뛰어오르다 발을 구르며 풀썩 쓰러졌다. 한순간의 실수로 금마는 갑자기 한마디 변명도 못 하고 제 명(命)을 놓친 채 그렇게 가뭇없이 죽어갔다. 금마의 눈에서 한 줄기 눈물이 주르르 흘러내렸다.

그때였다.

피융 소리가 들려왔다. 화살이 지나가고 있었다. 지나간 화살은 정확히 과녁에 꽂혔다. '아차, 이럴 수가, 어찌 내가 금마에게!' 피를 흘리며 목이 나간 애마를 끌어안고 넋 나간 듯 울부짖는 최영의 가슴속에서도 금마처럼 선홍빛 피가 솟구쳤다. 한순간의 젊은 혈기 탓이었다. 최영이 오열할수록 금마의 몸은 차디차게 식어갔다.

갑자기 오스스 한 무리의 소름이 최영을 덮쳐왔다. 오싹오싹 지나가는 무서운 한기들, 그 한기들은 최영의 허기지고 얼띤 열기를 식혀주는 찬물 같았다.

"경솔하게 뱉은 한 마디의 말, 한 번 쏜 화살은 아무리 후회해도 돌이킬 수도 돌아오지도 않는 법이여."

둘러선 사람 중 가장 연장자인 한 노인이 점잖게 한마디하고 한동안 혀를 끌끌 찼다. 성급한 혈기에 취하면 어떤 비극이 닥쳐오는지 꼭 잊지 마시오. 죽어가는 금마는 젊은 최영에게 이렇게 타이르는 듯 눈을 감지 못하고 있었다.

붉은 무덤

"저런, 아까운 말을 죽였네."

"말을 묻어주고 그 무덤을 금마총(金馬塚)이라 부르세."

사람들은 혀를 차며 애석하게 죽은 금마의 넋을 안타까워했다. 해가 지고 있었다. 금마인 듯 노란 노을이 떨어지기 시작했다.

그날 밤, 최영은 사랑채로 불려 나갔다.

"무예(武藝)란 무엇인고?"

"네, 무인이 여러 가지 방법으로 무기를 다루는 재주, 무기를 이용해 전투에서 적과 겨루는 행동을 말하는 것 같습니다."

"그래, 그럼 무도(武道)란 무엇이더냐?"

"아버님께서 무도란 단순히 싸움의 기술이 아닌 예(禮)이자 도리로서, 정신 수양이 밑바탕이 된다고 가르치셨습니다."

"예로부터 활쏘기를 군자지도(君子之道)라 여겨 심신을 닦을 때 좋은 벗으로 삼았느니라. 활을 당기고 있으면 너는 무슨 생각이 드느냐?"

대답 대신 최영은 벌떡 일어나 종아리를 걷어 올리며 소리쳤다.

"불충한 소자를 벌하여주십시오."

"앉아라."

아버지의 목소리는 나직하지만 칼끝처럼 날카롭고 단호했다.

"왜 금마라 이름을 지었느냐?"

"황금보다 더 소중하다는 뜻이었습니다."

"그래?"

"······."

"나는 예(禮)와 덕(德)을 행하는 것이 활쏘기라고 알고 있다. 궁시 자체가 무기이므로 엄격한 규율과 예의가 따라야 한다. 작은 미물에게도 함부로 활을 들지 말거라. 급한 성정은 늘 마(魔)가 드는 법, 두 번 세 번 생각해 신중히 행동하여라. 알겠느냐?"

아버지 최원직의 훈계는 칼날처럼 가슴에 꽂혔다.

"명심하겠습니다."

급하고 경솔한 성격 탓이었다. 이날의 애마 사건은 소년무사 최영의 가슴에 평생 교훈으로 삼아야 할 큰 사건이었다. 최영의 큰 눈에서 굵은 눈물이 흘러내렸다. 울고 있는 아들을 바라보던 최원직은 한결 부드러워진 음성으로 물었다.

"영아, 네가 처음 활을 잡던 날, 내가 했던 말이 생각나느냐?"

"네."

"우리 집안은 대대로 문신 집안이다. 궁술이란 심(心), 기(氣), 기(技), 궁시(弓矢), 체(體)가 혼연일치가 되어 무심의 경지에서 활을 쏠 때 비로소 관중(貫中)되는 것이라 들었다. 활쏘기는 정신집중은 물론 자기 자신을 통제할 수 있는 능력을 키워주며, 정신 수양에 큰 도움을 주는 중요한 역할을 한다 하니 공부하는 틈틈이 여기(餘技)로써 행하여라."

최영은 자신의 철없고 어리석은 행동이 한없이 부끄러웠다. 그럴수록 애마가 그리웠다. 눈앞에서 한 시도 떠나지 않고 어른거리고 있었다. 금방이라도 자신을 향해 달려올 것 같았다.

붉은 무덤

열린 문틈으로 은은한 차향이 퍼졌다. 잠시 후 어머니 지씨가 반질반질 윤이 나는 탕호(湯壺, 물을 끓이고 보관하던 그릇)를 들고 들어섰다. 뜨거운 물에 녹차 가루를 넣자 서서히 연둣빛이 살아나기 시작했다. 다선(茶筅, 가루가 물에 풀리도록 젓는 도구)으로 휘젓자, 보글보글 끓던 탕호에서 맑고 푸른 차향이 피어올랐다.

조심스레 찻잔을 들고 한 모금 마시자, 쌉쌀하고 달착지근한 맛이 소태 같은 마른 입안으로 가득 돌기 시작했다. 혀끝을 스친 찻잎의 풋풋한 향내와 구수하고 은근한 맛이 목젖을 타고 내려간다. 오늘따라 보드라운 단차(團茶)가 주는 따듯함이 굳었던 몸을 조금씩 느슨하게 풀어주었다.

어머니 지씨는 아직도 벌겋게 충혈된 아들의 눈을 지그시 바라본다. '저 속이 오죽할까.' 금마의 목을 치고 홀로 돌아온 아들. 그 아픈 마음을 단차 한 잔으로 다독이는 어머니의 잔잔한 눈빛은, 불의를 보면 불같이 화를 내며 못 견디는 아들의 직선적인 성정을, 천천히 비단에 거르는 단차 한 잔으로 넌지시 훈계하고 있었다.

단칼에 금마의 목을 치다니. 차를 준비하는 내내 아들의 급한 성격이 자신의 부덕 때문이라는 생각이 지씨의 가슴을 찌르고 다녔다. 저 급한 성격을 어찌 다스릴까. 혹여 장차 큰일을 앞두고 해가 되지는 않을까.

차(茶)는 인내를 요구한다. 급한 마음으로는 만들 수 없다. 특히 단차는, 만드는 시간도 우려 마시는 방식도 까다롭고 번거로웠다. 많은 인내의 시간을 필요로 했다. 최영의 부모는 조용하고 과묵한 성격이었다. 그런 성격 탓인지 특히 차를 즐겨 마셨다. 어머니 지씨는 새벽마다 찬 샘물을 길어왔다. 탕(고려시대 차)을 즐기는 지아비를 위해 따듯한 차를 준비하는 일이 그녀의 첫 일과였다. 쇠솥(무쇠솥과 비슷하나 삼발이처럼 다리가 있음)에서는 뜨겁지도 차지도 않은 물이 항시 끓고 있었다. 탕 한 잔도 정갈하고 단정했다. 그런 일상이 몸에 밴 천상 여자였다.

아침저녁 정성껏 닦는 탕호는 언제나 반질반질 윤이 났다. 어머니는 이른 봄 잔설 속에서 노란 움이 돋은 차를 유난히 좋아했다.

외가에선 차를 즐기는 딸 내외를 위해 해마다 고급 차를 보내주었다. 지씨는 그 차를 친정어머니 뵙듯 애지중지 아꼈다.

"겨우내 묵은 반찬만 먹다 차 잎의 새싹을 맛보면 생기가 도는 것 같아."

몸매가 자그마한 어머니 지씨의 동그란 얼굴에선 차를 마실 때마다 미소가 떠나지 않고 맴돌았다. 손끝이 여물고 정갈한 탓에 검소하지만 누추하지 않게 반가의 대소사를 치러내는 여인이었다. 조신한 모습과 달리 집안을 이끄는 모습에선 강기가 느껴졌다.


차(茶)가 전래된 것은 신라 흥덕왕 3년(828)의 일이었다. 당나라에 갔던 사신이 차 종자를 가지고 돌아와, 그 종자를 지리산에서 재배했다. 처음 차를 즐긴 사람들은 승려들이었다. 통일신라 말기에 들어서자, 참선을 중시하는 선종(禪宗)이 유행하기 시작했다. 이때부터 차는

붉은 무덤

심신의 안정을 위해 승려들이 즐겨 마셨다. 차를 마시면 마음이 맑아지는 것 같았다.

고려가 건국되자 선종의 교세가 확산되고, 비로소 화려한 차 문화가 꽃을 피우게 되었다. 다방(茶房)이라 부르는 기관까지 생겨났다. 다방에선 차와 술, 과일을 맡아보는 한편, 나라와 왕실의 중요한 행사를 담당했다. 또한 불교의 중요 행사인 연등회나 팔관회는 물론 외국 사신을 접대할 때. 임금이 궁궐 밖을 행차할 경우 격식과 절차에 맞춰 차례(茶禮)를 준비하는 역할까지 맡아하고 있었다. 때로는 차가 임금의 권위를 나타내는 진귀한 물품이 되었고, 심신을 안정시키는 약으로도 사용될 정도였다.

어느덧 귀족이나 승려뿐 아니라 일반 백성들도 차를 마시고 즐기는 것이 생활풍습으로 자리 잡았다. 차를 대접하는 것은 아주 일상적인 일이 되었다. 찻집을 일컫는 '다방'이나 '차례'라는 용어는 이때부터 일상화되었다. 차에 대한 수요가 증가하며 개경에는 차를 마시는 다점(茶店)들이 생겨났다. 돈이나 삼베를 주고 차를 사 마셨다.

봄날 다점 누각에서 낮잠을 자다 깬 문인 임춘은 「다점에서 낮잠을 자다가」라는 시(詩)를 쓰기도 했다. 다점이 낮잠도 한숨 잘 수 있는 여유로운 휴식 공간이자, 차를 마시며 교류하는 문화 공간으로 변모하며, 차 문화는 거듭 발전해나갔다.

고려의 놀이 중 명전(茗戰)놀이가 있었다. 원래 송나라의 투다(鬪茶), 아투(亞鬪)에서 영향을 받은 놀이였다. 투다, 아투란 최상품의 극품차를 말한다. 명전놀이는 주로 불가에서 승려들이 주도했던 일종의

품다회(品茶會)였다. 승려들로 시작했다가 점차 문인들을 초청해 문회(文會)를 열고, 차의 세계를 읊조리는 다시(茶時)를 쓰며 즐기는 놀이로 발전했다. 그만큼 명전놀이는 승방의 풍류이자 차를 내는 점다 행위를 예술로 승화시킨 고려의 문화였다. 이에 질세라 왕실과 귀족들도 사신들이 가져오는 납차와 용봉차를 최고급품으로 여기며 차 문화를 유도했다.

찻잔에 차 가루를 넣고 뜨거운 물을 부은 다음, 차솔로 휘저어 거품을 내 마시는 점다법(點茶法)이 특히 유행했다. 명전놀이에서는 마른 찻잎을 넣고 끓는 물에 우려내는 점다(點茶)한 차의 거품을 얼마나 보존하는가, 또 차를 달이는 팽주(烹主)의 차에 대한 안목과 격불(擊拂) 솜씨, 거기에 알맞게 물을 끓일 수 있는 실력에 따라 우열이 가려졌다.

차가 왕실과 귀족사회의 중요한 문화로 자리 잡자, 이 명전놀이에 참가하고자 고려의 귀족들은 서로 앞다퉈 좋은 차와 찻그릇을 장만하려 애를 썼다. 궁궐에서는 최고급의 금은 비색 청자를 두고 차를 즐겼다. 차 문화가 번성한 탓에 차를 가는 맷돌이나 물 끓이는 찻주전자를 선물하는 일이 유행했다. 왕실에서는 공신이나 승려들에게 차와 차 도구를 하사하는 일이 잦았다. 차 문화가 발전하자, 고려 특유의 예술적 감각과 안목이 돋보이는 아름다운 청자 찻그릇과 도구까지 최상품으로 빚어냈다. 주전자, 잔받침 심지어 차 찌꺼기를 버리는 그릇 타호(唾壺)까지도 최고급 청자로 만들어 사용할 정도였다.

청자는 송나라를 비롯해 외국에서도 서로 다투어 사 갔다. 차 문화가 비록 중국을 통해 들어왔지만 고려인 스스로 자신들만의 고유한 안목과 미의식으로 승화시킨 탓이었다. 그만큼 고려는 예술적 감각이 뛰어났다.

최상의 투품차는 차 싹의 양기(陽氣)를 최대한 보존하기 위해 이른 새벽에 따야 했다. 해가 뜨면 찻잎 속에 양기가 흩어져 좋은 차를 만들 수가 없었다. 차 문화가 유행하자, 안정적으로 차를 생산하기 위해 차를 재배하는 특수 행정구역으로 다소(茶所)를 두기도 했다. 왕실과 귀족들의 우아한 차 문화 뒤엔 힘없는 백성들의 수많은 피와 땀이 아침이슬처럼 엉켜 있었다. 차 문화를 중시할수록 백성들의 원성이 깊어갔지만 차 재배지는 산 이랑을 타고 점점 늘어만 갔다.

최영의 나이 십육 세가 되었다. 병석에 누워 있던 부친 최원직은 급히 아들을 찾았다.

"들어오너라."

병색이 짙은 모습이지만 목소리는 간곡하고 부드러웠다.

"명심해 들어라. 견금여석(見金如石)의 뜻을 알겠느냐."

"네."

"황금 보기를 돌같이 하거라, 평생 좌우명으로 삼길 바란다."

일찍부터 아버지 최원직은 자신의 아들이 범상치 않은 아이란 것을 간과했었다. 유훈으로 전해주고 싶었다.

고개를 숙이고 듣고 있던 최영의 눈이 물기에 젖어 번들거렸다. 엄하지만 한없이 자애롭던 아버지였다.

"모든 일을 행할 때 거듭 생각하고 생각해서 행하라."

"네, 아버님 분부대로 평생 가슴속에 깊이 새기겠습니다."

흐뭇한 얼굴로 아들을 바라보던 아버지 최원직은 아들의 손을 잡은 채 조용히 숨을 거두었다.

# 3 졸병이 되어

그로부터 십오 년의 세월이 흘렀다.

첫날 저녁, 낯선 군영(軍營)에 들어서자 '뭐야? 쟤?' 멸시와 조소 어린 매섭고 날카로운 낯선 눈초리들. 애써 분노를 감춰보지만 삶의 모습은 어디서나 냉혹했다. 마치 낯선 음식을 삼켰을 때처럼 거북하고 메스껍다. 막상 낯선 방 어설픈 잠자리에 누웠으나 잠은 오지 않는다. 눈앞에 금마가 지나갔다. 부르려는 순간 잠깐의 환시 속 금마는 홀연 사라졌다. 방 안은 오직 낯선 사람들의 코고는 요란한 소음만 가득 찼다. 새로운 도전은 항시 두려움 속에서 불안한 침묵을 동반한다.

병졸 생활은 낯설었다. 고달프고 괴로웠다. 어제까지 익숙했던 풍경들마저 낯설게 다가오는 혹독한 하루하루였다. 다행스럽게도 활과 창을 드는 순간은 낯설지도 서럽지도 않았다. 오직 무예 단련 시간만 기다려졌다. 마치 어둠 속 좁은 문틈으로 새어드는 한 줄기 빛을 기다리는 것처럼.

대대로 명문 문신 집안의 자손으로서, 문과에 급제하여 입신양명을 구하는 대신 병졸무인(兵卒武人)으로 자진 입대한 최영에 대한 주위의 반응은 싸늘하고 야멸찼다.

"최영 얘기 들었어? 병졸이 됐대."

"뭐? 문인 집안에서 자진 병졸 입대라니."

문과 급제를 기대하고 있던 차에 병졸 입대를 했다는 소문은 삽시간에 퍼져 최영은 비웃음과 조롱의 대상으로 전락하고 말았다. 일찍 과거에 급제해 승승장구하는 동문수학 친구들의 멸시의 눈빛, 비웃음 섞인 차가운 시선을 피할 수 없었다. 충고랍시고 해주는 말도 반갑지 않았다. 그때마다 열등감에 사로잡혔다.

최영은 태어나면서부터 명문가의 후손으로 자부하던 사람이었다. 빈정대는 그들을 차갑게 외면했다. 주눅들지 말자, 스스로 다짐하며 오직 이 길만이 살아가는 이유란 듯 최선을 다해 무예에 전력을 쏟았다. 주위의 조롱에 분노와 슬픔도 사치처럼 느껴졌다.

"최영이 쫄때기 병졸이 됐다네."

"나도 들었어."

훌륭한 장수가 될 줄 믿었던 고향 홍주 사람들도 모두 혀를 차며 자신의 일인 듯 안타까워했다. 싸늘한 시선과 세상의 편견은 그악스러웠다. 마치 한 무리의 모기 떼처럼.

최영을 비웃는 숱한 음성들이 항시 귓바퀴 속을 떠나지 않고 윙윙거리고 다녔다. 눈만 뜨면 자신의 귀를 때리고 눈을 흐리는 소소배(宵小輩)들의 온갖 야비한 소음들. 맞서 싸워야 하는 자신의 처지가 스스

붉은 무덤

로 비참하고 난감했다. '나는 지금 여기서 무엇을 하는 걸까.' 자괴감이 수시로 드나들었다. 그때마다 타인들이 내뱉는 조롱도 못 견딘다면 그건 최영이 아니다. 더 이상 물러설 곳도 없었다. 이를 악물고 오기로 버텼다.

어려서부터 신궁(神弓) 소리를 듣던 최영이었다.

'나는 할 수 있다.' 스스로 다짐하며 이른 새벽 눈을 떴다. 늘 떠나지 않는 입안의 단내와 핏발이 선 두 눈. 최영이 살아남기 위해서 할 수 있는 일은 오직 활을 잡아당기는 길밖에 없었다. 남들이 열 번 쏘면 자신은 백 번씩 쏘며 밤낮을 잊고 매달렸다. 활쏘기는 곧 최영 자신과의 약속이자 싸움이었다. 화살촉에 중독된 사람 같았다. 오직 활만이 의지처였고 위로가 됐다. 그 약속과 싸움 사이에서 최영의 손가락은 한 시도 성한 날이 없었다. 짓무른 상처에서 고름이 터져 피가 줄줄 흘러도 활을 놓지 않았다. 악착같이 맞섰다. 상처 난 손가락들이 아우성쳤다. 그럴수록 더 큰 소리로 외쳤다. '안 돼. 최고의 궁사는 손과 눈의 눈물로 태어난다고 했어. 참고 버텨.'

어느 날 밤이었다.

화살을 잡는 순간. 어느 방향과 어떤 속도로 과녁에 맞힐지, 어둠 속에서도 직감이 느껴졌다. 화살은 느낌대로 정확히 과녁에 꽂혔다. 그 어둠 속에서 최영은 또 다짐했다. '지금은 비록 졸병이나, 언젠가 뛰어난 무인이 될 것이다. 스스로 힘을 길러 때가 되면 나는 난세를 평정하는 영웅으로 나라를 구할 것이다. 두고 보아라, 기필코 그리 되리라. 용맹스런 무인이 되겠다는 내가 아닌가. 스스로 힘을 길러 훌륭

한 무인으로 거듭날 것이다. 아니 꿈을 이룰 것이다.'

최영의 열성이 하늘에 닿았을까. 시간이 흐를수록 누군가 알 수 없는 힘이 자신의 손을 잡아주는 듯 힘이 불끈불끈 솟아났다.

어느 사이 최영이 활을 잡는 순간 병사들 사이에서 탄성이 저절로 터져 나오기 시작했다. 한 치의 오차도 없었다. 우궁(右弓)이나 좌궁(左弓)이나 한결같고 최고 수위까지 오르게 됐다.

"신궁이야, 신궁."

저마다 환호성을 지르며 신궁이라 불렀다.

"흥, 신궁이면 뭐 해? 졸병 주제에."

매서운 눈빛으로 노려보며 차가운 냉소를 내뱉는 사람들도 많았다. 그런 부류일수록 자신의 기분에 따라 수시로 타인의 격상과 추락을, 눈 하나 깜짝하지 않고 매몰차고 야박하게 독설로 깎아내렸다. 칭찬도 때론 치열한 생존의 독기인 듯 차갑고 낯설었다.


세월은 유수같이 무심히 흘러가고 있었다.

신궁 소리를 들어도 한갓 병졸일 뿐. 최영은 체념과 욕망 사이에서 서서히 지쳐가고 있었다. 이 남루한 시간들, 얼마나 더 활을 쏘고 달려야 하는 것일까. 잡힐 듯 잡힐 듯 가까워 보이는 꿈. 간절히 기다릴수록 더 멀리 저만치 존재할 뿐. 기다려도 나타나지 않았다. 가깝고도 아득한 무인에의 꿈. 아, 언제까지 졸병으로 남아야 하나. 짙은 회의와 좌절감이 무시로 따라다녔다. 앉으나 서나 머리 위에는 태산이 앉아 있었다. 가슴속은 늘 무거운 돌덩이에 눌린 듯 답답했다. 욕망과 갈등, 그 양면의 칼날은 밤마다 악몽을 부르며 가위에 눌리게 했다. 잠에서 깨어나면 오랜 습관이 된 불안이 또 찾아왔다. 밤마다 덫에 걸린 짐승처럼 최영은 양광도도순문사영에서 가장 슬픈 병사였다.

선잠 사이로 가끔씩 금마가 찾아왔다. 언제나 금마는 조용히 서 있다 사라지곤 했다. '때를 알고 내리는 비가 있듯, 분명히 기회는 옵니다. 의연하게 기다리시며 최선을 다하시오. 반드시 하늘이 도울 것이오.' 금마의 눈은 언제나 그렇게 말하는 듯 느껴졌다.


어느덧 화사했던 봄이 가고 짙푸른 성하(盛夏)의 계절이 오고 있었다. 온 산야가 푸릇푸릇 초록 물이 들기 시작했다.

오늘은 아침부터 중요한 마상(馬上) 훈련이 있는 날이었다. 말에 올라타는 순간 세상이 다 내 것처럼 느껴졌다. 최영은 어려서부터 타고나 스스로 체화된 특유의 무인 기질 탓일까. 자신감이 늘 넘쳐났다. 얼마를 달렸을까, 주체할 수 없는 땀이 온몸에서 흘러내렸다. 천천히 말을 몰자 주변 풍경이 눈에 들어오기 시작했다.

하늘엔 꽃구름이 떠 있고 밭이랑 가에는 하얀 감자꽃이 아침 이슬을 머금고 피어 있었다. '아, 감자 꽃이 피었네.' 계절도 시간도 잊고 산 가슴 저린 지난 시간들. 갑자기 아린 감자처럼 가슴이 아려온다.

내리쬐는 햇볕마저 호듯호듯하다. 수줍게 핀 길가 이름 모를 들꽃들. 서로 보라는 듯 소소한 꽃잎들이 바람에 나푼나푼거리고 있었다. 새삼 가슴이 메어온다. 어머니도 가족도 심지어 작은 풀잎 하나도 잊고 산 세월이었다. 마치 제 생(生)의 몫을 위해 최선을 다하고 있다는 듯 바람에 흔들리는 작은 풀잎들. 울울했던 마음이 잠시 가라앉는다.

다시 말채찍을 힘껏 내려쳤다. '자, 다시 뛰자.' 최영의 우렁찬 목소리가 한동안 조용한 들길을 구름처럼 떠돌아다녔다.


어느덧 최영은 양광도도순문사 휘하에서 두각을 나타냈다. 비록 졸병이지만 크고 작은 전투에 항상 앞장서기 시작했다. 그때그때 최영의 무예는 군계일학처럼 빛을 발했다. 적군 앞에서도 장수들보다 더 용감하게 대들었다. 기개와 용맹함도 남달랐다. 겁도 없이 온 힘을 다해 왜적을 사로잡거나 토벌(討伐)하는 모습은, 마치 먹이를 찾아 으르렁대는 포악한 짐승과도 같았다. 큰 공(功)을 세우고 있었다. 전투가 끝나면 짜릿한 쾌감이 온몸을 휘감고 돌아다녔다.

쾌감 뒤엔 늘 회의가 따라다녔다. 무예가 깊어갈수록 갈증도 함께 커갔다. 절박한 사람에게 여유란 존재하지 않는 법. 조급한 불안이 항시 그림자처럼 따라다녔다. 절박하면 할수록 최영은 악바리가 돼갔다. 술이 익듯 최영의 무예도 점점 익어가기 시작했다.

"참 희한해. 마치 장군 같아."

언제부터인지 칭찬 뒤에는 새로운 희망들이 살포시 봄 새순처럼 돋아나는 듯 느껴졌다.


칠 년의 세월이 흘렀다.

무인이 되겠다고 견딘 칠 년이었다. 거친 무쇠가 담금질을 할수록 어둠 속에서도 빛이 나듯, 최영은 더 강한 무사로서 성큼성큼 커

붉은 무덤

가고 있었다. 좌절의 순간순간, 최영은 무인으로서 스스로의 잠재 능력을 믿었다. 결코 체념하지 않는 노력은 흔적을 남겼다. 긴 세월 동안 그는 쉬지 않고 칼을 갈며 때를 기다리고 있었다. 준비하는 자에게 기회는 꼭 올 것이라는 굳은 신념을 간직한 채 기다린 세월이었다. 그사이 고려는 충목왕에서 충정왕으로 이어지며 새로운 시대가 열리고 있었다.

# 공민왕과의 만남

신묘년(1351) 가을, 고려 31대 왕으로 공민왕(恭愍王)이 즉위했다.

공민왕은 충숙왕과 공원왕후(恭元王后) 홍씨(명덕태후[明德太后])의 둘째 아들로 충숙왕 17년(1330)에 태어나 강릉대군에 봉해졌다. 초명은 기(祺), 휘는 전(顓). 원나라 순제(順帝)의 입조 요구에 따라, 열두 살의 어린 나이에 원나라에 끌려갔다. 십 년 동안 백안첩목아(伯顏帖木兒)란 몽골 이름으로 불리며 숙위(宿衛)로 연경에 머물러 있었다. 그동안 고려에선 조카 충목왕이 즉위했으나 사 년 만에 사망하고 말았다. 원나라는 충목왕의 뒤를 이어 어린 충정왕을 추대했지만, 안정되지 않고 혼란스러워지자 충정왕을 폐위하고 강릉부원대군(江陵府院大君)을 제31대 왕으로 봉했다. 그가 공민왕이다.

공민왕은 스물두 살의 나이로 돌아와 왕위에 올랐다. 왕비는 원나라 위왕(魏王)의 딸인 노국대장공주(魯國大長公主)였다. 그녀는 충정왕원년(1349), 고려 왕자 기(祺)와 결혼해 즉위와 함께 귀국했다. 공민왕이 즉위할 당시 원나라는 홍건적의 흥기(興起)로 어수선한 상황이었다. 고려 역시 불안정한 정치와 왜구의 잦은 침입으로 민생이 날로 피폐해지고 있었다.

신묘년(1351) 늦은 봄이었다.

세자 기는 고려 땅에 첫발을 딛자, 맨 먼저 호복(胡服)부터 훌훌 벗어던졌다. 고려 옷으로 바꿔 입었다. 공민왕은 몽골식 변발도 호복과 함께 어명으로 완전히 금지시켰다. 앞머리를 밀고 길게 땋아 내린 변발 역시 몸서리쳤었다. 고려가 호복을 입은 지 백 년이란 세월이 지나갔다. 그 긴 세월 오죽했을까.

즉위 당시 공민왕은 스물두 살의 혈기 왕성하고 영민한 군주였다. 그 당시는 원의 간섭이 극심했던 시기, 고려 여인의 몸에서 태어난 공민왕의 입지는 바람 앞의 촛불처럼 위태로웠다. 아무리 현명한 군주도 이 상황에선 아무것도 할 수 없었다. 자고 나면 불안한 왕 앞에 왜구까지 개미 떼처럼 수시로 쳐들어오고 있었다.

원에서 돌아온 공민왕은 왕위에 오르자 곧 개혁 군주의 길을 천명하고 나섰다. 이듬해 이월이 되자 전격적으로 개혁에 돌입했다. 우선 무신정권이 설치해 인사행정을 맡아오던 정방(政房)을 폐지하고 곧이어 몽골식 연호와 관제, 쌍성총관부(雙城摠管府)까지 없애버렸다. 무엇보다 우선 정동행성이문소(征東行省理問所)부터 폐지해버렸다. 오랫동안 기득권을 쥐고 있던 권신들은 공민왕에게 반기를 들고 들불처럼 달려들었다. 그럴수록 젊은 왕은 더 단호하게 물리쳤다. 이제부터는 낡은 것을 버리고 오래 익숙해진 악습을 물리쳐야 고려가 산다. 곧이어 권신들의 폐단을 물리치고 정치 기강을 바로잡고자 개혁적인 내용의 즉위 교서를 반포했다.

1. 세상을 옳게 알고자 아래서 위까지 올 수 있게 대언의 말이나 상신에 귀 기울일 것.

2. 서연의 신하와 용맹한 무사를 선발해 항상 임금 곁에서 보필할 것.

3. 제멋대로 절을 짓지 말고 절 소유 밭에도 세금을 물게 하고 승려는 반드시 도첩을 쓸 것.

4. 불법으로 노비가 된 양민들을 해방시키고 허위로 남의 전민(田民, 농민)들을 자기 소유라고 하는 것을 막을 것.

5. 왜구의 소탕을 위해 군사정책을 바로잡아 처벌하고, 군량 준비, 전공자의 표상에 힘쓸 것.

6. 효자, 효손, 의부, 절부를 표창해 풍속을 미화할 것.

7. 충선, 충숙 양대 공신들의 자손과 태조 때 공신이나 역대 왕의 공신 자손들까지 상을 줄 것.

8. 죄수들을 풀어주어 온 나라와 함께 새 출발코자 하니 의심치 말고 따르라.

교서는 정치에서는 왕의 권위를 발휘할 것이며, 불법적인 전민탈점(田民奪占)에 대한 사정 의지를 분명히 밝히고 있었다.


최영이 자진 입대한 지 벌써 칠 년. 소문은 바람처럼 날아다녔다. 병졸 중에 장군같이 용맹스럽고 기개가 뛰어난 자가 있다는 소문이

붉은 무덤

왕궁까지 흘러들어갔다. 어느 날이었다. 병졸 최영은 갑자기 입궐하라는 어명을 받게 되었다.

"용맹스럽다는 병졸을 들라 하라."

공민왕은 탁월한 안목을 가진 영민한 군주였다. 첫눈에 무명의 병졸을 알아보았다. 최영의 두 눈에서 뿜어 나오는 용맹성과 정의감을 단번에 꿰뚫어 볼 수 있었다. 전해들은 무용담과 건장하고 무골다운 외모. 고려와 자신을 위해 반드시 필요한 사람이 될 것 같은 예감마저 들었다. 지금 자신에겐 저런 무인이 꼭 필요했다.

"최영을 우달치(왕궁 시위대의 간부직, 정9품)로서 왕궁에 근무하게 하라."

그때 최영의 나이 삼십육 세였다.

마침내 뜻밖의 기회가 최영에게 찾아왔다. 갑자기 눈앞이 환해졌다. 그 순간의 뜨겁고 벅찬 감동을 어찌 말로 표현할 수 있을까. 공민왕이 자신에게만 특별히 내리는 성은이었다. 지나간 세월의 피나는 노고가 한 줌 연기처럼 사라지는 것 같았다. 지금까지 이렇게 행복했던 순간이 몇 번이나 있었을까. 오랜 시간 숨죽이고 있던 굳은 세포들이 수런거리며 솟구쳐 꿈틀대고 있었다. 사실 입궐 그 자체만으로도 떨림이었다. 공민왕과의 만남은 그렇게 알 수 없는 흥분과 떨림으로 다가왔다.


입궐과 동시 우달치로 발탁된 최영은 하루가 짧았다. 가뜩이나 바쁜 궁궐 생활은 어찌 가는지 모르게 하루가 지나갔다.

최영은 투철한 무인다운 각오와 열정으로 궁궐 안을 불철주야 뛰어다니며 맡은 직분에 최선을 다했다. 그 길만이 자신을 불러준 임금님에 대한 보은의 길이었다. 잠시도 긴장의 끈을 놓지 않은 채 매사에 한 치의 소홀함도 없었다.

먼 빛이지만 공민왕은 볼수록 신뢰가 가는 군주였다. 경이로움을 안겨주는 궁궐조차 섬세하고 단아한 여인처럼 아름다웠다.


최영이 맞은 새로운 나날들처럼 화사한 봄이 어느새 지나가고 계절은 무더운 칠월로 접어들고 있었다. 훗훗하고 후터분한 날씨에 사람들은 밤에도 잠을 못 이루었다. 유난히 일찍 찾아온 무더위 탓이었다.

한밤중 별안간 행궁 쪽에서 외마디 비명이 들려왔다.

"무슨 소란이냐?"

황급하고 어수선한 발소리들. 우달치 최영은 바짝 긴장한 채 어둠 속에서 다가오는 급한 발걸음 소리와 고함 소리에 촉각을 세우며 달려 나갔다.

"누구냐?"

"난(亂)이 일어났답니다."

"뭐?"

"조일신(趙日新)이 작란(作亂)을 일으켰습니다."

"뭐? 조일신이, 설마?"

공민왕은 그때 야심찬 계획을 세우는 중이었다. 왕이 꿈꾸는 반원 정치가 본격화되기도 전 내란이 먼저 터지고 말았다.

조일신은 어떤 인물인가. 충선왕 때 공신인 조인규(趙仁規)의 손자이자 충숙왕 때 찬성사(贊成事)를 지낸 조위(調瑋)의 아들이다. 무예도 뛰어났고 공민왕에 대한 충성심도 지극했었다. 공민왕이 원나라의 볼모 신세였던 세자 시절. 충정왕의 생모 희비 윤씨가 보낸 자객으로부터 공민왕을 구했던 사람. 그림자처럼 세자를 따라다니며 보살펴주던 신하였다.

귀국 후 왕을 숙위한 공으로 참리에 임명되었다. 그 공(功)을 빙자해 전횡을 일삼기 시작했다. 조일신은 날이 갈수록 믿을 수 없는 신하로 변해버렸다. 권력과 부귀에 취해 교만해진 권신. 남을 업신여기며 안중무인(眼中無人)이 돼가고 있었다. 조일신은 본시 지혜롭지 못했다. 반면 자신에게 이득이 되는 일에는 수지타산이 빨랐다. 어떤 선택이 안전한가. 본능적으로 알아내는 생존 본능에도 월등한 감각을 가진 영악한 인물이었다. 그런 조일신이 개혁정치에 큰 걸림돌이 되고 있었다.

"전하, 정방 철폐라니요. 아니 되옵니다."

원에 오래 있었던 인연으로 친원 세력들과 긴밀한 관계를 유지하고 있던 차, 공민왕이 인사권을 도맡아온 정방을 철폐하자, 조일신은 드러내놓고 반발하며 정방의 부활을 강력하게 요구했다. 온갖 권세를 누리다 드디어 권력에 대한 야욕까지 드러낸 것이다. 마침내 자신이 모시던 왕이 거처하는 이궁(離宮)을 포위하고 난을 일으키고 말았다.

공민왕은 서둘러 단양대군(丹陽大君) 왕후(王珛)의 집으로 임시 거처를 옮기고 급히 명을 내렸다.

"삼사좌사(三司左使) 이인복(李仁復)을 들라 하라."

공민왕이 신뢰하는 이인복은 용기 있고 강직한 사람이었다. 이인복을 보자 근심 어린 눈빛으로 물었다.

"어떻게 하면 좋겠소?"

"어물어물하다 전하께 불리하게 될 것 같습니다."

공민왕이 고개를 끄덕였다. 이인복은 곧바로 공민왕의 명을 받고 진압에 나섰다. 우달치인 최영 역시 안우(安祐), 최원(崔源) 등과 함께 행궁으로 달려갔다. 반란 토벌에 참가한 최영은 선두에서 반란군을 진압하며 잔당들까지 잡아들였다.

조일신의 반란은 그렇게 끝을 맺었다. 어쩌면 조일신의 반란은 그 당시 무기력한 고려 말의 정치, 사회적 혼란을 보여주는 대표적인 첫 사건이었다. 최고 권력자인 군주를 배반하는 일은 어제오늘의 일이 아니었다. 군주라 해도 공신이란 권력을 믿고 자의적으로 움직이는 그들을 저지할 방법은 없었다.

그 당시 고려는 한 치 앞도 알 수 없는 엄청난 격변 속에 휩싸여 있었다. 이 혼란의 시기에 공민왕 앞에 나타난 최영이 있었다. 난을 평정하고 돌아오자 공민왕은 크게 기뻐했다. 이때부터 나라의 위기를 해결하는 고려 왕실의 해결사로서 최영의 인생은 시작되었다.

곧이어 최영을 정4품 호군(護軍, 육군 소장)으로 일약 특진시켰다. 어느덧 최영이 전장에 나가면 꼭 이긴다는 소문이 퍼져나가기 시작했다. 소문을 입증하듯 최영은, 고려 말의 환란을 진압하기 위해 바람처럼 전쟁터를 동분서주하며 달려 나갔다.

붉은 무덤

공민왕 3년(1354), 계절은 여름이 무르익어가는 칠월 중순. 불볕더위 아래 온 산야는 이글거리며 타들어갔다. 세상은 온통 땡볕으로 사람들이 나무 밑으로 모여들수록 초목들은 시들시들 말라갔다.

그 불볕더위 속에 중국 원제(元帝)가 고려에 원군을 요청해왔다. 곧 최영에게 토벌 명령이 떨어졌다.

"호군은 장사성(張士誠)의 난을 토벌하러 떠나라."

어려서부터 소망하던 일이었다. 꿈꾸고 소망하던 무인의 길이 열리고 있었다. 이제야 자신이 그토록 원하던 무인으로서 출정 명령을 받았다. 막상 큰 전투에 장수로서 직접 참가하게 되자, 온몸에서 전율이 일었다.

얼마나 기다리고 기다렸던 순간인가. 가만히 있어도 가슴이 울렁거렸다. 열꽃이 피듯 온몸이 후끈후끈 달아올랐다. 금방이라도 하늘의 별이라도 따올 듯 뼛속까지 힘찬 기운이 용솟음쳤다.

전쟁터란 목숨을 내놓고 달려들어야 하는 곳이었다. 설사 위험한 곳이라 해도 자신이 정말 원하던 곳이 아닌가. 마음은 벌써 전쟁터로 달리고 있었다. 어쩌면 태어날 때부터 최영은 무인이 아니면 안 되는 운명을 타고난 팔자가 아니었을까.


장사성의 난은 원나라에서 일어난 농민반란으로서, 원 말기의 폭정과 폐단을 그대로 보여주는 역사적인 사건이었다.

난을 평정하기 위해 호군 최영은 유탁(柳濯), 염제신(廉悌臣), 정세운(鄭世雲), 황상(黃裳), 이권(李權)을 선봉장으로 세웠다. 선봉대 뒤로 사십여 명의 정예 장수와 정병 이천 명으로 대군을 구성해 압록강을 넘었다. 비록 남의 나라 전쟁터에 참가하지만 최영은 세상이 다 내 것 같았다.

원나라 연경(燕京)에 도착하니 날씨는 찌는 듯한 팔월. 더위는 막바지로 치달으며 밤에도 열대야로 잠은커녕 앉아 있을 수도 없었다.

도착하자마자 원나라는 고려 원정군이 속히 결전을 벌여 단번에 승리를 거머쥐고 싶어 안달하는 상황이었다. 최영의 생각은 달랐다. 폭염 속을 달려온 병사들이 잠시나마 쉬는 동안 대군을 상대하기 위해 모병을 소집해야겠다는 계획을 세웠다.

도착과 동시 원나라에 거주하는 고려인 중에서 병사를 모으기 시작하자, 이만 삼천 명을 모병할 수 있었다. 그사이 원나라 조정에선 승상 탈탈(脫脫)의 지휘하에 중국 고우(高郵, 현 장쑤성 가오유)로 이동하라는 명령을 보내왔다. 잠시도 지체할 수 없었다.

고우 지방으로 이동하자, 장사성의 반란군들은 듣던 대로 포악하고 막무가내로 달려들었다. 적군인지 아군인지 구별할 수도 없는 치열한 전투가 시작되었다.

첫 전투 시 긴장한 탓일까? 전투는 점점 불리해져갔다. 최영은 불리할수록 가혹하리만치 자신을 모질게 후려쳤다. 마치 쇠가 불에 달궈진 듯 최영은 더 강해져갔다. '아니야, 최선을 다하자. 승리는 곧 따라올 것이다.' 지친 병사들을 독려하며 자신감을 심어주려 잠시도 긴장감을 놓지 않았다. 하루이틀 날이 지나자 삭막했던 막사 안에 생기가 돌며 병사들도 자신감을 갖기 시작했다.

장사성은 한족 출신으로 양자강 유역에서 활동하던 소금 밀매 상인이었다. 소금 밀매로 많은 재물은 모았지만, 하층계급인 한족 출신인 탓에 권문귀족들의 횡포에 항시 시달리고 있었다. 걸핏하면 호족들은 수시로 찾아와 제 것 가져가듯 난폭한 행패를 부렸다.

"소금 내놔, 빨리."

"지난달에 가져가지 않았소?"

어느 날 장사성은 참다못해 대들었다. 싸움 와중에 한 명이 죽고 말았다. 살인죄로 벌을 받게 되자, 어차피 죽을 몸. 이판사판 심정으로 난을 일으켰다.

장사성의 난 토벌전은 처음부터 몹시 혼란하고 격렬한 싸움이었다. 장사성은 본시 걸출한 인물이었다. 그뿐이 아니었다. 중국에서 제일 풍요로운 양자강 하구의 소주(蘇州)를 장악하고 있던 터라 모든 것이 풍족했다. 반란군들도 염부로 단련된 강건한 자들로 기세도 만만치 않았다.

최영은 원정군의 몸인데도 도합 스물일곱 번의 혈전을 치러야 했다. 전투가 한 차례씩 끝날 때마다 회의가 들었다. '왜 나는 고려도 아닌 남의 나라 싸움에서 목숨을 내놓고 싸워야 하는가.' 약소국 고려 장수의 비애가 수시로 가슴을 치고 돌아다녔다. '나는 이 싸움에서 어떤 존재인가, 또한 나의 책무는 무엇인가.' 그럴수록 내 나라 고려를 더 부강하고 큰 나라로 만들겠다는 각오가 다져졌다. 오기도 생겼다. '그래, 작은 나라 고려 장수의 본때를 보여주자.' 창에 찔려도 물러서지 않았다.

　어제만 해도 위험한 상황이었다. 비 오듯 퍼붓는 창 세례를 몇 번이나 온몸으로 받아냈는지 모른다. 창에 찔려도 물러서지 않았다. 끝까지 쫓아가 대항해 박살을 내고 말았다. 전쟁터에선 승리 없이 생존도 있을 수 없었다. 무인들은 때때로 평화를 위해 전쟁을 준비하고 실행해야 할 책무가 자신들의 목숨보다 더 중했다.

　"저 고려 장수 좀 보게, 창에 찔려도 꿈쩍도 않네."

　최영이 화살을 쏘고 칼을 휘두를 때마다 적들은 가을바람에 우수수 떨어지는 나뭇잎처럼 쓰러지고 쓰러졌다.

　최영은 항상 선봉에 서서 최선을 다해 싸웠다. 바라만 봐도 적군들은 간담부터 서늘해졌다. 최영을 보면 서로 혀를 내두르며 도망치기 바빴다. 최영의 용맹성은 입에서 입으로 마치 바람을 탄 듯 널리 퍼져나갔다. 싸울 때는 무섭게 싸울 줄 아는 강골에 야성을 지닌 고려 장수가 있다는 소문이.

　죽느냐 사느냐. 전쟁터에선 누군가 죽어야 내가 살아남았다. 전쟁은 생존을 위한 절박한 피의 잔치였다. 싸움터의 영광은 설령 피투성이가 된들 살아남은 자들의 몫이었다.

　무인의 목숨은 내 것이 아닌 나라와 백성들의 것이었다. 나라가 위기에 처했을 때, 유능하고 충성스러운 장수 한 사람이 몇백만 명 아니 만백성의 목숨을 살리지 않는가.


　동짓달이 되자 매서운 삭풍이 불어오기 시작했다.


　　　　　　　　　　　　　　　　　　　붉은 무덤

말로만 듣던 황하(黃河)의 추위가 넓은 벌판을 휘몰아쳐 칼끝으로 뼈마디를 저미는 듯 살 속까지 후벼 파고들었다. 삭풍에 눈보라가 끊이지 않았다. 얼음 위에 괸 덧물마저 유리알처럼 빛났다. 혹한의 낯선 땅. 타인들의 전쟁에 동원된 고려 병사들의 허기지고 추위에 떠는 모습은 안쓰럽고 애처로웠다.

왜 그리 눈마저 밤낮없이 퍼붓는지. 사지 육신마저 쇳덩이를 달아 놓은 듯 늘 무거웠다. 최영의 눈에는 수시로 핏발이 섰고 급기야 눈이 터져 피가 흘러내렸다. 그럴수록 최영은 오기로 버텼다. 그 오기 뒤에는 깊은 회의가 몰려왔다. '나는 왜 남의 나라 싸움에 몸을 바치고 있나, 내 나라 고려를 위해 쓸 몸을.' 싸움터의 핏자국처럼.

작은 나라의 장수에겐 길이 없었다. 남의 나라 반란에 투입된 자신과 말없이 죽어간 병사들의 처지가 안타깝고 서러울 뿐. 고려로 한시바삐 돌아가는 길밖에 어떤 길도 존재하지 않았다. 그보다 더 최영의 가슴속을 헤집는 각오가 있었다. 다시는 남의 나라 싸움에 목숨을 걸지 말자. 그러기 위해선 내 나라 고려가 어서 빨리 부강해져야 한다. 두 주먹을 힘껏 잡고 이를 악물었다. 악문 이 사이사이로 작은 나라 장수의 설움과 아픔이 황하의 추위처럼 뼈저리게 느껴져왔다.

"전진하라."

아침부터 최영의 목소리가 시야를 가리듯 몰아치는 눈발 사이를 헤쳤다. 해 질 무렵, 고려군은 기어이 육합성(六合城)을 탈환하고 말았다. 그날 저녁 탈탈은 최영을 군영 막사로 불러 진심으로 고마워했다.

"장군, 고맙소. 당신이 싸우는 모습에 매번 감동하고 있소이다. 내

언젠가 들은 시 한 수가 생각나오."

> 적과 싸우러 전쟁터에 나가면
> 몸의 기력이 편안하고 한가롭고
> 화살과 돌이 앞으로 풀풀 날아와도
> 두려운 기색이 없었네.

"마치 장군을 두고 지은 시 같지 않소."

"원, 천만에. 저도 이번 전투에서 승상께 많은 것을 배웠습니다."

탈탈은 재상이며 무장이지만 대덕을 겸비한 덕장(德將)이었다.

연이은 지루한 싸움 속에서도 계절은 어김없이 오고 있었다. 남의 나라에서 맞는 새해였다. 해가 바뀌자, 적은 뒤로 물러가는 듯했다. 후진하던 적들이 갑자기 8천여 척의 대해군력을 앞세우고 회안성(淮安城)을 포위했다. 적군은 마치 피 냄새를 맡은 하이에나처럼 대들었다. 치열한 싸움 끝에는 언제나 발에 채는 전사자들의 시체뿐.

밤낮이 없는 전쟁이었다. 회안로(淮安路) 상황은 더 열악했다. 한족 출신 군웅들과 이리저리 자리를 바꿔 전전해야 하는 전쟁터. 피투성이가 되어도 맹렬히 추격해 악착같이 적과 맞섰다. 최영은 몇 번이나 창에 맞으면서도 분전해 죽이거나 사로잡았다.

도저히 끝날 것 같지 않던 혈전이 조금씩 끝날 조짐이 보이기 시작했다. 그 무렵 최영은 가슴 아픈 일을 경험했다. 장사성 토벌전 징벌군 사령관이자 재상인 탈탈의 죽음을 목격하고 만 것이다. 가까이에서 본 탈탈은 과묵하고 용맹스런 덕장이자 지혜로운 재상이었다. 언제나 백성들을 먼저 생각하는 장수였다. 칭송 뒤엔 모함과 시기가 따라다니는 법. 그의 무공을 시기하는 간신들은 그 꼴을 보지 않으려 했다. 언제 어디서나 간신들은 도적 떼처럼 달려들었다. 그들은 혁혁한 전공을 세운 전쟁터의 장수를 죽음으로 몰아 세웠다. 전투 중 장수를 해임한 생존경쟁의 그 기막힌 현실. 탈탈은 유배길에서 독살 당하는 비참한 최후를 마쳤다. 같은 무인으로서 가슴 아픈 일이었다.

죽은 탈탈의 애원(哀願)이었을까. 그 끝을 알 수 없는 지루한 장사성의 난. 치열한 긴 전쟁이 끝나가고 있었다.

선봉에서 적을 섬멸하며 이름을 날린 고려 장수 최영의 승진은 목숨 걸고 싸운 전리품. 그는 타고난 용맹성과 탁월한 추진력으로 무공을 세울 수 있었다. 혁혁한 무공이 고려에 전해지자, 공민왕을 비롯해 온 백성들까지 환호하며 반겼다.

공민왕 4년(1355) 사월, 최영은 고려로 돌아왔다.

최영의 나이 사십 세가 되었다. 장사성 토벌의 공을 인정받아 대호군(현 육군 중장)으로 승진했다. 이 장사성 토벌전은 최영이 본격적인 무인으로서 확고한 위치에 서는 계기가 됐다.

장사성 토벌전에서 돌아온 최영은 공민왕에게 탈탈의 최후와 혼란스런 원나라 조정의 실상을 적나라하게 고했다. 원나라의 상황을 상세히 전해 듣자, 공민왕은 반색하며 기쁨을 감추지 못했다. 원명 교체기를 이용할 수 있는 지금이 절호의 기회 같았다. 이 기회에 고려의 주권을 완전히 되찾아오자, 오랜 숙원을 이룰 수 있다는 강력한 자신감과 함께 들뜨기까지 했다.

"내가 삼 년을 숨죽이며 기다렸다."

장사성에서 돌아온 후 공민왕과 최영은 뜻을 같이하는 분신 같은 존재가 되었다. 그들의 생각은 오직 하나. 하루빨리 속국의 위치에서 벗어나 정체성을 회복하여 고려를 독자 생존하는 나라로 만들고 싶은 열망뿐이었다.

"그대가 나의 무거운 짐을 덜어주려 하니 참으로 고맙소."

"전하, 황공하옵니다."

공민왕은 최영을 알아주고 믿어주는 유일한 군주였다. 어찌 공민왕을 잊을 수 있을까. 어려서부터 어머니의 엄한 교훈을 듣고 자란 최영이었다.

'영아, 물 한 방울의 은혜라도 솟는 샘물처럼 갚아야 하느니라.'

받은 은혜에 보답하겠노라. 뼛속 깊이 다짐한 채 발끝에 날개가 달린 듯 앞장서 궂은일을 마다하지 않았다.

사람은 서로 바라보는 대로 물든다 했다. 최영과 공민왕은 어느 사이 때론 산처럼 때로는 물처럼 서로 그렇게 물들어가고 있었다. 최영은 주군의 안색만 봐도 그 심중을 알아차렸다. 어느 사이 최영과 공민왕은, 함께 웃고 함께 울 수밖에 없는 보이지 않는 사슬로 이미 묶여 있었다. 두 사람의 만남은 필연적 운명 같았다.

# 5          전쟁의 시대

공민왕이 왕위에 오른 지 사 년이 흘러갔다. 그사이 영민한 군주는 원명 교체기 대륙 정세의 변동을 재빨리 알아차렸다. 지금이 원나라의 간섭에서 벗어날 수 있는 기회라 생각되었다.

원의 쇠락하는 모습이 엿보이자, 원나라로부터 자주성을 회복하기 위해 왕은 반원정책을 펼치기 시작했다. 이 기회에 고려를 중흥시킴과 동시에 친원세력을 제거하고 개혁 군주로서 새로운 정치를 추진하기 시작했다.

공민왕이 즉위 교서를 반포할 당시, 몽골족의 제국인 원나라는 한족이 세운 명나라에 계속 밀리고 있었다. 국내외 정세는 대혼란에 휩싸여갔다. 외세는 원에서 명으로 서서히 바뀌고 있었다. 고려 조정은 명, 원 두 나라 사이에서 난감한 위치에 처하게 되었다. 위기 속에서도 공민왕은 원명 교체기의 혼란을 노린 요동 정벌을 꿈꾸기 시작했다. 패주하는 원보다 아직 자리 잡지 못한 명을 이용하려는 야심찬 꿈

을 갖고 있었다. 요동 정벌을 위해 미리 요양(遼陽), 심양(瀋陽) 일대에
고려의 군사적 영향력을 키우는 일을 강행하기까지 했다. 그만큼 국
토 회복에 공을 들였다.

"전하, 지금이 우리 고려가 원나라의 굴레에서 벗어날 좋은 시기
같사옵니다. 힘내소서. 미약하나마 소신도 최선을 다하겠습니다."

호시탐탐 기회를 엿보던 공민왕은 최영의 말에 힘이 솟는 듯 두
손을 불끈 쥐었다. 최영은 곧 여러 장수들과 힘을 모아 변란을 진압
해나가는 한편, 개혁정치를 추진하려는 왕의 편에 서서 적극 힘을 보
탰다.

그런 공민왕의 꿈과 최영의 노력을 번번이 가로막는 것은 남해안
을 어지럽히는 왜구의 침략이었다. 그럴수록 공민왕은 나라의 명운을
건다는 각오로 개혁에 임했다. 원나라에 빼앗긴 국권을 회복하고 부패
한 고려 조정의 기강을 바로 세우는 데 힘을 많이 쏟았다. 지금 상황
에선 백성들의 생명과 영토를 지키고 보호할 수 없었다.

의욕이 강할수록 공민왕의 기대는 뜻대로 실현되지 못하고 있었
다. 개혁가 공민왕의 뒤에는 원의 조정에 빌붙어 권력을 잡은 부패한
권신들이 있었다. 그들은 사사건건 왕의 앞길을 가로막으며 시시콜콜
캐고 따지고 간섭하려 들었다. 오랫동안 기득권을 갖고 있던 권신과
공신의 반란. 개혁정치는 하나같이 받아들여지지 않았다.

"아, 하늘이 나를 버리시는구나."

믿었던 도끼로부터 발등을 찍힐 때마다, 실망과 좌절 속에서 공민
왕은 매일 자신의 불우함을 한탄했다. 선제적으로 측근들을 관리하지

못한 것을 뉘우치며 괴로워하는 지아비를 노국공주가 다독거렸다.

"전하, 이럴 때일수록 굳게 마음을 잡으소서."

"내가 꿈꾸는 태평성대의 나라는 언제 오려나?"

"전하, 흔들리지 마시고 뜻대로 하소서."

좌절하는 공민왕의 곁을 늘 자신의 그림자 같은 아내와 최영이 지키고 있었다. 어떻게 개혁이 군주를 도울 수 있을까? 절망하는 공민왕을 애처롭게 바라보는 아내 노국공주와 무인 최영의 눈가도 매번 촉촉이 젖어들곤 했다.


집권한 지 오 년 차에 들어서는 공민왕은 의욕에 찬 젊은 왕이었다. 요동동녕부(遼東東寧府)를 공략하고 원나라에 탐라(제주도) 환수를 요구하며 국내 개혁정치를 주도해나갔다. 수시로 닥치는 외세의 침략에 흔들리며 불화하는 시대. 그런 위급한 상황과 달리 공민왕의 생각은 날이 갈수록 돌처럼 더 단단하고 확고해져갔다.

개혁군주이자 영민한 공민왕의 가슴속에는 끌려간 시절의 한이 깊었다. 군주가 힘들고 고통스러워야 백성들은 편안하고 행복한 삶을 살 수 있다. 공민왕은 고려의 세자로서 굴욕적인 고통의 세월을 보낸 인물이었다. 그는 원나라에서 마음속 허기를 안고 나날을 괴롭게 보냈다.

환국과 동시 왕위에 오른 공민왕은 한이 깊은 만큼 욕망도 깊었다. 벗어나지도 이기지도 못하고 원나라의 지배하에 속국처럼, 조공을 바치며 숨죽이고 살아온 지난한 세월. 공민왕은 치가 떨렸다. 자다

가도 벌떡 일어나 몸서리 쳤다. 호복을 벗어던지며 고려인답게 살고 싶었다.

어린 나이에 볼모로 끌려가 사는 동안 공민왕은 가슴에 피멍이 켜켜이 쌓여 있었다. 자신에겐 어서 잃어버린 영토도 되찾고 백성들이 내 땅에서 고유의 삶을 살게 해야 할 의무가 있었다. 수많은 꽃다운 고려 처녀들이 공녀로 끌려갔다. 그들에게 고려인다운 삶을 유지하며 고려인으로서 인간다운 삶을 살게 하고 싶었다. 그의 마음속에는 고통 받는 고려 백성만 존재했다. 원나라에 붙어 있는 한. 고려는 번영하기는커녕 숨도 쉴 수 없는 세상이 지속될 것이다.

하루 속히 원나라의 속박에서 벗어나는 길이 우선이었다. 어서 고려 백성들이 편히 살게 하고 싶은 간절한 열망이 뼛속까지 박힌 임금이었다.

최영의 생각도 공민왕과 같았다. 일찍이 장사성 토벌전에 출정하면서 가슴속으로 다짐했다. 속국인 고려의 장수로 남의 나라 싸움에 목숨을 내걸고 싸울 때의 그 비참함이 가슴에 맺혀 있었다.

명석한 두뇌의 소유자였던 만큼 공민왕은 꿈도 크고 원대했다. 공민왕이 반원정책을 고수하는 절체절명의 이유였다. 그런 공민왕의 생각과 달리 그의 개혁의지는 부원배(附元輩) 중심으로 권문세족의 반발을 불러일으켰다. 거센 반발 앞에 한낱 물거품처럼 개혁의지는 흩어지려 하고 있었다. 그럴수록 공민왕은 단호했다. 원의 극심한 간섭과 원에 빌붙어 사는 권문세족들의 불신에 맞서 대항했다. 가장 먼저 고려의 기강을 바로세운 후, 그가 꿈꾸며 그려왔던 제세안민(濟世

安民)의 나라를 만드는 것뿐. 그의 머릿속에는 다른 것들은 존재하지 않았다.

공민왕 5년(1356) 오월, 공민왕은 서북면(西北面) 병마부사(兵馬副使)로 막 승진한 최영에게 명령했다.

"압록강을 건너가 원의 병참을 공격하라."

병참은 전장의 후방에서, 식량, 탄약 따위 군수품의 보급과 후방 연락선의 확보 등을 맡아보는 기능, 기관을 말한다.

서북면 병마부사인 최영은 인당(印璫)과 함께 압록강 서북지역의 팔참(八站)으로 향했다. 그 당시 파사부(婆娑府)를 비롯한 팔참은 원나라에 속해 있었다. 압록강 건너 서쪽을 격파해 잃었던 옛 영토 파사부와 팔참을 되찾아왔다. 오랜 숙원이 이뤄지자, 공민왕은 앓던 이가 뽑힌 듯 기뻐했다. 그만큼 공민왕의 꿈은 절실했다.

칠월이 되자 공민왕의 명이 또 내려졌다.

"최영은 서해(西海), 평양(平壤), 나성(泥成), 강계(江界)의 체복사(體覆使)가 되어 전투에 임하라."

최영은 일선 지휘관으로서 선두에 섰다. 적진에 도착하자 기다렸다는 듯 화살이 날아왔다. 그 화살 속으로 돌개바람처럼 달리고 또 달렸다. 기만전술로 돌진하는 척 유인해 적을 죽이거나 사로잡기 시작했다. 죽느냐 사느냐 오직 그뿐. 대담한 기습공격도 마다하지 않았다. 마지막까지 밀려다니던 적들이 어느 순간 퇴각하며 도망치고 있었다. 물러서는 기색이 보이자 최영은 이를 놓치지 않았다. 악착같이 쫓아갔다. 기어이 전멸을 시키고 말았다. 전쟁은 힘으로 하는 게 아니라 전술이 우선이었다.

공민왕의 영토 회복에 대한 열망은 날이 갈수록 지치지도 않았다. 호시탐탐 기회를 엿보던 공민왕이 다시 영토 수복을 분부했다. 밀직부사(密直副使) 유인우(柳仁雨)에게 백 년간 빼앗겼던 함경도 일대 쌍성총관부 지역을 되찾아오라고 명령을 내렸다. 최영은 유인우 휘하에서 다시 토벌에 나섰다. 본래 이 지역은 고려 정부의 통치력이 강하게 미치지 못하던 곳이었다. 거기엔 그간의 이유가 있었다.

백 년 전 고종(高宗) 45년(1258), 용진현에 큰 사건이 발생했었다.

몽골과 전쟁 중 조휘(趙暉)와 정주 사람 탁청(卓靑)이 고려의 지방관을 죽이고 몽골에 항복하는 일이 벌어졌다. 몽골을 즉각 총관부를 두고 조휘를 총관, 탁청을 천호로 삼았다. 그 이후 그들 일족이 총관과 천호직을 세습하며 다스렸다. 용진현에는 고려에서 온 고려의 유이민(流移民)과 여진 사람들이 섞여 살고 있었다. 여러 차례 쇄환(刷還)하고자 했지만 실효를 거두지 못하고 있었다. 그렇게 긴 세월이 흘렀다.

유인우와 최영이 쳐들어가자, 총관 조소생(趙小生)과 천호 탁도경(卓都卿)이 거세게 항거해 왔다. 그때 조휘의 손자이자 조소생의 숙부인 조돈(趙暾)과 이 지역에 토착해 살던 이자춘(李子春)이 고려군에 은

밀히 내응해 오자, 조소생은 불리함을 깨닫고 이판령을 넘어 도망가고 쌍성총관부는 폐지되었다. 유인우, 공천보(貢天甫), 김원봉(金元鳳), 최영은 적신(賊臣)과 함경도 이북 야만족의 동번(東藩)을 토벌하여 쌍성(현 영흥)을 기어이 수복하였다. 백 년간 빼앗겼던 함경도 일대를 되찾자, 원나라는 쌍성과 삼살(三撒) 이북을 자유롭게 왕래할 것을 요청했지만, 그곳은 본래 고려 땅이라고 공민왕은 거부했다. 쌍성총관부의 땅을 회복하는 과정에서 최영은 이자춘과 그의 아들 이성계(李成桂)를 처음 만났다.

공민왕 7년(1358), 매서운 긴 겨울이 가고 어느 사이 새봄이 다시 돌아왔다. 동삼 내 움츠리고 있던 언 땅이 흙살을 열고 포삭거리며 기지개를 펴는 춘삼월. 겨우내 메말랐던 마른 땅 위로 꽃샘바람이 불어오자, 화신(花信)은 늘 반가운 손님처럼 되돌아왔다. 자고 일어나면 나뭇가지마다 물오른 새순 사이로 연둣빛 속잎이 돋아났다. 가지 끝마다 연초록 속잎 사이사이로 어느새 바지런한 꽃눈이 움트고 온갖 꽃들이 앞다투어 서로 피어났다. 수줍은 듯 조붓조붓 내미는 작은 꽃잎들. 세상이 온통 꽃잔치 속에서 봄이 어느새 무르익어가고 있었다.

"어, 벌써 꽃들이 지네."

난분분 떨어지는 꽃잎을 보며 누군가 지는 꽃이 아쉬운 듯 중얼거렸다. 그러나 난세를 만난 무인은 전쟁터가 일상이었다. 구름처럼 전쟁터를 떠도는 최영에겐 꽃이 피고 지는지 돌아볼 여유는커녕 자신을 연민할 시간조차 없었다. 오직 전쟁만 기다리고 있었다. 자나깨나 무인으로서의 길만 존재했다.

봄이 무르익는 사월 끝자락, 해도 뜨기 전 급한 전령이 도착했다.

"대호군님, 왜선이 쳐들어왔습니다!"

양광도, 전라도 체복사인 최영에게 오예포(吾乂浦)에 왜구가 침입했다는 보고가 들어왔다. 이웃 섬나라 왜구들은 잊을 만하면 쳐들어왔다. 침공은 날이 갈수록 거세지고 있었다.

"왜선 사백 척과 대군을 이끌고 물밀듯 쳐들어오고 있습니다."

얼마나 달려왔는지 전령사는 말을 마치자 곧 쓰러졌다. 최영은 곧바로 출정해 바다로 나갔다.

듣던 대로 왜선 수백 척이 온 바다를 뒤덮고 있었다. '장군님! 장군님!' 자신을 부르는 백성들의 애달픈 소리가 천지사방에서 들려왔다. 한시도 지체할 수 없는 긴박한 상황이었다.

급히 병사들을 적재적소에 매복시켜놓는 한편, 기회를 틈타 선제공격을 지시했다. 매복 군사들의 암호에 따라 전투 신호를 보내자, 바다는 한순간에 무간지옥으로 변했다. 왜구 역시 많은 군선과 대군으로 아귀처럼 달려들었다. 계절은 온통 꽃잔치 중. 이리도 아름다운 세상을 펼쳐주건만 인간 세상은 늘 피를 부르는 냉혹한 전쟁만 이어지고 있었다.

"여기서 패하면 개경이 위험하다."

뱃전을 울리는 최영의 목소리는 검푸른 성난 파도 같았다. 갑자기 거센 바람과 해무가 짙게 깔리기 시작했다. 짙은 해무 속에서 절규하는 고함 소리가 성난 파도 속에 함몰되어 들려왔다. 수시로 침노해 약

붉은 무덤

탈하는 왜구들이었다. 이 아비규환 속에서 백성들의 울부짖는 처절한 목소리가 최영의 귓가를 또 후려치고 지나갔다. 불쌍한 백성들을 구해야 한다. 최영은 두 주먹을 불끈 쥐었다. 한시가 급했다.

"요함(僚艦)으로 하여금 서둘러 해상 봉쇄를 하라."

왜구의 배가 꼼짝할 수 없도록 작전 지시를 내렸다. 뱃전으로 비 오듯 화살이 쏟아졌다. 최영은 평시 훈련 때마다 미리 거리를 재고 부표를 설치한 뒤 좌표대로 화살을 쏠 것을 역설했었다. 왜선에 오른 병사들은 창과 칼을 바람인 양 휘둘렀다. 누가 왜구고 누가 고려 병사인지 분간조차 할 수 없었다. 한 차례 왜선이 패하면 다음 왜선이 어디선가에서 반복해 나타났다. 신출귀몰했다.

"돌진하라!"

적장의 거만한 명령이 최영이 서 있는 뱃전까지 쩌렁쩌렁 울렸다. 목소리로 상대 진영의 기를 누르려 하는 것이다.

밀려오는 왜선은 흡사 빙하 같았다. 왜구의 기세는 서슬이 푸르렀다. 허나 최영은 눈썹 하나 꿈쩍하지 않았다. 오히려 최영이 휘두를 때마다 칼끝은 얼음처럼 빛이 났다. 병사들은 일제히 활을 겨누고 일사불란하게 쏘았다. 발밑이 저승길이건만 죽기 살기로 칼을 휘두르고 화살을 당기는 모습은 마치 저승사자를 보는 듯했다. 뱃전에 화살이 난무하는 가운데 병사들은 육탄전도 마다하지 않았다. 들리는 소리는 칼과 칼이 부딪치는 섬광 같은 무쇠 소리뿐. 시간이 흐를수록 배와 배가 서로 밀치자, 배들은 삽시간에 용광로로 변해버렸다. 오직 최영의 목소리만 온 바다를 쩌렁쩌렁 울리고 있었다.

"전속력으로 전진하라!"

"물살이 세서 노 젓기가 어렵습니다."

"그래도 저어라! 힘껏 저어라!"

전진, 후진, 선회. 잇따른 최영의 명령에 고려 병사들은 죽을힘을 다해 노를 저었다. 팔이 부러져라 노를 저으며 달려들었다. 어디서 저런 용기가 나왔을까. 용장 밑에 약졸은 없다는 말을 증명하듯, 나라의 존망 앞에 병사도 장수도 없었다. 오직 애국충정만 존재했다.

"궁수대 준비. 화살을 쏴라!"

서릿발 같은 최영의 호령과 동시에 화살이 빗발처럼 쏟아졌다. 마치 우박이 쏟아지듯. 역시 최영은 신궁이었다. 백발백중, 신궁답게 빛처럼 빨랐다. 최영의 화살은 바람이요, 적들은 바람 앞의 촛불에 불과했다.

화살 꽂히는 소리, 칼 부딪치는 금속성의 부르짖음. 죽어가는 병사의 마지막 절규만 해무처럼 짙푸른 바다를 온통 감쌌다. 이곳엔 오직 죽느냐, 죽이느냐 절체절명의 순간만 존재했다. 이 절명의 순간 이게 무슨 조화일까. 갑자기 북쪽에서 때아닌 바람이 불기 시작했다. 앞을 분간할 수 없는 세찬 바람이었다. 신명(身命)을 바친 탓일까. 기막힌 천우신조였다.

"배를 돌려라."

어느 것이 적선인지 서로 분간할 수 없는 아수라장의 시간들. 앞으로 뒤로도 진퇴양난의 입장이 되자, 왜구들이 진률(震慄)하는 모습이 보이기 시작했다.

"야아, 적들이 도망간다."

누군가 소리쳤다.

서서히 퇴각하는 왜구들을 향해 최영은 기다리고 있었다는 듯 마지막 전진 명령을 내렸다.

"쥐새끼 한 마리도 빠져나가지 못하게 촘촘히 막아라!"

"빨리 후퇴하라!"

다급히 외치는 적장의 목소리마저 짙푸른 바다가 한순간 집어삼켰다. 소수의 인원이었다. 대군의 왜구를 막기에 역부족이던 차 패퇴 직전의 전세를 뒤집은 최영의 전술은 절묘했다. 반격에 나서게 되자 군사들의 사기가 온 바다를 집어삼킬 듯 충천했다. 왜선이 침몰하고 있었다.

그때였다.

"배를 돌려라!"

물살이 돌아서기 시작했다. 바다는 다시 잠잠해지고 있었다. 위기의 순간 과감하고 결단력 있는 용장만 살아남는다.

아무리 궁지에 몰려도 '후퇴'라는 말을 절대 입에 올리지 않는 장수가 최영이었다. 그의 가슴속엔 오직 절대로 뒤로 물러나지 않겠다는 각오, 즉 불퇴(不退)의 각오만 있었다. 후퇴는 애시당초 존재하지 않았다. 오직 뛰어난 리더십과 용병술, 예리한 판단만이 존재했다. 전쟁터에서 최영은 빛처럼 빨랐다. 역시 묘수에 뛰어난 장수였다. 아니 최영은 전쟁의 신(神)이었다.

전쟁의 신 최영이 돌아오는 길목은 온 세상이 완연한 봄빛으로 화사했다. 승전고를 울리며 흙먼지 속을 달려오는 최영과 전쟁터에서 살아남은 병사들. 마치 그들을 기다렸다는 듯 따스한 봄 햇살이 길가까지 내려와 있었다. 내려앉은 봄은 그지없이 평온해 보였다. 화려한 봄빛 속에서 저마다 무리지어 오보록 피어 있는 희고 붉은 꽃 사이로 작고 노란 꽃송이들. 바람따라 이리저리 소복이 내려앉는 못다 핀 작은 꽃잎들. 오늘따라 그 꽃무리들은 최영의 가슴을 다시 아프게 후벼 팠다. 분분히 떨어지는 꽃잎들 사이사이로. 사라진 젊은 영혼들이 작은 꽃으로 피어난 듯, 살아남은 자들을 슬프게 한다.

'전진해 돌격하라.'

자신의 명령 한마디에 제 명대로 살지 못하고. 용감히 싸우다 떠나간 수많은 장삼이사들이 스쳐 지나간다. 피에 물든 전쟁터에서 돌아오지 못하고 화살, 창받이로 죽어간 그들. 무명 병사들에게 진 생명의 빚은 갚을 길이 없다. 희생을 강요한 장수의 더없는 슬픔과 아픔만 허공의 넋 사이를 비수가 되어 떠돌아다닌다. 서글픈 무장의 운명이란 짐.

매번 전쟁터에서 돌아오는 길, 늘 최영의 가슴은 아프고 쓰렸다. 지휘관으로서 그 고통은 승전의 기쁨보다 몇백 번의 고통으로 그를 괴롭혔다.

내 나라를 지키고 백성들을 살리기 위해 호국영령이 된 그들. 아무리 타고난 장수요 탁월한 무인이라도 신은 아니었다. 전쟁은 반드시 희생의 대가를 치러야 끝이 났다. 전쟁터에선 죽거나 살거나 그 길

붉은 무덤

밖에 없었다. 일단 붙으면 진검 승부뿐. 신 같은 장수에게도 승리는 언제나 희생을 강요할 뿐 희생 없는 대가란 없었다.

이름 없이 산화한 병사 하나하나, 내 부하이기 전에 누군가의 소중한 가족이었다는 사실. 누군가의 다정한 아버지였고, 세상에서 제일 귀하고 사랑스런 아들이었을 저 꽃 같은 이름 없는 영웅들. 부모, 자식보다 내 나라가 더 큰 존재였던 그들의 영혼은 지금쯤 한 자락 바람이 되어 어디로 가고 있을까?

피었다 지는 생이란 이름의 아릿한 봄 꽃잎처럼. 속절없이 사라져 흩어지는 젊은 영혼들의 길 잃은 넋들이, 소복소복 길목에 내려 앉아가는 발길을 자꾸 막는다. 따스한 봄 햇살에 이리저리 몸을 비비며 사분거리는 작은 꽃잎들. 못다 핀 작은 꽃잎들마저 미처 제 생을 못 살고 스러진 전쟁터의 젊은 넋인 양 바람결에 졸졸 따라오고 있었다. 살아남은 자들의 슬픈 발길을.


"구국의 위대한 공적이오."

공민왕은 왜구의 대군을 물리치고, 나라의 위기를 모면하게 해준 최영을 이번에도 진정으로 치하했다. 누가 고려, 아니 나를 위해 제 몸 바쳐 저토록 싸워줄까. 전쟁터에서 돌아오는 최영을 보는 순간 늘 가슴이 뜨거웠다. 최영 역시 마찬가지였다. '병졸이었던 자신이 지존 (至尊)이신 임금께 이토록 인정을 받다니, 진심은 진심으로 갚자.'

최영은 참된 마음으로 자신을 신뢰해주는 주군을 위해, 평생 이한 몸 바치자는 맹세를 매 순간 가슴에 품고 사는 무인이었다. 그 맹세는 짐이 아니라 꼭 씹어 삼켜야 할 최영의 책무였다. 그 책무는 머릿속에 항상 있을 만큼 최영에겐 특별한 사람이 공민왕이었다.

고려 말, 공민왕과 최영의 시대는 전쟁의 시대였다.

그들 곁에는 항시 전쟁이 있었다. 역사상 유례가 없는 다수의 전쟁을 치르던 시절이었다. 그 시대는 외적으로나 내적으로나 격변기였다. 혼란의 시대에는 나라와 나라 사이에 영원한 우방은 없었다. 이익을 나누는 것은 잠깐이고, 상황이 달라지면 칼로 무 자르듯 갈라섰다. 나라 간의 관계는 언제 뒤집혔다 붙을지 알 수 없는 물속 같았다.

전쟁은 힘의 균형이 무너지고 동등한 이익을 주고받을 수 없는 순간. 또는 싸워서 얻는 게 더 많다는 계산이 나올 때 시작되었다. 그 명확한 이해관계 속에서 전쟁은 늘 잉태되고 이어졌다. 강한 힘을 가진 자들이 승자가 되는 전쟁. 당연히 나라와 나라 간 서로 영토를 쟁취하기 위한 싸움은 끝없이 예고되었다. 고려 말 정세는 한 치 앞도 예측할 수 없었다.

외세의 침략과 반란으로 단 한순간도 전쟁의 혼란에서 마음 놓을 수 없는 상황이 전개되고 있었다. 효란(淆亂)의 시대일수록 군주와 무인에겐 목숨 걸고 지켜야 할 막중한 책무가 따라다녔다. 어진 임금과 용맹한 장수가 서로 만들고 지키는 태평성대였다. 나라 밖 사방 국경이 안전하고, 백성들은 전쟁 걱정 없이 자신의 농보를 경작하여 풍요로운 삶을 즐기는 일이었다.

안타깝게도 고려는 그 반대의 길로 가고 있었다. 일상이 전쟁이었

붉은 무덤

다. 그 혼란의 중심에 무장 최영이 있었다. 어느 사이 전쟁은 그에게 일상의 일부가 아닌 삶의 전부가 되었다. 이 길은 자신이 그토록 소망하던 길이었다. 홍주의 강한 충절의 기를 받고 태어난 무인 최영. 위기의 순간에도 홍주인 특유의 기개로, 한 발 물러섬 없이 의리 앞에서 목숨도 기꺼이 내던질 줄 아는 사나이가 최영이었다. 설사 일상이 전쟁일지라도 최영은 숙명으로 알고 기꺼이 받아들였다. 무인의 길을 열어준 주군에 대한 신하로서의 도리이자 책무이기도 했다.

6    홍주의 달아기씨

전쟁이란 언제 어디서 일어날지, 공간도 시간도 예측할 수 없었다. 발 딛는 곳마다 전쟁터가 됐다. 순식간에 목숨도 나라도 빼앗기는 것이 전쟁이었다. 특히 영토 확장은 무명 병사들의 피 같은 청춘을 날린 대가로 얻어낸 피의 흔적이었다. 그들의 희생을 헛되게 해선 안 된다. 살아남은 자들은 무명 병사들이 흘린 피를 밟고 더 강한 나라를 만들어야 했다.

언제부터인지 최영은 자강(自强)의 필요성을 절감하고 있었다. '스스로 강한 힘을 길러야 한다' 생사가 오가는 전쟁터, 힘 있는 자만 살아남는다. 자강만이 전쟁에서 이길 수 있는 비결이다. 힘없는 평화는 백성을 지킬 수 없고 힘없는 나라 역시 백성을 지킬 수 없다.

무인은 갑의란 제복을 입는 순간 자신의 목숨보다 책무가 우선이다. 나라의 안위와 번영 그리고 백성을 책임질 의무를 짊어졌다.

전쟁에서 이기는 길은 오직 강한 힘에서 나온다. 또한 강한 힘은

74    붉은 무덤

훈련에서 나온다. 훈련하지 않는 병사는 병력이 아니다. 꾸준한 훈련을 통해 실전 경험을 쌓게 해야 한다. 강한 병력이 되기 위해 평상시 전투 태세를 갖춰 대비해야 전쟁에 패하지 않는다. 훈련하지 않은 병력이 실전에서 어떤 위험에 처할지, 너무 익히 아는 지휘관이 최영이었다.

비상시를 위해 만반의 준비 태세가 필요했다. 가만히 앉아 당할 수는 없었다. 평상시 전쟁 준비를 철저히 하는 길만이 나라를 구하는 길이었다. 누군가는 해야 할 일이고 지금이 그때다. 두 주먹을 움켜쥐고 벌떡 일어서는 동시 목소리를 높여 소리쳤다.

"홍주(洪州)로 부대를 이동시켜라."

"네, 갑자기 왜 홍주로?"

대답 대신 최영은 떠날 차비를 서둘렀다.

홍주에 도착한 즉시 최영의 일성은 이러했다.

"무관들은 명심하라, 칼은 칼집에 있을 때 더 날카로운 법. 무인에겐 가슴속 신념이 곧 칼집 속 칼이다."

칼은 본시 뽑은 후보다 칼집에 있을 때 위력이 더 크다. 부대를 홍주로 이동해 주둔시킨 후 최영은 밤낮으로 군사 훈련에 매달렸다. 기초부터 하나하나 한 치의 소홀함도 없었다.

"지금 병사들이 흘리는 고된 땀이 전쟁터의 피를 줄인다. 훈련 또 훈련만이 나라와 백성을 지킬 수 있다. 무관과 병사들은 침과대적(枕戈待敵)의 자세로 늘 준비하라."

최영의 말이 끝나자 창을 들고 앞에 섰던 어린 병사가 물었다.

"장군님, 침과대적은 무슨 말씀이신가요?"

"창을 베고 적을 기다린다는 뜻이다. 모두 가슴에 새겨라."

언제 어느 때 전쟁이 일어날지 모른다. 사방이 다 적이다. 특히 왜구는 호시탐탐 기회를 엿보며 예고도 없이 쳐들어오지 않는가. 훈련은 가혹하리만치 철저했다. 자나 깨나 병사들을 닦달했다. 잠시도 허튼짓을 할 틈을 주지 않았다. 최영은 전쟁 앞에서는 칼끝보다 냉혹한 무인이었다. 한 번의 실수도 용서하지 않았다. '강한 군대만이 평화를 가져온다. 강한 고려를 만들어야 한다.' 최영은 입버릇처럼 되뇌고 다니며 훈련을 다그쳤다. 항시 훈련장을 주시하며 잠시도 틈을 주지 않는 엄혹한 강골 지휘관이었다. 또 한편으로 장수는 물론 병사 개개인의 심신이 굳세고 단단한 기골이 되기를 시시때때 요구하고 있었다.

외세 침략이 많았던 탓일까, 문(文)을 숭상하던 고려가 언제부터인지 무(武)를 중히 여기며 변하고 있었다. 때때로 왕도 행차해 친히 활쏘기와 말달리기를 즐겼다. 지방의 호족과 군벌들도 각자의 사병(私兵)을 거느리며 독자적인 지휘권을 가지려 애썼다. 그때까지만 해도 무사들이 익히는 무예기법은 통일되지 않았다. 무예기법으로 수박희(手搏戱)가 성했고, 궁술, 택견, 격구(擊毬), 기마술이 있었다. 사방에서 북을 치게 하고 고함을 지르며 적을 공격하는 마상육기도 발달했었다.

최영의 훈련은 철저했다. 기마에 있어서도 말을 타고 전투하는 기병(騎兵)과 적을 기습하는 기병(奇兵)을 선발해 말들이 지칠 때까지 피나는 훈련을 시켰다. 격구와 활쏘기, 기마궁술, 수박희도 주종목이었다. 시간이 흐르자 거듭되는 훈련의 효과가 나타나기 시작했다.

격구는 말을 타고 숟가락 모양의 기다란 지팡이로, 오십 보 거리에 있는 공을 쳐 이백 보 전방에 있는 너비 다섯 보의 구문에 넣는 훈련이었다. 말 타고 달리는 마상격구와 발로 뛰는 보행격구로 나눠 철저히 조련시켰다. 결과는 최영의 예상대로 적중했다.

말을 타고 강력한 활을 쏘거나 창을 내지르는 기마궁사에겐, 말을 탄 채 거리를 유지하는 허릿심이 필수였다. 격구는 허릿심을 적절히 키울 수 있어 최영은 훈련 시 격구를 중요시했다. 기마궁술을 익히는 데 격구는 최고의 중요한 훈련 방법이었다. 근거리에서 목표물과 비비듯 움직이며 회피해야 하는 기마궁술에서 격구 동작은 꼭 필요했다. 말을 타고 긴 막대기로 공을 치는 훈련 자체가 실전 기마궁술에 크게 도움이 되었다. 말달리며 화살을 쏠 경우 꼭 필요한 훈련이었다.

특히 최영은 효율성 높은 기마궁술 훈련을 위해 말을 타고 싸우는 병사, 기졸(騎卒), 마병(馬兵)들에 각별히 공을 들였다. 달리는 말 위 격구훈련은 기마궁술의 단련에 상당한 도움이 되었다. 마상재(馬上才)뿐 아니라, 최영은 특히 기마 병사의 육성을 장려하는 장수였다.

활쏘기 훈련 시간. 빛을 가르는 듯 빠른 화살. 최영은 백 발을 쏴도 백중백발이었다. 작은 눈금 하나도 비껴가 과녁에 꽂혔다. 역시 최영은 고려 최고의 궁사였다. 그뿐이 아니었다. 백마에 탄 채 비호처럼 달리며 활을 쏘는 모습은 모두 넋을 놓고 바라볼 수밖에 없었다. 최영의 신궁은 병사들의 사기를 한껏 북돋아주는 매개체 역할을 톡톡히

했다.

"바람이 지나갔나. 귀신 같아."

"우리는 언제쯤 강궁과 연궁을 자유자재로 쏠 수 있을까?"

"그러게 말일세."

전투용 활에는 강궁(剛弓)과 연궁(軟弓)이 있었다. 강궁은 먼 거리에서 멀리 쏠 수 있는 원사가 가능해 보병들이 주로 사용했다. 연궁은 근거리에서 빠른 속도로 연달아 쏘는 속사가 편해 기마 병사들이 주로 썼다.

최영은 강궁, 연궁 다 뛰어났다. 특히 강궁을 즐겨 사용하는 장수였다.

"장군이 매번 전투에서 혁혁한 승리를 하는 이유가 무엇일까?"

"그것은 저 달인다운 탁월한 신궁 때문이야."

아침부터 저녁까지 병사들이 지르는 기합 소리가 홍주 너른 벌을 바람처럼 날아다녔다.

수박희의 '희'는 놀 희(戲) 자로 언뜻 씨름을 연상하기 쉽다. 사실 '희'는 활쏘기, 말타기 등, 두 사람 이상 여럿이 겨루는 것을 뜻하는 말이다.

수박(手搏)은 우리 고유의 무술인 동시에 무과에선 필수였다. 손을 써서 상대를 공격하는 전통 무예 방식이었다. 주로 발을 사용하는 택견과 대조를 이룬다. 기상이 늠름한 청년 무사들이 양손을 펼치며 동작을 취할 때, 최영은 그 모습만 바라봐도 흐뭇했다.

전쟁이란 원래 먹잇감이 보이면 달려드는 것이 우선이다. 동시에 목표물을 순식간에 뼈만 남기는 하이에나처럼 집어삼켜야 했다. 그게 철칙이었다. 피와 살이 튀고 설령 만신창이가 돼도 살아남은 자가 승자가 되는 것이 전쟁이었다. 일상이 전쟁인 장수 최영은 몸으로 그걸 익혔다.

최영은 절대 지상담병(紙上談兵)을 믿지 않았다. 병법은 오직 실전이라고 믿는 그였다. 지상담병이 아니라 끊임없는 훈련 강화만이 승전의 길이라 믿는 무장이었다. 당연히 실전에 강한 병사를 키워내는 일이 무장 최영의 지상 최대 목표이자 사명이라고 생각했다. 최영의 실전에 대한 믿음은 확고하고 단호했다.

평시와 실전은 차원이 다른 관계다. '평화를 원하거든 전쟁을 준비하라.' 철저한 준비로 기회를 기다려야 한다. 전쟁의 재앙을 막는 건 지상담병이 아니라 실질적인 실전 대비에 있다. 힘을 길러야 한다.

무인은 항상 전쟁, 전투를 결코 잊어선 아니 된다. 최영의 목적은 오합지졸을 끌고 다니는 게 아닌 실전 경험이 풍부한 정예 전투병 양성이었다.

끊임없이 실전 같은 훈련을 반복해 실행에 옮기고 있었다. 단 한 순간도 놓쳐선 안 된다. 철저한 방어 태세 준비로 기회를 기다려야 한다. 그것이 최영의 생각이었다. 그런 각오 탓일까, 군대의 기강 앞에서 최영은 추상(秋霜) 같았다. 지력과 무력이 출중한 최고의 명장 최영이 아닌가. 그를 따르는 병사들도 자연적으로 실전 경험이 풍부한 정예 전투병들로 거듭나야 했고 또 거듭나고 있었다.

오늘은 택견 시범을 보이는 날. 이른 아침 산보 겸 최영은 금마총을 한 바퀴 돌아왔다. 홍주에 주둔해 있는 동안만이라도 금마와 함께하고 싶었다. 홍주는 최영이 태어난 고향이자, 어린 시절 소년무사로 성장했던 곳이었다.

"내 구령에 따라 팔다리 동작을 절도 있게 반복해 움직여라."

아침부터 병사들은 젊은 무관의 지시에 따라 일사불란하게 움직이고 있었다. 손과 발을 자유자재로 움직이는 동작. 빈틈이 보이면 치고 들어가는 주먹 지르기. 무관이 소리쳤다.

바라보는 최영의 입가에 흐뭇한 미소가 떠나지 않는다. 입속 혼잣말과 함께 얼굴 가득 떠나지 않는 만족스런 표정. 그 얼굴에선 자신감이 넘쳐흘렀다. 지상담병도 중요하지만 역시 실전이었다.

"야아!"

귓가를 때리는 기합 소리에 뒤를 돌아보았다. 그의 눈에 한 무관이 들어왔다. 한눈에 알아보았다. 예사 몸짓이 아니었다. 갑자기 최영은 그 큰 눈으로 주시하기 시작했다

후려치고 찌르는 품새가 남달랐다. 찰(찌르기) 동작은 비범하고 동작 하나하나가 뛰어났다. 한 발 나가서 손을 드는 동시 찌르기로 들어가는 동작은 마치 바람같이 민첩하고 빨랐다. 일사불란하게 품새를 펼치며 자유자재로 바꾸는 고난도 자세. 어느 순간 칼끝이 불을 뿜듯 번쩍이며 몸을 날려 새처럼 날아오르다 착지하는 찰나. 최영은 자신도 모르게 큰 환호성을 지르고 말았다.

팔과 다리를 돌리는 동작 또한 오랜 훈련 후 나타나는 숙련미가

붉은 무덤

탁월하게 돋보였다. 그 무관이 진검을 드는 순간 '어' 소리가 입속에서 저절로 나왔다. 좌우로 칼을 휘두르는 대로 칼끝이 춤을 추는 것 같았다. 칼날이 부딪칠 때마다 날카로운 쇳소리가 났다. 한 치의 실수도 없었다. 오싹, 신기까지 느껴졌다. 바라볼수록 절도 있고 흐트러짐 없이 빛처럼 빠른 칼솜씨였다. 마치 신이 추는 불가사의한 검무를 보는 것 같았다. 칼을 쓰고 익히는 격검(擊劍)이 뛰어난 무사였다. 말을 타고 달리면서 활을 쏘아 과녁을 맞히는 마사희(馬射戲) 모습은 가히 기마궁술의 백미였다. 무인의 모든 기예가 달인 수준이었다.

낯선 무관이 보여주는 온갖 무예는 오랜 훈련과 경험 없이는 불가능한 일이었다. 최영은 한쪽 구석에서 꼼짝 않고 뒷짐을 진 채 매의 눈으로 지켜보고 있었다. 거기에 준수하고 훤칠한 용모까지 눈에 띄었다.

출중한 무예와 함께 몸에 밴 강직함과 근면 성실함도 살짝 엿보였다. 부리부리한 눈빛에 실력까지 겸비한 저 듬직함. 자신이 그토록 기다렸던 호국무사(護國武士)의 모습이었다. 어느 사이 최영의 입안에선 고여 있던 침이 한꺼번에 꿀꺽 넘어가고 있었다.

"저 무관은 누구냐?"

"오늘 새로 온 산원(散員, 정8품 무관 벼슬)입니다."

옛날부터 관상을 볼 때 사람의 얼굴에서 코를 천기(天氣)로 보았다. 천기를 흡입하는 코는 관상에서 중요한 비중을 차지했다. 그 이유는 코가 천기를 흡입했다 내뿜는 역할을 하고 있기 때문이다. 코가 천기라면 입은 지기(地氣)라 할 수 있다.

언젠가 만난 관상쟁이가 최영을 보며 그랬다.

"금방이라도 불을 뿜어낼 것 같은 길고 큰 코, 부리부리한 눈, 다 부쳐 보이는 입. 당신은 크게 될 상(相)이오. 코가 크면 자존심과 자기주장이 강해 재물을 모으는 데 장애가 되지만 비굴하게 자기를 속이지 않고 의리 또한 내치지 않는 상이오."

그 이후 누군가 처음 보는 사람에게서 호감이 느껴질 때 그 관상가의 말을 떠올려보곤 하였다. 바라볼수록 타고난 올곧은 무인의 기상이 느껴졌다. 시범이 끝나자 달려 나가는 산원 앞으로 다가갔다. 그 순간 두 사내의 눈에서 불꽃이 일었다. 전쟁터를 내 집처럼 누비는 무장 특유의 불꽃이 마치 막 폭발하려는 화산 같았다.

"귀관의 성명은?"

"무예 무(武) 자에 눈이 밝고 탁 트인 시야를 가지라고 조부께서 무탁이라 손수 지어주셨지요"

"무관 집안인가?"

"네, 대대로 호반(虎班) 벼슬을 하는 무관 집안입니다."

"호반 집안이라."

최영은 혼잣말처럼 중얼거렸다. 호반이란 무관의 반열로 무반, 무열이라고도 한다. 그 당시 엘리트의식과 권위주의에 빠져 있던 문신들과 달리, 대다수 무신들은 뼛속부터 무(武)만 생각하는 경향이 강했다.

최영은 앞에 서 있는 산원을 지그시 바라본다. 말투도 자세도 조각칼로 깎아놓은 듯 반듯했다. 한눈에 충의지심이 깊어 보였다. 저런 사내라면 한번 맺은 마음이나 약속은 태산이 무너진다 해도 꿈쩍 않을 것 같았다.

"어느 고을 태생인가."

"이곳 홍주입니다."

"뭐, 홍주."

최영은 잠시 생각에 잠겼다. 대체로 홍주 사람들은 돌출되는 정의감이 유별났다. 홍주라는 땅이 가진 기(氣) 탓일까? 한 개인의 강상(綱常)과 절의가 뛰어난 인물들이 많았다. 자기가 옳다고 생각하는 일에 목숨을 걸었다. 한 치의 망설임도 없었다. 겉으로는 싸움꾼 같지만 지조와 질개를 목숨처럼 여긴다. 그 속내에는 항상 의리와 불의가 먼저였다. 마치 대나무가 부러지듯 단호하고 매사 칼끝 같은 성격의 단면이 농후했다. 그 탓에 항시 불이익을 받았다. 직설적인 성격으로 적도 많았다. 모함과 외로움은 그림자처럼 따라다녔다. 홍주 사람들의 그 돌출되는 정의감은 장점인 동시에 단점이 될 때가 많았다. 항시 경계해야 한다고 스스로 노력해도 타고난 기질은 어쩔 수 없었다. 하늘이 준 성정대로 살아야지. 최영도 어쩔 수 없는 그런 홍주 사람이었다.

어디선가 구수하고 달큼한 냄새가 풍겨왔다. 갑자기 심한 허기가 몰려오기 시작했다. 아침부터 끼니를 잊고 있었다.

"요기나 할까?"

밤새 마른 입안으로 음식이 들어가자, 씹을 때마다 따뜻한 온기가 입속에서 흩어졌다. 서서히 허기가 채워져갔다.

"세상에서 가장 맛있는 음식은 무엇이신지요?"

산원이 정색을 하며 최영에게 물었다.

"어머니가 갓 지어주신 따뜻한 밥 한 그릇과 어머니 손끝 반찬."

주저 없이 최영은 큰 소리로 대답했다. 젊은 산원은 자신의 피가 뜨거워지는 것을 느꼈다. 밥이 뜸들어갈 즈음. 은은히 풍기는 구수하고 달짝지근한 그 밥내. 어찌 잊을 수 있을까. 음식은 마음에 간직한 추억이자 순간순간 가슴을 헤집는 그리움이었다.

"어머니 음식은 물같이 정직하지."

이 세상에서 어머니 음식이 제일 정직하다는 이 무인. 젊은 산원의 가슴은 요동쳤다. 모든 어미가 자식에게 주는 음식은 지극하고 곡진하다. 누군가를 함부로 깔아뭉개는 거만함도 없이 공손하다. 자식 입에 밥 들어가는 모습이 제일 행복하다는 이 세상 모든 어미들. 그 간곡함에서 빚어내는 음식은 예쁜 꽃이나 잘 다듬은 옷감처럼 화려하지는 않다. 다만 그 애틋한 손끝에서 나오는 음식들은 투박하지만 누구도 범접할 수 없는 단호함이 존재한다. 어머니 음식은 늘 자식 곁을 맴도는 따스한 온기에 바다였다.

저 질풍경초(疾風勁草) 같은 사나이. 젊은 산원은 한동안 말없이 무인 최영을 깊은 눈으로 바라보았다.

금방이라도 불을 뿜어낼 것 같은 부리부리한 눈, 힘찬 광채가 번뜩이는 형형한 두 눈. 길고 큰 둥근 코, 특히 눈썹이 짙고 귀가 컸다. 무골답게 굵고 큰 골격에선 건장함과 단단함이 한껏 느껴졌다. 거기에 장골의 기개까지 넘쳐났다. 다부져 보이는 은근하면서 강인함, 정의와 불의 앞에서 자신을 초개처럼 버릴 것 같은 저 불같은 성정. 불을 뿜듯 강한 눈빛은 굳은 의지가 담긴 듯, 한 점 흔들림이 없었다.

온몸으로 뿜어내는 고집과 집념과 근기들. 역시 듣던 대로 예사 장군이 아니었다. 길고 굵은 눈썹에서 풍기는 무인 특유의 강한 기. 충절의 땅, 홍주가 물려준 반골 기질에 충신의 결기가 물씬 풍겼다. 대다수 홍주 사람 특유의 모습이었다. 선이 굵은 얼굴에 미소를 머금은 채 자신을 바라보는 최영에게서 몸에 익힌 부드러움도 보였다.

"자네는 무인의 자세에 대해 어찌 생각하는가?"

"첫째, 왕조를 지키고 백성을 보호할 것.

둘째, 적이 감히 싸움을 걸 염두조차 내지 못하는 용맹성을 갖출 것.

셋째, 전투가 시작되면 결사적으로 승리를 쟁취할 것."

잠깐 숨을 내쉰 후 산원을 바라보며 최영은 다시 진지하게 물었다.

"무인에게 갑의는 무엇이고 갑의 속 함의는 무엇인가."

"생명입니다."

"허, 자네가 나보다 더 나은 장군이 되겠네."

순간 최영은 깜짝 놀랐다. 저 젊은 산원이 어찌 저리 거침없이 단호하게 대답할까. 기특하고 대견스러웠다. 마치 진귀한 보석을 혼자 손에 쥔 듯 가슴이 뛰었다.

"그렇다. 갑의를 잃은 패장에겐 지녀야 할 생명도 돌아갈 나라도 없다. 또한 갑의는 단순히 보신을 위한 의복이 아니다. 갑의란 제복을 입는 순간 무인은 태산 같은 책임을 짊어지는 것이다.”

어느 사이 산원의 등에선 진땀이 송글송글 맺혀 흘러내렸다. 역시 최영이었다. 무인에게 갑의란 무엇인가. 갑의가 생명이고 전쟁터가 집이자 칼과 창이 아내고 자식이었다. 또한 갑의 속에 숨겨진 함의는 나라와 백성을 보호하기 위해 만든 의복이었다. 갑의를 입은 무인에 겐 오직 나라와 백성을 위한 희생만 존재할 뿐. 제복(制服)에는 꼭 지켜야 할 책임이 반드시 존재한다. ‘아, 나는 저분을 믿고 평생 무인의 길을 가야겠다. 그날 젊은 산원 무탁은 마음속 깊이 스스로 맹세하고 있었다.

“달아기씨를 아시나요?”

“뭐, 방금 뭐라고 했나?”

산원의 말이 채 끝나기도 전 최영은 들고 있던 물그릇을 떨어트렸다.

“아니, 자네가 어찌 그 달아기씨를 묻고 있는가?”

“혹, 달아기씨를 아직도 기억하고 계시는지요?”

눈가가 자꾸 화끈거렸다. 묻는 산원보다 최영의 눈이 점점 화등잔처럼 커지고 있었다. 이 무슨 소리인가.

“……”

이 낯선 산원의 정체는 무엇일까? 자신의 가슴 한쪽에 꼭꼭 묻어둔 이름 달아기씨. 그 이름을 소환해준 이 사내는, 혹여 끝없이 넓고 아득한 우주 저 끝을 휘돌아 잠시 불시착한 사람인가.

　　　　　　　　　　　　　　　　　　　　　　　붉은 무덤

잠시 침묵의 시간이 지나갔다. 얼마나 시간이 흘렀을까.

낯선 산원의 긴장된 얼굴에서 화색이 돌기 시작했다. 기다렸다는 듯 최영이 나직이 입을 열었다.

"달아기씨를 알고 있나?"

"네, 저희 외가는 흥복원부인(興福院夫人)의 집안이지요."

고려 태조 10년(927), 왕건은 운주성(運州城, 현 홍성) 공격에 직접 참가했다. 그 이유로 후백제에 대한 전략상 운주성 확보가 매우 중요한 관건이었던 것으로 대두되고 있었다. 후삼국 통일의 과정은 지난하기만 했다. 우선 각 지역 유력한 호족 세력과의 연대가 절대적으로 필요했다. 연대를 의도한 왕건에겐 그들 가문과의 정략적 결혼 역시 불가피했다.

왕건은 운주성을 직접 공격한 후 운주성주 긍준(兢俊)을 복속시켰다. 마침 긍준에겐 아리따운 딸이 있었다. 왕건은 그 자리에서 그녀를 왕비로 맞이했다. 긍준은 이후 이름을 홍규(洪規)라고 하고, 고려에서 삼중대광(三重大匡) 벼슬을 지냈다. 그의 딸 홍씨는 충남지역 유일한 태조의 왕비였다. 왕건의 스물아홉 명 왕비 중 열두 번째로서 태자 직(稷)과 공주 한 명을 낳았다. 칭호는 흥복원부인이라 했다.

산원의 말이 끝나는 동시 온몸이 열리는 것 같았다. 이런저런 연분들이 가는 실처럼 닿는 오묘한 세상사 인연이란 이름. 낯선 산원의 손을 잡은 최영의 손이 가늘게 떨고 있었다.

"집안에서만 조심히 내려오는 이야기로 알고 있습니다. 그 누이를 그리 좋아하셨다지요."

최영은 갑작스런 만남이 주는 흥분 탓일까. 온몸이 떨려오기 시작
했다. 잠시 후 정신을 가다듬고 입을 열었다.

"젊은 한 시절 마음에 품은 처자였네."

불현듯 가슴속을 훑고 지나가는 다사롭고 정갈한 낯익은 온기. 그
봄밤처럼 가슴이 따뜻해져온다. 아득한 기억 속 저편 오래전 그 이름
달아기씨. 첫사랑은 이뤄지는 게 아니라 간직하는 것이라 했던가.

일상이 전쟁인 황망한 무인의 삶. 최영의 의식 속엔 사랑이란 이
미 존재하지 않았다. 살면서 어느 늦은 봄날의 분홍빛 저녁을 떠올려
볼 겨를도 없었다. 사랑이란 이름 그 자체가 최영에겐 사치였다.

지그시 눈을 감아본다. 열일곱 살 늦은 봄. 그곳엔 봄꽃같이 화사
하고 바람처럼 지나간 애틋한 기억이 있었다. 그 기억은 마치 비단옷
을 입은 듯, 언제나 포근하고 살가웠다. 어느 날 문득 선물처럼 찾아
와준 고운 그 사람 달아기씨. 그 처자가 지금 최영을 향해 다정하게
말을 걸어온다.

막 고갯길로 들어섰을 때였다. 크고 작은 봄꽃들이 언덕을 타고
내려와 온통 꽃잔치 중이었다. 수줍은 듯 발그레 고개를 내미는 요염
한 연분홍 꽃들. 그 사이로 우아하고 새치름한 복사꽃 향기가, 흐드러
진 봄빛 속으로 분향처럼 퍼지고 있었다. 모든 봄빛과 꽃향기는 다 이
곳에 머물고 있는 듯 눈이 부셨다. 화사한 연분홍 꽃들이 뿜어내는 그

붉은 무덤

고운 향. 새색시 분향이 이리도 고울까.

뺨을 스치는 미풍 끝에 분분히 떨어지는 작은 꽃잎들. 오늘따라 더 수줍은 듯 은밀했다. 어릿어릿 손짓하듯 꽃눈깨비가 내리고 있었다. 그 사이로 작살처럼 꽂히는 석양 빛 따라 나타났다 사라지고 또 나타나는 분홍빛 환(幻).

어쩌면 그것은 고개를 넘고 길을 달려와 자신을 기다리고 있는 환열이 아니었을까. 아릿아릿 젊은 가슴을 휘감는 환열과 꽃향에 취해 넋을 놓고 있었다. 무엇이 이토록 설레게 하고 있을까? 갑자기 숨이 가빠지기 시작했다. 누군가 꼭 저 길 끝에서 자신을 기다리고 있을 것 같은 착각마저 들었다. 연분홍 봄빛 사이로 저녁녘 말간 햇살이 자꾸 손짓하고 있었다. 마치 빨리 오라고 재촉하는 것처럼.

마을 길로 접어드는 순간이었다. 돌연 말이 뛰어오르기 시작했다. 막무가내였다. 처음 있는 일이었다. 최영 역시 취기처럼 달려드는 환에 취해 넋을 놓고 따라가는 중이었다. 갑자기 뛰는 말을 잡느라 그만 말에서 떨어지고 말았다.

그때였다. 사각사각 옷깃 스치는 소리가 들려왔다. 곧 부드러운 목소리에 이어 샛길에서 인기척이 느껴졌다.

"많이 다치셨나요."

수줍은 듯 머뭇거리며 앳된 처자가 다가오고 있었다. 고개를 드는 순간 최영은 온몸이 굳는 것 같았다. 이상야릇한 설렘과 떨림. 태어나 처음 느껴보는 감정이었다.

발을 접질린 걸까? 통증이 오고 있었다.

여인이 옷소매에서 손수건을 꺼내 들고 어쩔 줄 모른 채 서성거렸다. 하녀인 듯 조금 더 앳된 처자가 얼른 비단 수건을 건넸다. 비단 수건이 발목에 닿자, 통증도 잠시 잊을 뻔했다. 화사한 꽃처럼 살포시 미소를 머금은 채 서 있는 처자. 봄꽃이 저리 아름다울까?

순금처럼 부서지는 햇살인가. 눈을 뜰 수가 없었다. 미처 인사도 건네지 못하고 급히 말에 올라탔다. 가는 내내 아픔도 느끼지 못했다. 배시시 웃던 처자의 눈망울이 자꾸 어른거렸다. 꼭 사슴 눈망울 같았다. 걸음을 옮길 때마다 조금 전 복사꽃이 주던 연분홍 환열이 졸졸 따라왔다.

봄밤이 깊어가고 있었다.

책을 들었지만 오늘따라 도통 눈에 들어오지 않는다. 알 수 없는 무엇에 포획당한 듯 집중이 되지 않고 있었다. 머리도 식힐 겸 말에 올라타 늘 그랬듯이 용봉산을 향해 달렸다.

마을을 막 벗어나려던 참이었다. 눈앞에 한 여인이 서 있었다. 그 여인은 환한 보름달 아래 봉싯봉싯 미소 짓고 있었다. 함소를 머금은 그 모습이 마치 하늘에서 막 내려온 선녀 같았다. 이곳은 사람이 다니기 어려운 산길이 아닌가. 혹시, 순간 등골이 섬뜩했다.

"어인 일로 처자 홀로 달밤에 여기 서 있습니까?"

처자가 뒤돌아보았다. 한밤중 외진 산길에서 갑자기 마주친 외간 남자. 깜짝 놀란 처자의 두 볼이 파르르 떨렸다. 갑작스런 만남에 놀란 탓일까. 한참 만에 작은 목소리로 대답했다.

"달 구경하다 그만 여기까지 왔네요."

"아기씨! 꾸중 드시면 어쩌시렵니까. 어서 가셔요."

비슷한 또래의 처자가 달려오며 소리쳤다. 낯선 처자는 당황한 듯 돌아서 뛰기 시작했다. 달려가는 처자를 바라보던 최영의 눈빛이 흔들렸다.

번개처럼 스쳐 가는 기억. 얼마 전 말에서 떨어지던 날 만났던 그 처자가 아닌가? 갑자기 숨이 차고 후끈후끈 몸이 달아올랐다. 순간 최영은 급히 길을 막아섰다. 그날 이후 가슴에 간직했던 손수건을 꺼냈다.

"혹 저를 기억하시는지요? 저, 이 손수건……."

한참 만에 처자가 수줍은 듯 빙시레 웃으며 고개를 끄덕였다. 그 모습까지 최영은 쳐다볼수록 숨이 가빠지고 있었다.

"말에서 떨어지신 그분이 아니신지요?"

"네, 맞습니다. 댁이 이 근처입니까?"

처자는 고개를 가로저었다. 발그레 달아오른 보름달처럼 곱고 부드럽게 웃고 서 있는 여인. 달빛을 받은 은은한 비취색 긴 치마는 어찌나 고운지. 마치 한 송이 소담스런 꽃송이를 보는 듯, 눈이 시렸다.

최영도 반가운 미소를 띤 채 처자를 바라보았다. 낯선 사람을 대하는 공손한 언행에 한 치의 흐트러짐도 보이지 않는다. 우아한 기품마저 엿보이는 반가(班家) 처자다웠다.

이대로 헤어져야 하나. 가슴이 뛴다. 어떻게 할까. 처자가 돌아서려는 순간 최영이 갑자기 다급하게 다시 길을 막아섰다.

홍주의 달아기씨

"저 손수건을 돌려드려야겠군요. 저번에 감사했습니다. 잠시 같이 달 보며 걸을 수 있을까요."

한밤중 낯선 사내, 잠시 망설이는 기색이었다. 낯섦과 부끄러움으로 머뭇거리는 모습조차 아름다웠다. 기다리던 최영이 재차 헛기침을 하자 마지못해 서너 발짝 뒤에서 따라오기 시작했다. 아, 왜 이리 가슴이 두근두근거릴까. 생전 처음 느껴보는 이성에 대한 설렘이다.

길섶 조박조박 핀 산꽃들, 달빛보다 산꽃들보다 그녀가 더 아름다웠다. 나뭇가지 사이로 작은 별들이 반짝거렸다. 마치 두 사람만을 위해 떠 있는 듯 오늘따라 달빛도 더 아름답게 빛나고 있었다.

"다치신 발목은 어떠신지요?"

"네, 좋아졌습니다."

조심스레 묻는 얼굴에서 다행이라는 듯 안도하는 기색이 스쳐 지나갔다.

산길로 들어설수록 길은 점점 좁아졌다. 끊어질 듯 이어지는 긴 숲길. 마치 바깥세상을 거부하는 양 조붓한 산길은 오늘따라 더 은밀해 보였다. 두 사람은 말없이 그렇게 숲길을 걸었다.

하늘을 가리고 선 나무들 사이로, 산기슭을 훑으며 오르내리는 바람소리. 그때마다 솔숲을 스치는 청아하고 은은한 향기가 온 숲을 감돌고 다녔다. 송뢰(松籟)가 주는 이 서늘하고 유현(幽玄)한 솔잎 사이로 환하게 초록 숲길을 비쳐주는 화사한 봄밤 그리고 조붓한 길. 어둠을 뚫고 쏟아지는 달빛마저 더 신비로웠다.

온몸을 스치는 청량한 바람과 반짝이는 밤하늘의 별과 산달, 달빛 아래 사부작거리는 여인의 발소리. 밤 마실 나온 처자가 주는 향내. 수줍어 다소곳이 고개를 돌리는 처자에게서 풍기는 우아한 기품마저 꽃향처럼 느껴졌다.

온몸에 열꽃이 피는 것 같다. 저 처자는 알고 있을까, 자신의 앙가슴이 이리도 뛰고 있다는 사실을. 달빛 아래 처자는 더 단아하고 아름다웠다. 아니, 너무 선연한 여인이었다.

달빛에 비친 처자의 얼굴은 마치 젖살 오른 아기 볼처럼 맑았다. 달빛 아래 그녀는 서 있는 것만으로도 충분했다. 그녀가 걸을 때마다 비단 치마의 사부작 사부작거리는 소리. 어쩌다 서로 가칫가칫 스치는 순간 처자의 떨림이 살포시 전해졌다. 왜 이리 떨릴까. 하늘나라 선녀가 자신을 보러 잠시 내려온 걸까. 자꾸 숨이 차오르고 있었다.

밤 숲을 흔드는 잔나뭇가지들의 소곤대는 푸른 소리들. 하늘에 뜬 별과 달조차 두 사람을 위해 존재하는 듯 조곤조곤 따라왔다. 무슨 말이 더 필요할까, 그냥 걷기만 해도 행복한 것을. 포삭거리는 숲길을 더 걸어가자, 졸졸 흐르는 물소리, 눈앞에 평평한 바위가 보였다.

"잠시 앉았다 가시지요."

주저주저하다 처자가 다소곳이 따라 앉자, 낯선 사내는 선뜻 웃옷을 벗었다. 아까부터 처자는 사시나무처럼 파들파들 떨고 있었다.

"춥습니다."

작은 새인 듯 앙증스레 떨고 있는 처자의 어깨를 살며시 덮어주었다. 사랑이란 주고 받을수록 환희고 마법 같았다.

밤이 점점 더 깊어가고 있었다.

"저는 동주 최씨, 이름은 영이라 하오."

나직한 목소리로 자신을 소개했다. 말을 마치자 최영은 처자를 향해 넌지시 물었다.

"아기씨는 어느 댁 누구신지요?"

"품을 함, 달 월. 함월이라 지어주셨지만 그냥 달아기씨라 부르지요."

뜻밖의 이름이었다. 그 당시 여성들에겐 이름이 존재하지 않았다. 최영이 입속으로 되뇌자 처자가 조용히 입을 열었다.

"저희 어머니께서 달을 품는 꿈을 꾸시고 저를 가지셨답니다."

자매들 중 자신만 이름을 갖고 있다고 속삭이듯 작은 소리로 말했다.

어느 집안 처자일까? 듣고 보니 한결 품위가 느껴지는 이름이었다.

"아기씨, 꾸중 듣습니다."

멀찍이 두 사람을 따라오던 몸종인 듯 어린 처자가 채근하기 시작했다.

"가봐야겠습니다."

처자가 급히 일어섰다. 조심조심 서두르는 모습조차 어찌 고운지 숨이 막히는 것 같았다. 최영이 손을 잡자 스르르 톡 쏟아지는 붉은 석류알처럼 가녀린 떨림이 전해졌다.

"가시죠."

숲길을 빠져나오자 길잡이처럼 단아한 처자 얼굴 위로 달빛이 내

붉은 무덤

려오고 있었다. 밤하늘이 별들마저 밤마실 나온 두 사람을 배웅하듯 졸졸 따라왔다. 밤이 깊어갈수록 숲은 더 유순하고 짙어 보였다.

솔 내음을 맡으며 걸을 때마다 사분사분 발바닥에 전해지는 구수하고 포삭대는 젖은 흙냄새. 오래전부터 무수한 발길로 다져졌을 이 흙길. 무슨 인연이기에 두 사람은 이 깊은 밤 이 길을 걷고 있을까? 누구나 살다 보면 예기치 않은 운명적인 만남이 기다리고 있는 것일까. 이 화사한 봄밤 두 사람처럼.

어떻게 내려왔는지 어느새 산길을 다 내려왔다. 산 입구에서 기다리던 말이 꼬리를 흔들고 있었다.

"밤이 깊소. 타십시오."

최영은 망설이는 처자를 선뜻 말에 태웠다. 말이 천천히 가기 시작했다. 처자의 숨소리와 안온한 따뜻함이 등으로 전해져왔다. 야릇한 온기와 함께. '이대로 어딘가 가면 안 될까.'

"이곳에서 내려주십시오."

최영은 처자가 사라진 길 끝을 시간 가는 줄 모르고 바라보고 있었다.

그 처자는 태조의 왕비 홍복원 홍씨 가문의 규수였다. 대대로 홍주에 기반을 둔 호족 집안이었다.

그 밤 이후, 잘잘 끓는 생가슴 신열 사이로 젊고 아릿한 혼을 빼앗는 혼곤의 시간이 이어지고 있었다. 시시때때로 눈앞을 가로막는 달빛같이 단아한 여인에 모습. 달아기씨, 그 이름만으로도 달이 차오르듯 온몸이 환해지며 두근두근 가슴이 설레었다. 눈만 뜨면 눈앞에서 비취색 치마가 버들잎처럼 낭창낭창거렸다. 두 눈이 달빛같이 선연한 달아기씨의 고운 미소조차도. 밤이면 습관처럼 그녀와 함께 용봉산 숲길을 걷는 꿈을 꾸었다.

꿈에서 깨어나면 얼띤 혼은 자지러진 채 출구 없는 출구를 찾아 헤매고 다녔다. 밤마다 광기처럼 달려드는 저돌적인 열병 속에서 그 불편한 밤을 보내야 했다. 사랑이란 맹목적인 마법에 빠져 허우적거리는 최영의 나날들. 마술사가 빚어놓은 사랑이란 정교하고 섬세한 마약의 강.

이른 새벽 하얀빛을 헤치고 자오록 내려오는 영롱한 이슬도 이보다 더 몽환적이고 아름다울 수 있을까.

들리는 소문에 의하면 정혼처가 있는 결혼을 앞둔 처자였다. 하늘이 무너져 내리는 것 같았다. 결혼을 막을 방법도 그녀를 붙잡을 명분도 최영에겐 없었다. 사랑의 근성은 야생마와 같았다. 혈기 왕성한 최영도 예외는 아니었다. 야생마 중 야생마였다. 자다 말고 뛰쳐나가기도 수십 번. 흡사 울부짖는 짐승처럼. 그렇게 애틋하고 아련한 최영의 가슴 사이로 지루하고 긴 겨울이 가고 있었다.

얼마 후 그녀가 시집갔다는 이야기를 풍문으로 전해 들었다. 한동안은 아무것도 할 수 없었다. 눈만 뜨면 그 처자의 모습이 아른거렸다. 아니 할퀴듯 달려들었다. 길을 가다가도 주위를 두리번거렸다. 눈만 감아도 그 봄밤인 듯 그녀가 찾아왔다. 다가가면 애연(哀然)한 아쉬움과 그리움만 남기고 신기루같이 사라졌다. 그때마다 유령처럼 용봉산을 배회하는 최영을 젊은 혈기가 묵묵히 따라다녔다.

늘 목이 말랐다.

알 수 없는 응어리가 온몸을 짓누르고 있었다. 사랑이 무엇이기에 이리도 목이 마르는지. '한번 볼 수는 없을까' 친정 나들이 길에라도. 해가 지도록 담장 밖에서 기웃기웃거리기를 또 얼마나 했던가. 어쩌면 최영이 탄 말 울음소리를 울 안의 그녀가 듣지 않을까? 사람은 떠나갔어도 그리움은 항시 가슴속에 살아 꿈틀거렸다. 최영은 잠시 스쳐간 귀한 인연을 애써 그렇게 가슴에 품었다. 청춘의 봄은 그렇게 허기진 열병 속에서 지나가고 있었다. 홍주를 떠난 후에도 달아기씨는, 최영이 가슴에 묻고 고이 삭여야 할 애틋한 여인이었다.

어느덧 몇십 년이 흘렀다.

최영의 일상은 나날이 전쟁터였다. 반복된 전쟁이란 일상의 덫에 걸린 채 보통의 삶은 잊고 살아온 생이었다. 길가의 꽃들이 피고 지는 지도 몰랐다. 오직 전쟁만 존재했다. 내게도 젊은 날 아릿했던 열병의 시간이 있었던가? 최영은 젊은 한순간 한 여인을 사랑했듯 생도 불꽃같이 살아냈다. 그 대상은 고려라는 나라였다. 오직 나라와 백성만 붙들고 전쟁터로 향했다. 내가 나라를 평안하게 지켜야 어디선가 그 여인도 안온한 삶을 행복하게 살 수 있지 않을까.

살다 보면 절로 미소가 떠오르고 마음밭이 환해지는 사람이 있었다. 그 처자가 그런 사람이었다. 젊은 날 그 달아기씨를 잊고 산 세월.

문득문득 몸에 밴 오래된 습기처럼. 최영의 기억 속에 그 처자는 늘 봄날 같은 존재로 남아 있었다.

오래전 그날이 어제인 듯 그리움이 차오른다. 그리움은 우물 속 같다. 최영의 젊은 우물 속에 존재하는 한 여인. 아름다운 잔향(殘香)처럼 가슴속 살포시 스며드는 달아기씨.

어느 곳에 맺어두었기에 이리도 아련할까. 기억과 추억 사이를 흐르는 긴 그리움의 강. 사후의 영혼은 가장 아름다웠던 순간의 기억을 닮는다고 했다. 생(生)과 사(死)를 넘나들며 전쟁터를 떠도는 무인(武人)에게도. 꺼내볼 수 있는 아릿한 추억 한자리가 있다니. 기억은 때로 너무 슬프고, 때로는 너무 눈이 부시다. 기억은 다시 돌아오지 않기에 더 애틋하고 사무치는 것이 아닐까?

바람이 분다.

바람에서 다소곳한 온기가 느껴진다. 오래전 그녀를 만난 듯. 박제되어 있던 기억에 연분홍 꽃물이 든다. 어느새 옛 추억은 취기가 되어 오른다. 공유했던 순간은 찰나건만 기억은 왜 이리 길고 긴 걸까.

가슴 어딘가에 유폐되어 있던 먼 기억들이, 보일 듯 말 듯 기억의 강 끝을 자박자박 건너오는 소리. '나, 여기 있어요. 잘 계시죠.'

젊은 날 그때처럼 달빛 같은 여인이 소곤소곤 말을 걸어온다. 봄꽃 흩날리는 꽃길을 걷노라면, 혹 그 길 끝 어니쯤에서 젊은 날 그 처자가 자신을 기다리고 있지 않을까. 어느 윤회의 시간, 임의 마을 홍주(洪州)에서 다시 만날 수 있을지.

최영은 가까이 볼수록 뼛속까지 무인 같았다. 몸에 밴 용맹함과 강인함. 뛰어난 지휘 능력과 투철한 책임감. 무인이 갖춰야 할 세 가지 덕목을 겸비한 무인 중에 무인이자, 모든 무인들의 표상이었다.

'나도 저리 되리라.' 첫 만남 이후 무탁은 매 순간 자신을 향해 맹세했다. 최영은 늘 그랬다. 자신은 전쟁 영웅 소리를 듣는 것보다 수백만 고려 백성들 목숨을 지키는 일이 더 값지다고 말했었다.

무인으로서 최영은 칼끝같이 매서웠다. 하지만 그 경계를 벗어나면 다정하고 재미있는 삼촌 같았다. 그런 최영의 곁을 무탁은 있는 듯 없는 듯 성심껏 지켰다. 마치 뛰어가는 공을 받아 패스하듯, 호위무사로서 늘 한 몸처럼 움직였다. 전쟁터에서도 최영의 보호막을 자처하며 나섰다. 그렇게 최영의 곁을 지키며 혼신을 다했다.

"장군님과 무탁은 원앙 부부 같아."

빛이 있으면 그림자가 있듯 서로 빛과 그림자 같은 존재 같았다. 언제 어느 때든 최영이 돌아보면 자신의 뒤에 그림자처럼 항시 서 있었다. 옛말에도 만나야 할 인연은 먼 길 돌아서도 끝내 만난다고 했다.

최영은 가끔 생각했다. 혹 달아기씨가 자신을 대신해 무탁을 보내준 것일까? 그만큼 무탁은 가슴속 정인처럼 다정했다. 최영의 인생길 고비고비마다 공민왕과 무탁은 큰 힘과 의지처가 돼주었다.

# 7         홍건적의 난

공민왕 8년(1359) 겨울은 유난히 추웠다. 집 나간 빗자루도 돌아온다는 섣달, 냉혹하리만치 매서운 강추위가 고려 산과 들에 몰아치고 있었다. '원, 무슨 날씨가 이리 사나워.' 사람들은 저마다 서둘러 잰걸음으로 저녁 귀가를 재촉했다.

불빛 따뜻한 저녁 밥상 앞에 온 식구가 앉아 일상의 안도감에 감사하는 시간, 갑자기 요란한 말발굽 소리가 들려왔다. 눈보라가 휘날리는 압록강 빙판을 깨는 소리와 함께. 모거경(毛居敬)이 이끄는 홍건적(紅巾賊) 사만 명이 얼어붙은 압록강을 건너오고 있었다.

그들은 고려 땅이 제집인 양 물밀 듯이 쳐들어왔다. 처음에는 의주, 정주, 인주, 철주를 빼앗고 서경(西京, 현 평양)까지 함락시켰다. 가는 곳마다 함락되는 것은 삽시간이었다.

홍건적의 난은 원 말기 한산동을 수장으로 뭉친 백련교도가 중심이 된 봉기였다. 한족의 농민 반란군으로 시작했으며, 머리에 붉은 건

         붉은 무덤

을 두르고 있어 홍건적이라 불렀다.

그때 중원은 연이은 재해로 인해 강남 지역을 중심으로 민심 이반의 조짐이 보였다. 이 일대는 종말론적 색채가 강한 백련교가 삶에 지친 농민들 사이에서 호응을 얻고 있었다. 시간이 지날수록 점차 가난한 농민은 물론 산적과 도적들이 가담하기 시작했다.

설상가상 원나라 순제 12년(1344) 대홍수가 황하의 수로마저 바꾸는 재난까지 덮쳐왔다. 수로 복구 공사가 시작되자, 이 공사에 이십만 명의 인부들이 동원되었다. 날이 갈수록 인부들 사이에서 불만이 터져 나오기 시작했다. 그 불만은 전국적으로 들불처럼 번져갔다. 이때 전국적으로 분산되었던 백련교도들이 본격적으로 무장을 갖추며 일어섰다. 이래저래 이판사판이었다. 먹이를 찾아 헤매는 승냥이처럼 붉은 두건의 도적들은 고려로 밀려왔다.

정월 하순경이 되자 사상자가 삼천 명에 이르렀다.

서경 일대를 탈환하고자 최영은 이방실과 함께 전투에 참가했다. 고려는 이만 명의 병력으로 처절한 전투를 치르고 있었다. 한시바삐 서경을 탈환해야 했다. 최영은 전투 틈틈이 무너진 성벽을 고치며 성을 쌓고 보수에 힘을 썼다. 군량미를 비축해둔다, 군병을 보충한다, 군량선 대비 등, 긴 싸움에 대비하려니 몸이 열 개라도 부족한 판이었다. 밤낮없이 죽고 죽이는 격렬한 전투가 이어졌다. 마침내 기어이 물리치고 말았다.

홍건적의 난

공민왕이 왕위에 오른 지 십 년이 지나갔다.

공민왕 10년(1361) 새날과 함께 최영은 서북면 도순찰사(都巡察使)로 임명되었다. 군부를 통찰하는 한편 사신(使臣)까지 겸무해야 하는 막중한 자리였다.

그해 겨울은 유난히 눈이 많이 내렸다. 빙판을 훑고 오는 혹독하고 단호한 압록강 삭풍. 매섭고 낯선 추위 앞에 최영과 병사들은 손과 발이 벌겋게 부어오르곤 했다. 성한 날이 없었다.

마침 최영은 서북면 일대를 순찰하고 있었다. 강가에 서자, 벌거벗은 나뭇가지마다 흰 눈이 소복소복 쌓여 있었다. 길은 많이 쌓인 잣눈이 얼어 발걸음조차 떼기 어려웠다. 살을 에는 한기(寒氣)가 전쟁터의 살기처럼 번뜩였다. '휴' 한숨을 내쉬자, 하얀 입김이 순식간에 흩어졌다. 그 사이를 비집고 눈설레(눈보라와 세찬 바람)가 목구멍까지 치고 들어왔다. 오늘도 그전에도 압록강 바람소리는 전쟁터의 적장 칼 끝처럼 매섭고 날카로웠다.

문득 북방 변경 최전선에서 보냈던 시간들이 주마등처럼 스쳐가고 있었다. 병마사로 부윤으로 순문사로서 국경을 지키며 싸우던 시절이 어제 같다. 언뜻언뜻 지나가는 전쟁의 참혹했던 쓰린 기억들.

그때도 지금처럼 눈이 내렸다.

살을 에는 삭풍에 하얀 눈까지 소복소복 내리고 있었다. 죽은 자들의 시체 위로 마치 수의처럼 백설이 내려앉았다. 하늘도 땅도 모든 것이 새하얗게 변해버린 세상. 겨울 산 나뭇가지들이 지나가는 압록강 삭풍에 마치 백발을 풀어헤친 듯 흔들리고 있었다.

붉은 무덤

눈보라 치는 꽁꽁 얼어붙은 압록강 너머, 저 멀리 눈 덮인 요동 땅이 보인다. 저곳이 고려 영토였던 때가 언제였던가. 거친 말발굽 소리가 귓가에 맴돈다. 언젠가 자신이 꼭 찾아와야 할 우리 영토 요동 땅이 고요 속 깊은 침묵에 잠겨 있었다.

눈 내리는 압록강 풍경은 시리도록 아름다웠다. 시간마저 얼어붙은 듯 깊은 눈에 쌓인 하늘 아래 모든 세상. 매섭고 날선 강바람이 불어오고 있었다. 앙상한 나뭇가지 위로 압록강 매운 바람이 날라다 주는 하얀 눈송이들. 소복이 쌓이는 그 눈송이들은 마치 한마디 저항도 못 하고 끌려와 죽어간 고려의 공녀(貢女)와 병사들처럼. 그 말 없는 원혼(冤魂)들이 그날따라 더 애처롭게 느껴졌다. 살이 떨리고 온몸의 피가 솟구치는 것 같았다.

저녁노을에 젖어 반들거리는 압록강 빙판이 가슴을 치고 들어온다. 순간 알 수 없는 두근거림이 온몸을 감싸고 돌기 시작했다. 최영은 두 눈을 부릅뜨고 두 주먹을 불끈 쥐었다. '내 필연코 저 요동 땅을 다시 찾아오리라, 또한 고려 백성들을 지키리라.' 헛헛한 가슴속으로 매서운 압록강 눈보라가 보란 듯이 달려들었다. 한겨울 찬바람 속에서 스산하고 텅 빈 압록강가. 사방이 눈으로 뒤덮인 황량한 벌판에 서서, 무인으로서 고려를 끝까지 지키겠다는. 굳은 결의를 새삼 다지고 있었다. 그 굳은 신념을 담아 애끊는 마음으로 시 한 수를 읊었다.

녹이 상제 살찌게 먹여 시냇물에 씻겨 타고
용천 설악을 들게 갈아 둘러메고

장부의 위국충정을 세워볼까 하노라.

살을 에는 압록강의 거센 칼바람이 온몸을 후벼판다. 매섭게 달려 드는 성난 바람들. 점점 시려오는 손을 뻗자, 한달음에 닿을 것같이 요동 땅이 가깝게 느껴진다. 언제쯤 저 땅을 다시 찾아올 수 있을까? 서서히 저녁놀이 지고 있었다. 붉은 석양빛 따라 피어오르는 저녁 짓는 하얀 연기. '어서 가자.' 말머리를 돌려 달리기 시작했다. 쩌억 쩌 억 소리가 났다. 겨울 압록강 빙판이 내는 칼 울음소리. 어느새 달려 온 냉기가 온몸을 감싼다. 저 멀리 압록강 가 고려의 작은 마을에서 전해오는 노란 불빛들. 그 불빛들은 마치 어머니 품속인 양 아늑해 보 였다. 불빛을 보는 순간 최영은 입술을 굳게 깨물었다. 저 작은 마을 의 소박한 평온을 지켜줄 무인의 책무.

칼끝 같은 매찬 눈보라가 다시 불기 시작했다. 눈도 뜰 수가 없었 다. 마치 광물을 캐내 정련한 듯 무쇠처럼 강인한 최영의 가슴마저 도 후비고 도려내 난도질하려는 걸까. 어느새 광기로 변한 바람들이 맹렬히 달려들고 있었다. 마치 저 강 너머 최영이 무찔러야 하는 적 처럼.

"홍건적이 쳐들어왔습니다."

들녘마다 오곡이 익어가는 시월 상달. 압록강을 다시 쳐들어온 홍 건적은 단숨에 개경으로 쳐들어와 고려의 정궁(현 만월대)을 한 줌의 재로 만들어놓고 말았다. 태조 왕건이 건국 2년(919)에 송악산 남쪽에

　　　　　　　　　　　　　　　붉은 무덤

도읍을 정하고 고려의 정궁을 창건했다. 이후 이곳은 고려 왕들의 중요한 거처였다. 그랬던 고려의 정궁이 홍건적에 의해 442년 만에 흔적만 남겨놓고 사라졌다. 역대 왕들이 대신들과 조회하며 정무를 돌보던 왕의 거처인 회경전(會慶殿), 비상시 대신들과 정사를 논의하던 원덕전(元德殿), 천자의 조서를 받고 사신들을 접대하던 건덕전(乾德殿), 사신들이 바치는 물품을 받던 장령전(長齡殿), 서쪽의 왕의 침전과 동쪽으로 세자가 거처하는 좌춘궁(左春宮), 회경전 북쪽 고려 왕실의 보물을 보관하던 장화전(長和殿) 등, 소중한 고려의 정궁이 홍건적의 화마에 재가 돼버렸다. 공민왕 즉위 십 년 만에 고려는 이런 치욕스런 대참사를 만나야 했다.

정월이 되자 돌아갔던 홍건적이 십만 대군을 이끌고 다시 침공을 해왔다. 공민왕과 조정 대신들은 우왕좌왕 갈피를 못 잡고 피난을 서둘렀다. 그때 최영이 단호히 공민왕께 아뢰었다.

"주상께서는 개경에 더 머무르시며 장정들을 모집하여 종사를 굳건히 지키소서."

개경 방어를 강력히 주장하고 나섰다. 최영은 버티면 지킬 수 있다는 판단이 섰다. 끝까지 버티려고 단단히 준비하고 있었다. 최영의 강력한 주장에도 공민왕은 경상북도 복주(현 안동)까지 피란길을 감행했다. 그만큼 한 치 앞도 모르는 급박한 상황이었다.

공민왕이 탄 어가, 명덕태후의 가마가 남쪽으로 떠나는 순간 왕비인 노국공주는 연(輦)을 버리고 말에 올라탔다. 차비 이씨가 탄 말은 부실해 금방 쓰러질 것 같았다. 길가 백성들과 시종하는 군사들이 그 모습을 보고 돌아서 눈물을 흘렸다. 고려 왕실의 허약한 단면을 보여주는 모습이었다. 길을 잃고 갈팡질팡하는 왕과 조정 대신들. 그들을 바라보는 최영과 백성들의 마음은 부모 잃은 고아 같은 심정이었다. 방법은 오직 하나. 죽기를 각오하고 싸우는 길밖에 길은 없었다. 최영은 안우, 이방실과 함께 끝까지 숨이 붙어 있는 한 죽기를 각오하고 달려들었다.

홍건적은 매서운 한파만 골라 기습 공격해왔다. 고통은 어느 때보다 배가 되어 덮쳐왔다. 고려는 홍건적의 침입으로 한순간 전쟁과 살육이 판치는 야만의 땅이 되고 말았다. 홍건적이 개경을 함락한 수개월 동안, 겨울 냉기와 홍건적의 흉악무도함 앞에 죄 없는 백성들은 아무것도 할 수 없었다. 그저 당하는 길뿐. 그들이 자행한 만행은 실로 잔악하고 참혹했다. 차마 눈뜨고 볼 수 없었다. 먹이를 노리는 굶주린 사자 같았다. 온갖 야만스러운 행위를 서슴없이 저질렀다. 말과 소의 가죽을 벗겨 성벽에 두르고 그 위에 물을 뿌려 빙벽을 만들었다. 제 아무리 장사라도 그 빙벽을 오를 수 없었다.

여인들만 보면 잡아다 강간했다. 그 포악한 홍건적들은 닥치는 대로 남녀 불문하고 사살해 구워 먹기까지 했다. 심지어 임신부의 유방까지도. 흉악하고 잔학한 온갖 이야기들이 날마다 들려왔다. 죄책감은 고사하고 거리낌 없이 자행하는 천인공노할 만행들. 인두겁을 쓴 인간으로서는 할 수 없는 잔인한 광란의 먹이가 된 가엾고 불쌍한 고려 백성들.

그해 음력 십이월. 복주에 있던 공민왕은 정세운을 총사령관으로 삼고 간곡한 지시를 내렸다. '백성들을 살려라, 어서, 백성들을.' 나라가 위급할 때, 전쟁에 나가는 장수에게 목숨이란 존재하지 않는 것. 나라와 그 나라에서 살아야 할 백성만 존재한다는 확고한 신념을 가진 무장이 최영이었다. 남의 나라 백성들을 위해 혼신으로 싸웠던 장사성 토벌의 기억. 지금 내 나라가 위기에 처해 있다. 내 나라 고려 백성들을 위해 무엇이 아까울까. 온몸이 피투성이가 될 때까지 빗발치는 화살 속을 한 치의 틈은커녕 걸신들린 아귀처럼 악착같이 달려들었다.

"저 최영은 무쇠인간이야. 당해낼 재간이 없어."

장사성 토벌전에서 최영의 존재를 익히 확인했던 터라 겁을 먹기 시작했다. 그 끔찍했던 아수라 같은 홍건적의 난이 끝나가고 있었다. 홍건적의 난은 고려에게 씻을 수 없는 큰 인명 피해와 막대한 손실을 남겨주었다.

붉은 도적의 난이 평정되자, 전쟁이 끝난 자리는 잔혹하고 처참했다. 흉도들이 휩쓸고 지나간 고려는 황무지처럼 변해버렸다. 그 비참함은 오로지 가련한 백성들 몫이었다. 활과 칼은 버려지고 시신과 잘린 머리들은 눈에 걸리고 발길에 챘다. 여기저기 죽은 자들의 시체들이 산처럼 거리마다 쌓여 있었다.

"시신들을 묻어주고 흩어진 뼛조각들은 한데 모아 잘 모셔라."

곳곳마다 부모를 잃은 벌거벗은 어린아이들, 가장을 잃은 젊은 과

부, 자식을 잃은 노인들이 거리를 방황했다. 밤이 지나면 굶어죽은 백성들의 시체가 곳곳에 버려져 있었다. 흉도들에 짓밟힌 가녀린 백성들의 모습은 참혹했다. 차마 눈뜨고 볼 수가 없었다. 혹독한 전쟁의 참화가 지나가자, 겨우 목숨만 부지한 백성들은 생의 의욕도 상실한 채, 기아선상에서 바람 따라 거리를 떠돌고 있었다. 가족을 잃고 기아에 허덕이는 그 헛헛하고 참담한 심정을 하늘과 땅이 알까. 불쌍한 고려 백성들이었다.

도탄에 빠진 백성들은 굶주림에 죽어가고 있었다. 참상을 더는 볼 수 없었다. 최영은 분연히 일어섰다. 우선 굶주림에서 구하고 마음을 치유하는 일이 급선무란 생각이 들었다. 최영은 누구보다 먼저 발 벗고 나서 뛰어다녔다.

"구제소를 곳곳에 급히 설치하라. 굶고 있는 백성들에게 양식을 골고루 나눠줘라. 백성들을 살려야 한다."

전쟁의 참화가 휩쓸고 지나간 폐허를 복구하는 데 최영은 누구보다 먼저 발벗고 나섰다. 일 분 일 초가 아까웠다. 곧 겨울이 온다. 다가올 겨울을 대비해야 살아남을 수 있다. 죽은 자들은 말이 없지만 산 사람들은 살아야 했다.

"한 치의 땅도 놀리지 말고 씨를 뿌려 가꿔라. 곧 겨울이 온다."

그 혼란스런 와중에서도 농사를 적극 장려했다. 식량 대비를 위해 제철에 심고 수확할 수 있는 곡식의 종자를 나눠주며 백성들의 아픈 마음을 다독이려 번개처럼 이리저리 날아다녔다.

'백성 없는 나라의 장수는 무엇에도 쓸모가 없다. 살아남은 한 사

람이라도 구제해야 무인의 도리가 아닌가.'

고려를 지키자. 내 나라를 지키자. 지금부터 한 뼘의 땅도 빼앗길 수 없다. 고려가 없이 우리는 살아남을 수 없다. 살아도 죽은 목숨이요 나라 없는 백성은 영혼이 없는 백성이다. 매 순간 이를 갈았다. 모든 것이 무인인 자신의 과오인 듯 죄책감이 무겁게 어깨를 짓눌렀다. 최영의 가슴속에선 시뻘건 강이 흐르고 있었다.

안우, 이방실과 함께 홍건적의 난을 평정하고 돌아오자 공민왕은 크게 기뻐하며 나라를 위기에서 구한 공(功)을 칭찬하고 내궁에 근무토록 명을 내렸다.

"최영에게 문하성(門下省)의 좌산기상시(左散騎常侍) 버슬을 내리노라."

영전과 함께 정3품 중서문하성(中書門下省) 소속의 간관(諫官, 현 청와대 1급 비서관)이 되어 내궁에 근무하게 되었다.

# 8  계속되는 내란

공민왕은 홍건적의 난으로 개경을 떠난 후, 공민왕 11년(1362) 음력 11월 24일에야 돌아올 수 있었다. 복주(안동)를 출발할 당시 공민왕은 선뜻 발길이 떨어지지 않았다. 그 흉악무도한 홍건적이 물러갔으니, 제일 먼저 버선발로 한걸음에 달려가야 할 사람이 자신이었다. 군주는 만백성의 어버이라 했거늘. 전쟁의 참화를 복구해야 할 책무가 막중한 고려의 임금이 아닌가. 군주인 자신이 거처할 곳조차 상실한 임금이었다. 그만큼 홍건적의 난은 고려에 막대한 상흔을 남겼다.

개경이 어떤 곳인가. 자신이 태어난 땅이자, 태조를 위시한 역대 선왕과 억조창생의 혼이 서린 곳이었다.

"잠시 이곳에서 더 머물다 가면 어떻겠소."

상주가 가까워오자 모후인 명덕태후가 짐짓 말을 꺼냈다.

"그렇게 하시지요, 전하."

아내 노국공주가 곁에서 거들었다. 이 세상에서 자식과 지아비의

붉은 무덤

마음을 잘 아는 두 여인이었다. 홍건적의 침입과 참화로 아파하는 아들의 괴로운 마음을 먼저 알아차리고 있었다. 상주에서 다시 개경으로 향하던 중 청주를 지나갈 때였다.

"잠시 청주 사찰을 돌아보고 싶소."

명덕태후가 입을 열었다. 공민왕은 하루속히 복구해야 할 개경을 잊고 상주와 청주에서 또 주춤거리고 있었다. 뭔가 알 수 없는 불안이 자꾸 발걸음을 주춤거리게 했다.

윤삼월 신미 초하루 오경(五更)이었다.

"전하, 김용(金鏞)이 난을 일으켰습니다."

김용의 난 앞에서 공민왕은 절규했다. 복주에서 오는 내내 발걸음이 어슷거렸던 원인이 김용의 난이었나. 홍건적의 방화로 파괴된 궁궐을 복구하는 동안, 공민왕은 개경 근처 홍왕사(興王寺)에 행궁을 설치하고 잠시 머물고 있었다.

김용이 누구인가. 자신이 왕자의 신분으로 원나라에 입조했을 당시 시종했던 인물이었다. 그 공으로 공민왕이 즉위하자 응양군상호군(鷹揚軍上護軍) 벼슬에 오르게 했다. 김용은 홍건적의 침입으로 나라가 혼란스런 틈을 타, 절대 권력을 누리기 위해 난을 일으켰다. 그는 자신의 일당 50여 명을 비밀리에 보내 행궁을 습격하게 배후에서 사주했다. 김용의 지시를 받은 적도들은 집요하게 왕을 찾아 행궁을 들쑤시고 다녔다. 두 눈을 횃불처럼 켜고 성난 짐승같이 으르렁거렸다. 왕을 숙위하던 관리와 군사들은 적도들의 기세에 미리 도망쳐버렸다.

계속되는 내란

텅 빈 행궁에 왕과 왕비만 오롯이 남았다. 공민왕은 급히 별실에 몸을 숨겼다. 낌새를 눈치챈 적도들이 별실 문을 열려고 달려들었다. 그때 노국공주가 큰소리치며 별실 문을 막아섰다.

"나를 베고 가거라."

김용 일당은 신하의 도리에 어긋나고 떳떳하지 못한 사사스런 인간들이었지만, 차마 원나라 공주인 노국공주를 칠 수는 없었다. 한사코 이들을 저지하던 환관 안도치(安都赤)에 이어 판전교시사(判典校寺事) 김한룡(金漢龍)이 왕을 대신해 살해당했다. 왕을 처치하지 못한 적도들은 우르르 우정승(右政丞) 집으로 달려갔다. 홍언박(洪彦博)은 그때 집에 있었다. 순식간에 들이닥친 적도들은 흉노 같았다. 가족들이 보는 앞에서 잔인하게 홍언박의 목을 내리쳤다. 고함과 울음소리 속에서 선홍빛 피가 꽃잎처럼 떨어져 마른 땅을 흥건히 적셨다.

"누가 나를 위해 이 어지러운 난을 평정해줄까?"

공민왕은 대신들을 둘러보았다. 이 중에는 원모능변(遠謀能辯)의 문신도 용력출중(勇力出衆)한 장수도 있었다. 아무도 선뜻 나서지 못하고 고개만 숙이고 있었다. 군신이 사라진 나라.

"아니, 이럴 수가!"

그때 변란 소식을 들은 밀직사(密直使) 최영은 분연히 자리를 박차고 일어섰다.

"부사(副使) 우제(禹磾), 지도첨의(知都僉議) 안우경(安遇慶)은 잠시도 지체치 말고 출동을 서두르시오."

군사를 거느리고 개경을 향해 밤새 달려갔다. 진압 과정에서 상

붉은 무덤

호군(上護軍) 김장수(金長壽)가 사망하였다. 적도들이 진압되고 반란이 평정된 후 공민왕은 행궁보다 강득룡(康得龍)의 집으로 거처를 정하고 명을 내렸다.

"숙위하고 순찰을 돌라. 이인복, 정찬(丁贊), 우제, 홍순복(洪善福)은 적도들을 순군(巡軍)에서 국문하라."

20여 일 후 김용이 처형당했다.

사월이 되자, 공민왕은 승전하고 돌아온 장수들을 불러 잔치를 베풀고 치하했다. 그 자리에서 공민왕은 이방실에게 옥띠와 옥 갓끈을 하사하며 장수들의 노고를 진심으로 고마워했다. 그 모습을 본 노국공주가 배실배실 웃으며 가만히 아뢰었다.

"전하께서는 어찌 이토록 소중한 보배를 아끼지 않고 주십니까?"

공민왕이 선뜻 말했다.

"우리 종사가 구렁텅이에 빠지게 되지 않고, 백성들이 어육이 되지 않은 것은 모두 이방실의 공로입니다. 내가 비록 내 살을 베어주더라도 다 보답할 수 없을 텐데 하물며 이 물건 정도를 아까워하겠습니까."

고려의 군주인 공민왕의 뼈에 사무친 진심이었다.

또한 공민왕은 김용이 갖고 있던 묘아안정주(猫兒眼精珠)를 압수해 도당(都堂, 고려 후기 최고의 정부기관 도평의사사[都評議使司]의 별칭)에 보냈다. 모두 돌려가며 구경하였지만 최영은 거들떠보지도 않았다.

"김용은 그따위 것 때문에 양심을 잃었다. 여러분은 무엇을 구경하고 있는가?"

최영이 좌중을 향해 꾸짖었다. 이렇듯 최영은 도당에 나가서도 직언과 직설을 서슴없이 내뱉었다. 불같은 성격으로 정색하고 바른말을 단숨에 토해내곤 했다. 최영은 바탕이 곧았다. 자신은 정의롭다고 생각하고 있었다. 그러나 아무리 정의로운 말도 부드러움을 동반해야 듣는 사람이 편한 법. 자신만이 정의라 믿는 것도 독선이었다. 모함이 일상인 사람들은 최영의 불같은 성격과 직설을 수시로 비웃었다.

언제부터였을까. 돌출되는 최영의 정의감이 흔들리고 있었다. 혼탁한 세상은 명재상을 꿈꾸던 문무백관도, 개개명장을 꿈꾸던 다수의 무인들까지 차례차례 오염시키며 살갗을 바꿔가기 시작했다. 그 탓에 최영의 위는 처방도 없이 늘 구토를 요구해왔다.

사람들에겐 두 가지 습(習)이 있었다. 하나는 타고난 습이요 또 다른 하나는 살아오면서 알게 모르게 몸에 밴 나쁜 습이다. 후자의 습은 지속해 훈련하면 끊을 수 있다. 그러나 전자의 습은 고치려 해도 타고난 탓에 고쳐지지 않는다. 최영의 불같은 성격과 직설 또한 타고난 탓에 다스려지지 않았다.


산천은 인간의 역사와 무관하지 않다고 한다. 또한 사람은 자신이 태어난 그 산천을 닮는다고 했다.

낮은 산과 너른 들녘인 내포평야는 여유롭고 유장해 보인다. 그런 내포에서 예외인 땅이 있었다. 바로 홍주(洪州)였다.

왕건이 고려를 세운 후, 서북부 지방의 관아 중심지로 홍주목을 두어 서북부 지방을 관찰하게 했다. 예로부터 홍주는 풍수상 기가 강한 충절과 신의의 요람이라 불렀다. 타고난 강한 정기 탓일까. 충신과 열사가 많이 배출되고 있었다. 그 족적이 긍지로 존재하는 땅이었다.

대체로 홍주 사람들은 강골에다 정의를 앞세우고 유독, 생리적으로 불의와 타협 못 하는 대신 돌출된 정의감은 각별했다. 옳고 그름에 집착해 불의를 꾸짖는데, 가혹하고 강직하다. 그래서일까, 자신의 불리함을 알면서도 타인을 먼저 챙기는 올곧은 성격의 소유자가 많다. 때론 대쪽같고 불의를 보면 좌고우면하는 법 없이 불 속으로 뛰어드는 성격이 매우 강하다. 아마도 그 시원(始元)은 오래전부터 이 땅에 내려온 유산이 아닐까. 홍주의 정기를 받고 태어난 최영 역시 예외가 아니었다. 강한 기와 함께 불의에 항거하는 의리와 기개가 남달랐다. 물려준 반골 기질은 불의 앞에서 한 치의 망설임도 없이 붉게 타오르는 불같았다.

자신의 온몸을 불의와 의리 앞에 선뜻 초개처럼 던지는 홍주인답게, 어떤 홍주인보다도 뛰어난 홍주인이 최영이었다.


생전에 어머니 지씨는 아들을 훈계하며 이렇게 다독였다. 정의감을 잘 다스려라. 유별난 정의감과 불의와 타협 못 하는 것도 타고난 팔자. 불같은 직설을 항시 염려했었다.

"영아, 곰은 쓸개 때문에 죽고 사람은 혀 때문에 죽는단다. 물도 너무 맑으면 고기가 못 사는 법이여. 사람들과의 사소한 언쟁일지라도 언쟁은 운기(運氣)를 꺾는 지름길이니 한 발 물러서는 지혜도 상책이란다. 되도록 불같은 성미를 다스리며 직설을 피해야 편혀.”

자식이란 짐을 진 어머니 어깨만큼, 이 세상에서 무겁고 아름다운 것이 또 있을까. 아무리 전쟁에 나서면 무서움도 두려움도 없는 최영도 한 여인의 아들이었다. 어머니의 곡진한 가르침에도, 최영은 기회주의자로 살아남는 처세에는 자신이 없는, 매 순간 불안한 아들이었다. 모반을 서슴없이 감행하고 모함과 아첨을 일삼는 간신들 틈에서 최영은 늘 홀로 막무가내였다. 불의와 맞서 정의를 부르짖는 아들의 길은 험난하고 고달프고 안쓰러워 보였다. 그때마다 사람들은 그랬다.

“무슨 걱정을 그리 하시오? 고려 천지에 하나뿐인 용맹스런 명장 소리를 듣는 아들을.”

“어미 마음에는 항시 물가에 내놓은 아이 같소.”

어머니 지씨는 아무리 좋은 말이라도 뜸을 들인 후 천천히 하기를 바라고 원했다. 아들의 급한 성미를 염려하는 어미의 심정으로.


공민왕이 원나라의 간섭에서 벗어나고자 반원자주 정책을 펼치자, 왕의 뜻과 달리 원나라를 등에 업고 날뛰는 권문세족들의 횡포는 날이 갈수록 더 심해져갔다.

원나라의 고려 수탈은 조공으로 성이 차지 않았다. 급기야 결혼도 감을 설치하기에 이르렀다. 공녀를 바치게 했다. 공녀라는 이름으로 고려 원종(元宗) 15년(1274) 이월 120명의 처녀를 끌고 갔다. 공녀로 가지 않으려 목을 매 강물에 빠져죽는 일이 부지기수였다. 끌려간 공녀

붉은 무덤

가 수천 명에 달했다. 아리따운 처녀들을 한갓 공물로 전락시켜 바치다니. 환란과 부침이 많은 부박한 나라 백성이란 이유로, 제 나라 제 부모 곁을 떠나 살아야 했던 수많은 고려 여인들의 애처로운 모습. 여리고 고운 고려 처녀들이 굴비 엮이듯 주저리 주저리 끌려갔다. 그들의 울음소리가 고려 천지에 가득 찼다. 울부짖으며 끌려가다 분통해 못내 목숨을 끊기도 부지기수였다. 고려 여인이라는 그 한 가지 죄로 입도 벙긋 못 하고 원혼이 돼 가뭇없이 사라진 가녀린 앳된 영혼들. 그들의 원한과 원혼을 어찌해야 하나.

공민왕은 원나라에 머물던 시절, 내 나라 고려 여인들과 마주칠 때마다 억장이 무너졌다. 그들의 슬픈 눈동자엔 언제나 습기가 어려 있었다. 쥐구멍이라도 들어가고 싶었다. 고려의 세자란 자신의 신세도 그들과 무엇이 다른가. 자신처럼 고향을 떠나 표박(漂迫)하다, 언젠가는 낯선 땅에서 제 명대로 살지도 죽지도 못할 여인들. 갑자기 제 명을 놓친 채 부초처럼 떠밀려 유랑하다 어느 곳에 그 애달픈 원혼을 쉴 수 있을까.

공녀로 끌려온 열셋에서 열여섯 살 동녀(童女)들의 삶은 짐승보다 못한 처참한 것이었다. 신분이 높으면 황궁의 궁녀가 되거나 귀족들의 처첩으로 보내지고, 일반 백성들은 노예가 되거나 기녀로 팔려갔지만, 비참하고 치욕적인 노리갯감으로 사는 건 매한가지였다. 그들의 목숨은 파리 목숨보다 못했다. 사흘이 멀다하고 공녀의 투정(投井) 사건이 벌어졌다. 학대를 견디다 못해 우물에 몸을 던지는 것이다.

열두 살 때부터 원나라에서 볼모 생활을 하던 고려 세자 기도 그러한 공녀 출신인 궁녀의 죽음을 목격했다. 차 끓이는 일을 하던 서씨라는 궁녀였다. 누구의 소행이었을까. 서씨는 고방에 갇혀 있다 시체로 발견되었다. 시신은 생선 토막처럼 난도질되어 있었다. 어린 세자는 몇 날 며칠 물도 넘기지 못했다. 눈만 뜨면 궁녀의 시신이 꽃잎처럼 눈앞에서 날아다니곤 했다. 약소국의 여자로 태어난 죄가 그리 크던가. 불온한 시대 희생양이 되어 제물로 바쳐진 슬픈 고려 여인들. 고려 세자인 나는 아무것도 할 수 없다. 그저 고려 하늘만 바라볼 뿐.

"세자 저하, 곡기를 끊으시면 어찌합니까."

"……."

절망감이 쇠사슬처럼 그를 옭아맸다. 그녀들의 비명소리가 그림자인 양 졸졸 따라다녔다. 볼모인 세자의 어깨에 지워진 이 무거운 짐은 날이 갈수록 가슴에 한으로 새겨졌다.

그 수많은 여인들 속에 특별한 여인이 있었다. 원나라 순제의 황후가 된 고려 여인 기황후(奇皇后). 공녀로 끌려간 기씨는 인물이 출중하고 영리했다. 본시 꽃 중에 꽃은 눈에 잘 띄게 마련. 곧 순제의 눈에 들어 차 따르는 시녀가 되어 시중을 들게 되었다. 아낌없는 총애를 받기 시작했다. 하지만 고려 여인이 황후가 되기까지 한 시도 마음 편한 날이 없었다. 순제의 제1황후 타나시리의 질투와 모진 핍박, 모함은 이루 말할 수 없었다. 사소한 일로 트집을 잡아 가죽채찍으로 때리고 불에 달군 인두로 지지기도 다반사였다. 온몸에 찬물을 끼얹으며 손과 발을 짓이겨놓기도 했다. 그때마다 기씨는 이를 악물고 참아냈다. 그러던 중 타나시리의 집안이 역모로 몰려 그녀 역시 사약을 받았다. 원나라는 징기스칸부터 국법으로 이민족 출신은 제1황후가 될 수 없었다.

기씨는 워낙 뛰어난 여인이었다. 순제의 총애도 남달랐다. 그 후 광일까. 모진 고초를 이겨내고 순제 7년(1339) 원나라 마지막 황제 순제의 제2황후 자리에 올랐다. 곧바로 태자 애유식리달랍(愛猷識理達臘)을 낳고 확고한 자리를 차지했다.

기황후는 본시 기가 센 여장부였다. 황후가 되자 실권을 장악하기 시작했다. 대승상을 비롯한 대신들은 물론 황족들도 그녀의 눈치를 살피고 있었다. 이때부터 고려 풍습이 원나라에 유입되기 시작했다. 고려양(高麗樣)이라 하여 고려의 의복과 음식이 원나라에 퍼지게 되었다. 더 우스운 일은 고려 여인을 아내나 며느리로 맞아야 명문가라는 소리가 나돌 정도였다. 그뿐이 아니었다. 원나라에서 제일 아름다운 옷은 고려 여인이 입은 옷이라는 우스갯소리가 떠돌아다닐 만큼. 그녀의 영향력은 막강하고 컸다.

기황후는 세력이 커지자, 원은 물론 고려 조정까지 영향력을 행사하기 시작했다. 고려는 마침내 기씨 일족의 세상이 되었다. 기씨 가문이 왕실 버금가는 존재가 됐다. 기황후의 세력을 믿고 기씨 사 형제의 횡포는 극에 달했다. 특히 기철(奇轍)은 왕 앞에서도 안하무인이었다. 공민왕은 기철의 행동을 몹시 싫어했지만 기씨 세력의 힘이 강대해 어쩌지 못하고 있었다. 공신과 기씨 일족들은 군주의 눈과 귀를 무시하며 대들었다. 하늘 아래 누릴 수 있는 권한은 다 누리며 제멋대로 고려를 휘두르고 있었다.

"도저히 더는 못 참겠다. 원나라를 몰아내겠다."

그 모습을 지켜보던 공민왕은 이를 갈았다. 원나라로부터 자주성을 회복하는 게 우선이라고 굳게 마음을 먹었다. 급기야 원나라의 극심한 간섭과 조정의 불신에 맞서 대항하기에 이르렀다. 공민왕의 반원정책은 곧 친원세력인 기씨 일파의 숙청을 의미하는 것이었다. 이에 불안을 느낀 기철이 권겸(權謙), 노책(盧頙)과 모의해 공민왕을 제거하려 했다. 기철의 반란 계획을 눈치챈 공민왕은 기씨 일족을 비롯한 부원세력들을 발 빠르게 주살(誅殺)해버렸다. 기황후는 앙심을 품었다. 칼을 갈며 호시탐탐 기회를 엿보고 있었다.

"전하, 최유(崔濡)가 덕흥군(德興君)과 함께 압록강을 건너 쳐들어오고 있사옵니다."

"뭐, 최유가?"

매년 맞는 정월이지만 공민왕 13년(1364) 그해 겨울은 매섭고 혹독했다. 기가 센 기황후의 앙심만큼이나 매몰차고 사나운 회오리바람이 불어오고 있었다.

공민왕은 앞이 캄캄했다. 흥왕사의 변란이 채 아물기도 전 최유의 난이 또 일어났다. 원나라의 기황후는 공민왕의 반원개혁에 위기를 느끼고 있었다. 원나라는 이참에 덕흥군을 왕으로 옹립하려 했다. 공민왕을 꼭 처단하고자 하는 기황후로서는 설호의 기회였다.

"최유는 덕흥군과 함께 고려를 침범하라."

기황후는 최유와 덕흥군에게 만 명의 군사를 주며 압록강을 건너

붉은 무덤

의주까지 쳐들어가라고 명했다. 최유는 기황후의 사주를 받자 쾌재를 불렀다. 원나라 군사를 이끌고 자신의 나라 고려에 기세등등하게 쳐들어왔다.

김용의 흥왕사 반란이 일어나고 채 일 년도 지나지 않았다. 연이어 일어나는 권신들의 모반. 그 당시 고려가 얼마나 혼란스런 시기였는지 보여주고 있었다. 공민왕이 원자(元子)로서 원나라에 숙위할 당시, 조일신, 김용, 최유 그들은 하나같이 자신을 숙위한 공으로 권신이 된 사람들이었다.

최유만 해도 그랬다. 충혜왕 때 군부판서(軍簿判書)로서 조적(曺頔)의 난에 왕과 함께 원나라에 가 시종한 공이 있었다. 충목왕 때에도 왕을 따라 원나라에 간 공로로 성근익대협찬보정공신(誠勤翊戴協贊保定功臣)의 호를 받고 취성군(鷲城君)에 봉해졌던 인물이다.

왕을 옹립하는 데 공이 크다고 스스로 자부하며 권세를 쥐고 흔들었다. 갈수록 행실이 무도했고 횡포가 심해 공민왕도 더는 볼 수 없었다. 특단의 조치가 필요한 순간, 최유는 낌새를 눈치채고 원으로 도망가버렸다.

그들은 원나라의 정치적 권력을 등에 업고, 고려 말의 혼탁한 정세를 틈타 반란을 일으키고 있었다. 조일신으로 시작하여 김용의 흥왕사 변란. 채 일 년도 되기 전 최유의 모반, 권신들의 횡포가 극에 달하고 있었다. 공민왕의 기대와 달리 과거의 공을 빙자해 권력을 전횡하는 권신이 된 무리들. 하나같이 야욕으로 왕권을 넘보고 공민왕의 등에 칼을 꽂았다. 공신이면 무엇할 것인가, 하나같이 역적의 무리들이 아닌가. 공민왕은 한동안 긴 한숨을 토해냈다.

선주(宣州)까지 점거한 원나라 군사들은 기세가 등등했다. 선봉장으로 나선 최유는 더 가관이었다. 고려의 관군들은 원군과 맞서 싸웠으나 패하고 말았다. 만 명의 적군을 상대하기에 고려군은 역부족이었다. 다시 민심은 흉흉해지고 관군과 병사들까지 두려움에 떨기 시작했다.

최유가 압록강을 건너 의주를 함락시키자, 패주한 고려군은 안주에 진을 쳤다. 공민왕은 시각이 급했다.

"최영을 도순위사(都巡慰使)로 임명한다. 한시바삐 출정하라."

믿을 신하는 최영이었다. 최영은 곧 정예군을 이끌고 전군을 지휘하러 달려갔다. 죽자 살자 달려들어도 힘겨운 만 명의 적군이 아닌가. 도망갈 궁리만 하는 관군과 병사들의 모습. 무장 최영은 머리끝까지 화가 차올랐다.

죽고 사는 전쟁은 냉혹하다. 때로는 지휘관도 칼끝처럼 혹독함을 강요받는다. 전쟁터에선 독종 소리를 듣는 장수가 최영이었다.

악이 선보다 더 필요한 순간이 있었다. 한 치의 망설임도 없었다. 자기를 베는 심정으로 도망가는 병사들을 일언지하에 참수해버렸다. 그제야 비로소 흐트러진 군령이 바로 서기 시작했다. 군령이 서자 주야로 달려 달천(獺川)까지 추격했다. 한달음에 급습해 기어이 격파시켰다. 최영이 누구인가. 최유의 부내는 순식간에 빅실니고 말았디.

반란이 일어날 때마다 최영은 공민왕의 수족이 되었다. 난을 토벌하고 고려를 평온하게 진정시켰다.

붉은 무덤

최영에게 쫓긴 채 원나라로 돌아간 최유는 도리어 큰소리를 쳤다.

"저에게 대병력을 주소서. 다시 쳐들어가겠나이다."

순제에게 고려 정벌론을 내세우며 대병력을 요구하자, 원나라 감찰어사 유련(紐憐)이 강력하게 반대하고 나섰다.

"폐하, 지금 최유의 고려 정벌론을 들어선 아니 되옵니다."

"맞습니다. 최유를 고려로 보내 공민왕에게 처벌하게 하소서."

누가 들어도 우스운 일이었다. 대신들까지 적극 반대했다. 결국 최유는 고려로 압송된 후 사형에 처해졌다. 그 당시 원나라의 국력은 고려를 자극해 전쟁을 일으킬 수 없을 만큼 쇠약한 상황이었다. 반면 공민왕은 새로운 도약과 힘찬 비상을 위한 날개를 준비하고 있었다. 그러는 사이 집권한 지 십사 년이란 세월이 흘러갔다.

그동안 고려는 한 시도 편한 날이 없었다. 무능하고 오만한 권신들은 끊임없이 공민왕의 왕권 회복과 개혁정치에 발목을 잡았다. 그럴수록 공민왕은 초조하고 조급했지만, 한 시도 그 희망의 끈을 놓지 않았다. 오로지 염원은 하나였다. 하루 빨리 외세에서 벗어나 고려를 번성시켜야 할 군주의 책임. 항시 그 임무가 태산처럼 어깨를 짓눌렀다. 최영도 권신들의 개혁에 대한 저항에, 스스로 앞장서 개혁의 전사를 자처하며 적극 동참하고 있었다. 공민왕은 자신의 손발이 돼주는 최영이 한없이 고마웠다.


정월 기축일, 날이 밝자 원나라 동녕로만호(東寧路萬戶) 박백야대(朴伯也大)가 연주(延州)로 쳐들어왔다. 고려가 혼란스런 반란이 연속적으로 이어지며 어려움에 봉착하자, 기미를 알아챈 원나라가 기회다 싶어 재침공을 시도한 것이다.

최영은 급히 병사들을 이끌고 연주로 달려갔다. 박백야대도 원나라 최고의 무장이었다. 하지만 최영 앞에선 그도 추풍낙엽처럼 우수수 쓰러졌다. 최영이란 사나이는 전쟁을 위해 태어난 고려의 불사조 같았다.

최영이 박백야대를 격퇴하고 돌아오자, 이듬해 삼월에 교동(喬桐)과 강화(江華)에 왜구가 또 출몰해왔다. 얼마 전 경상도와 전라도를 침입해 쑥대밭을 만들었던 왜구들이었다. 다시 말에 올라타야 했다. 최영에겐 동서강도지휘사(東西江都指揮使)가 되어 동강(東江)을 지켜내야 할 책무가 있었다. 잠시 잠깐의 여유도 존재하지 않았다. 매 순간이 전쟁이었다. 전생에 무슨 업이 있어 이리 전쟁터를 떠돌아야 할까? 아마도 그것은 전쟁으로 존재를 입증해야 하는 무인에겐 당연한 길이자 숙명 같았다.

한 명도 살려주지 않겠다는 각오로 달려가 삽시간에 무찔렀다. 언제 어느 곳에서 전쟁과 난이 일어나도 최영은 모든 전쟁을 승리로 이끌어냈다. 최영의 자리는 누구도 대체가 되지 않았다.

왜 인간들은 자연을 닮지 않을까. 깊은 산속 나무들도 수령이 비슷한 나무들은 옆에 서 있는 나무의 영역을 침범하지 않는다. 동반성장을 위한 당연한 생존 전략이었다. 인간들은 달랐다. 호시탐탐 동반성장을 거부했다. 그 결과가 전쟁이었다. 인간들에겐 패권을 다투는

붉은 무덤

건곤일척(乾坤一擲)의 승부만 존재할 뿐. 한 평의 땅이라도 뺏으려 달려들었다. 그게 살아남는 생존법이었고, 그 생존을 위해 인간들은 끊임없이 서로 전쟁을 일으켰다. 위정자들의 욕망은 전쟁을 불러왔고 백성들의 삶을 극도로 피폐시켰다. 백성들은 언제 어느 날 전쟁의 참화가 닥칠지 매일매일 불안 속에서 전전긍긍하며 살고 있었다.

병법의 전략가들은 전쟁터의 필수사항으로서 전략과 전술이 신출귀몰하고, 어떤 전술이든 상황에 딱 들어맞게 전술 변화에 잘 대응해, 수백만 대군 앞에서도 굴하지 않아야 이길 수 있다고 가르친다. 전술 구사가 뛰어난 지휘관의 수하 친병들은 자신감을 얻고 사기가 오른다. 한 사람의 뛰어난 장수와 그로 인해 높아진 병사들의 사기는 수백만 적군을 능가한다고 했다.

최영은 완벽주의자였다. 군량과 무구(武具)는 전쟁터에서 목숨과 같다. 상시 전쟁을 대비해 한 치의 소홀함 없이 병장기를 준비할 것을 경고했다. 전쟁의 아수라 속에서도 최영은, 수시로 병기창까지 점검하고 아주 사소한 부분까지 철저히 챙기는 무인이었다. 전략가들이 주장하는 병략을 철저히 수행해 그 자질을 인정받는 바로 그런 무인이었다. 전쟁터에선 최영의 치열한 근성 때문에 적군들은 그를 독종이라 불렀다. 그러나 세상일이란 녹록지 않았다. 갈수록 왜구의 침입은 잦아지고 전투는 살벌하고 치열해져가고 있었다.

이번 교동과 강화에 출몰한 왜구 역시 만만치 않았다. 소수로 대군을 상대한다. 마치 달걀로 바위 치기였다. 왜구들은 피를 찾아 달려드는 거머리처럼 악착같이 덤벼들었다. 밤이 되자 잠시 전투가 소강상태에 들어가려는 기미가 보였다. 상대하기에 벅찬 대군들과 소수의 인원으로 치러야 하는 어둠 속 전투는 최영에게 양날의 칼날 같다. 승리인가 패배인가. 전쟁터의 장수에게 길이 보이지 않는다는 것, 그것은 마치 적장에게 갑의를 뺏긴 패장의 신세 같았다. 밤이 깊어갈수록 길은 보이지 않고 사방이 적이었다. 어찌해야 할까 고심에 차 있다 깜박 선잠이 들었다.

"수고한다, 아들아. 잠시 다녀가는 길에 너도 보고 갈까 해서 들렀다."

최영은 자신의 귀를 의심했다. 환청처럼 들려오는 나직한 아버지 목소리였다. 엄했지만 그 내면은 한없이 인자했던, 너무도 귀에 익은 음성. 곧이어 흰 옷 차림의 아버지 모습이 환시(幻視)처럼 지나갔다. '전쟁터에 아버지께서?' 고개를 갸웃거리던 최영이 급히 어둠 속 허공을 향해 큰절을 올렸다. 굵은 눈물이 주르르 흘러내렸다.

"아버님 기일도 기억 못 한 불초자식을 용서하십시오."

"무슨 소리. 나라에 매인 몸, 사사로운 일에 얽매이지 마라. 이 위급한 순간 나라와 백성만 생각하여라. 무인은 최선을 다해 나라에 충성을 다하는 것이 본분이고 최우선이다. 나는 항상 네 곁에 있단다."

혼이 서린 곡진한 부성이 아들을 깨우고 있었다. 일상인 전쟁인 최영은 범부(凡夫)의 삶은 잊은 지 오래다. 돌아보니 자식도 아니었다. 아니 지아비도 부모도 아니었다. 그저 고려의 장수일 뿐이었다.

갑자기 밖이 소란해졌다.

"뭐? 야간기습? 전투 태세를 갖춰라."

최영의 목소리가 칠흑같은 어둠을 가르며 사방으로 퍼져 나갔다. 누가 아군인지 적군인지 알 수 없고, 오로지 칼과 창 부딪치는 소리만 들려왔다. 최영은 거침이 없었다. 뒤도 안 돌아보고 진군하듯 돌진 명령을 내렸다. 치열한 전투일수록 그를 더 강한 장수로 만들고 있었다. 시간이 흐를수록 어떤 불가사의한 힘이 불끈불끈 솟아났다.

"적의 잔병들이 물러가고 있습니다."

"끝까지 쫓아가 소탕하라."

마지막 명령을 내리고 최영은 털썩 주저앉았다. 피비린내와 함께 찢어진 갑의 사이로 땀과 피가 뒤엉킨 무거워진 육신. 손끝 하나 움직일 수 없었다. 서서히 날이 밝아오고 있었다.

# 9

# 혼군과 요승

계절은 벌써 소만과 하지 사이를 지나고 있었다. 여름이 시작되는 초입의 산천은 온통 싱그러운 초록빛으로 가득했다. 알맞게 물기를 머금은 푸릇푸릇한 논과 밭. 짙푸른 녹음 사이로 웃자란 이삭들이 넘실거렸다.

이삭들이 알알이 패기 시작하자, 무슨 조화인지, 연일 비가 내렸다. 농사란 제때 씨를 뿌리고 거둬야 하건만, 잦은 비와 땡볕 탓에 곡물들이 자라지도 못한 채 썩고 타들어갔다.

비가 퍼붓는 무더운 여름날 오후, 삿갓을 쓴 장사치 하나가 주막 안으로 들어섰다. 주막은 이미 비를 피하러 온 사람들로 복작거렸다.

"어서 오게. 나도 비 피하러 들어왔네."

"웬 비가 연일 이렇게 내릴까."

"말세여, 말세."

기이한 일이었다. 건들장마가 끝을 보이지 않는다. 하루걸러 비

가 내렸다. 천둥 번개까지 수시로 아우성쳤다. 곳곳에서 때아닌 우박
도 내렸다. 쨍쨍한 하늘에서 갑자기 비가 쏟아지고, 서늘해졌다 다시
더워지는 일이 연일 되풀이되고 있었다. 밭으로 논으로 한창 바쁜 철
이건만, 모두 일손을 놓고 하늘만 바라보며 쓴 입맛만 다셨다. 하나둘
사람들이 비를 피해 모여들기 시작했다.

"허, 이런. 올 농사 필시 다 망치겠구먼."

"큰일 났네. 흉년 들겠어."

"적당히 물기를 머금고 땅속이 따뜻해야 곡식들이 자리를 잡지,
하루가 멀다 하고 비가 내리니, 뿌리들이 자리를 잡을 수 있나."

"그러게. 제집 찾아오듯 쳐들어오는 왜놈들에 날씨까지 이러니."

"나라가 망하려는 징조야. 간신들이 파리 떼처럼 날뛰니 날씨인들
온전할까. 우린 다 굶어죽을 수밖에."

"세상은 혼란하고 임금은 휘청대고 제 사리사욕에 빠진 권신들 탓
이야."

사람들은 저마다 걱정스런 눈빛으로 먼 산만 하릴없이 쳐다보며
한마디씩 늘어놓고 있었다.

지금 고려는 육사신(六邪臣) 간신들의 나라였다. 한나라 때 학자 유
향(劉向)은 첫째, 자리나 지키며 녹봉만 타먹고 눈치나 살피는 구신(具
臣). 둘째, 군주만 쫓다 후에 닥칠 위험을 모르는 유신(諛臣). 셋째, 속
은 음흉하고 겉은 교묘한 말로 아첨하며 나쁜 마음을 품은 사신(邪臣).
넷째, 안으로 동료를 이간질하고 밖으로 난을 빚어내는 참신(讒臣). 다
섯째, 권세를 휘두르며 사사로이 붕당을 만들어 자기 파벌을 만들고

임금의 명을 멋대로 어기고 자신의 세력을 키우려는 적신(賊臣). 여섯째, 간사한 말로 왕의 눈을 흐리게 하고 왕의 허물을 퍼트리는 망국지신(亡國之臣). 이렇게 간신을 육사신으로 분류해 평했다.

노국공주가 죽은 후, 공민왕은 이미 임금이 아니었다. 실의에 빠져 휘청거리기 시작했다. 급변하는 외세의 소용돌이에도 굴하지 않던 군주였다. 도리어 응전하며 외치를 부르짖던 영민했던 임금. 오직 나라의 부강과 국익만을 외치던 통치자는 한순간에 사라졌다. 의지처였던 아내를 잃자, 혈기 왕성하고 영민했던 왕은 한순간 혼군(昏君)이 되고 말았다. 오로지 술과 미색에 빠진 임금. 기다렸다는 듯 고려는 간신세상이 되고 말았다. 간신들의 소굴이 된 조정. 그 아수라 틈에서 백성들만 도탄에 빠져 허덕이고 있었다.

혼란스런 시대일수록 낯선 일들이 벌어졌다. 고려의 명운을 가르는 위기의 순간. 혼곤(昏困)에 빠진 공민왕 앞에 괴승 신돈(辛旽)이 나타났다.

그는 경상도 영산현(靈山縣)에서 아버지가 누구인지 모르는 사생아로 태어났다. 어머니가 옥천사(玉川寺)의 사비(寺婢)였기 때문에 신돈 역시 절에서 자라며 자연스럽게 승려가 되었다. 귀족 출신의 승려들과는 달리 노비의 아들인 그는 승려로서도 차별을 받았기에 장례식 때 시신을 수습하고 매장해주는 매골승(埋骨僧) 노릇을 하면서 떠돌아다녔다. 자신의 신분 때문인지, 신도들을 신분에 따라 차별하지 않고 정성을 다해 장례를 치러주는 신돈에게 감동한 신도들 사이에 그에

붉은 무덤

대한 소문이 퍼져나가고 있었다.

원명 교체기 개혁정치를 꿈꾸던 공민왕은 기득권 세력인 권신들과 항시 마찰을 빚고 있었다. 공민왕 초기에는 성리학자이며 현실주의적 개혁론자인 이제현(李齊賢)이 개혁을 주도했지만 사직을 청원하고 물러난 상태였다. 그를 대신할 누군가 대역이 필요한 시점이었다. 그때 신돈의 이야기가 불안하고 혼돈에 빠진 공민왕의 귀를 유혹했다. 은밀히 김원명(金元命)을 불렀다. 공민왕의 지시로 김원명은 신돈을 찾아갔다. 과연 듣던 대로 얼굴색이 붉고 언변이 뛰어난 승려였다.

"전하, 신돈은 언변과 화술이 좋고 머리가 비상해 보였나이다."

신돈을 만나본 공민왕은 만면에 흡족한 웃음을 지었다. 부를 때마다 신돈은 사시사철 언제나 다 해진 납의(衲衣) 한 벌로 나타났다. 그 모습에 공민왕의 신임은 더 두터워져갔다. 도를 닦는 승려치곤 뛰어난 달변에 문맹이지만 머리가 비상했다. 화려한 언어의 마술사에 글을 모르는 문맹이라니, 구미가 당겼다. 공민왕이 생각하기에 자신의 개혁정치를 실현할 안성맞춤의 인물로 보였다.

날이 갈수록 신진사대부 유학자와 관료 집단의 세력이 강성으로 흘러가고 있었다. 불안하고 쇠약해진 왕권을 강화하기 위해 그들과 맞설 누군가 필요한 시점이었다. 한마디로 자신의 대역이 필요했다. 그때 나타난 괴승 신돈이야말로 안성맞춤이었다. 공민왕은 신돈을 통하여 기득권 세력을 견제하는 한편, 개혁정책을 강력하게 이루고자 마음먹었다.

"신돈을 왕사(王師)로 삼고 정사를 맡길까 하오."

대신들의 반발이 거세지자, 근신인 김원명이 나섰다. 신돈은 행각승으로 떠돌다, 하루아침에 공민왕의 부름을 받고 개혁정책을 주도하게 되었다. 도당과 권신들의 반대가 거셌다. 그 많은 반대를 물리치고 왕사로 발탁된 신돈. 공민왕의 비호 아래 거침없고 강력한 개혁을 추진하며 국정을 장악해나갔다. 개혁 단행과 동시 자신을 방해하는 눈엣가시 같은 권신들을 서슴없이 좌천시키거나 귀양 보내버렸다. 날이 갈수록 하늘 아래 더없는 권력을 휘두르기 시작했다. 공민왕이 깊은 혼곤에 빠져 허우적거릴수록 신돈의 위상은 점점 커가고 있었다.

사랑하는 아내를 잃은 지아비는 세상도 왕의 자리도 만사가 다 귀찮았다. 모든 정사를 요승 신돈에 의지하려 했다. 총기 넘치고 영민했던 예전의 임금이 아니었다. 오로지 실없는 잡색에 빠진 추한 한 사내에 불과했다. 심지어 귀족 집안 미소년들로 구성된 자제위(子弟衛)를 설치해 남색까지 즐기고 있었다.

그런 군주를 바라보는 최영은 매 순간 무간지옥 속을 떠다니는 것 같았다. 이 심정을 누가 알까. 어떻게 해야 하나. 세상 어디에도 방법은 없었다. 수수방관하는 이 죄를 어찌한단 말인가. 오직 공민왕 대신 무인으로서 나라를 지키는 길밖에.

혼탁한 세상사와 함께 신돈은 더할 수 없이 강해졌다. 누구도 감히 그의 앞길을 막지 못했다. 막강해진 세력으로 고려 조정을 한손에 넣고 마음대로 주물렀다. 언제나 막강한 권력 앞에는 쇠파리가 끓기 마련이다. 그때 밀직(密直) 김란(金蘭)이 자청해 자기 딸을 신돈에게 바치자, 그것을 본 최영이 심하게 꾸짖었다. 마침내 누르고 눌러왔던 모든 심사가 한꺼번에 터져 나왔다. 아무리 괴승이라도 승(僧)이란 이름을 갖고 있지 않는가.

불의 앞에선 한 치도 주저 않는 불같은 사내가 최영이었다. 직언을 할 때도 너스레를 떨지 않고 한마디로 잘라 말하는 습을 갖고 있었다. 살다 보면 눈을 가리고 귀를 막은 채 다물어야 심신이 편한 법이었다. 최영의 불같은 성정은 그걸 못 했다. 하고 싶은 말과 행동은 못 참고 꼭 하고 마는 성미였다. 만일 그냥 지나쳤을 경우 더 큰 후회를 하는 성격 탓에 갈등이 심했다.

최영의 불같은 성격이 꼭 예외인 때가 있었다. 죽느냐 사느냐, 생과 사만 공존하는 전쟁터, 생존 경쟁의 한복판에서, 잠시잠깐의 판단 착오, 한 번의 결정 오류와 목숨을 바꿔야 하는 순간. 감정에 앞서 오직 강철같이 단련되고 절제된 무인만 존재해야 했다. 그만큼 전쟁터는 냉혹하고 최영 역시 냉철한 전쟁터의 무장이었다.

"감히 무인 주제에. 두고 보자."

신돈은 그 일을 계기로 최영에게 앙심을 품고 기회만 엿보았다.

신돈이 호시탐탐 최영을 노리고 있던 차 사건이 발생하고 말았다. 동강 방어전에서 왜구들이 고려 세조 왕릉(王隆, 태조 왕건의 아버지)의 영정을 훔쳐갔다. 그 소식을 접한 신돈은 손뼉을 쳤다. 최영은 목에 가시였다. 이 기회에 최영을 처단하려 마음을 굳게 먹었다. 직언 탓으로 모함은 언제나 실과 바늘처럼 잔인하게 따라다녔다. 거기에 따른 불이익도 매번 감수해야 했다.

이미 혼이 나간 공민왕은 신돈의 간교함에 손을 들어주고 최영을 계림윤(鷄林尹, 현 경주의 지방관)으로 좌천시켰다. 평생 무인이었던 최영은 갑의를 벗어야 했다. 자진해서 병졸 입대한 이후 처음 있는 일이었다. 쫓기듯 계림으로 떠나며 최영은 이렇게 말했다.

"오늘날 죄를 얻은 자로서 생명을 보전하는 사람이 적은데 나는 계림윤이 되었으니 임금의 두터우신 은혜로다. 성은이 망극하옵니다."

말을 마치자 궁을 향해 큰절을 올리며 감사의 예를 다했다.


계림윤으로 있는 동안 최영은 무장이 아닌 철저한 목민관(牧民官)으로 살았다. 한 치의 소홀함도 보이지 않았다. 오직 계림윤으로서의 임무를 철저히 수행하려 노력할 뿐. 백성들 삶 속으로 들어가 동분서주하고 있었다.

목민관의 책무가 무엇인가. 최영은 지방관을 역임하는 동안 눈만 뜨면 그 넉넉한 몸집으로 고을 구석구석을 살피고 다녔다. 혹 굶주리고 있지는 않은지, 산간 오지마을에 사고는 발생하지 않았는지. 백성들이 배불리 먹고 평안하게 살도록 하는 한편, 궁핍하고 어려운 백성들을 좌시하지 않았다. 그들 가까이에서 함께 고락을 나누며 몸으로 목민을 익혔다. 높고 낮음을 떠나 바르고 어질게 골고루 선정(善政)을 베풀고자 노력했다. 피지배층인 백성들의 마음을 헤아리고, 애민의 마음으로 따뜻한 손길을 보냈다.

평생 청렴하게 살아온 최영이었다. 평소 자신의 소신대로 검소하고 강직한 모습을 먼저 보여주었다. 탐관오리에 시달리던 백성들은 의아했다. '이런 목민관도 있나?' 날이 갈수록 청백리의 모습에 저마

붉은 무덤

다 고개를 끄떡였다. 최영이 지나갈 때마다 바라만 봐도 배가 부르는 듯 느껴졌다.

"최영 장군은 역시 청백리야."

"황금 보기를 돌같이 여긴다네."

계림 골목골목마다 자고 일어나면 번지는 백성들의 칭송 소리가 그치지 않았다. 전쟁터에선 용맹을 떨치는 훌륭한 장수, 계림윤 최영은 목민관으로도 역시 뛰어났다. 어떻게 해야 민생이 편안할까. 안전과 평안을 위해 전전긍긍하는 헌신적인 목민관 모습에 너나없이 감사하고 있었다. 옛날부터 군주와 나라의 성공은 민심(民心)에서 나온다고 했다.

백성들과 달리 무인 최영은 갈수록 늘 허기가 졌다. 그 허기는 식탐 후에 찾아오는 허기처럼, 매 순간 무인 최영을 괴롭히며 막무가내로 달려들었다. 일상이 전쟁이었던 무장이 아닌가. 항상 말을 타고 내 집처럼 누비던 전쟁터의 수많은 기억들이 눈앞에서 떠나지 않았다.

무장은 도당의 대신들과 달랐다. 전쟁터에서 살아야 야성이 살아난다. 마치 때리면 때릴수록 강해지는 무쇠처럼. 야성으로 뭉친 무장이 전쟁터를 떠나 지방관으로 내직에 근무하자, 오금이 저리고 무력한 고통의 하루하루였다. '나는 지금 무엇을 하고 있는가?' 물론 목민관도 좋지만 자신은 무관이 아닌가.

눈엣가시 같은 최영을 계림윤으로 좌천시킨 이후에도 신돈의 모함은 끝나지 않았다.

"전하, 최영은 이구수(李龜壽), 양백익(梁伯益), 석문성(石文成), 박춘(朴椿)과 함께 내신 김수만(金壽萬)과 결탁하여 상하를 이간질하는 불충을 저질렀사옵니다."

공민왕은 이번에도 신돈의 손을 들어주었다. 결국 신돈에게 미움을 산 최영은 하루아침에 형틀에 묶이는 신세가 되었다.

"죄인을 매우 쳐라."

신돈의 음흉한 목소리가 사방으로 퍼지자, 이득림(李得霖)이 최영을 국문하기 시작했다. 그때 합포진수(合浦鎭守) 정사도(鄭思道)가 자신의 목숨을 걸고 최영의 구명운동에 발벗고 나섰다.

"아니 되옵니다. 다시 거두어주소서."

충신인 정사도의 상소는 공민왕의 어리석음을 질타하듯 간곡하고 단호했다. 최영이 누구인가. 고려와 자신을 위해 평생을 살아온 무장이 아닌가. 공민왕은 최영을 죽일 수 없었다. 아무리 지금 상황에선 대역할 신돈이 필요하지만, 공민왕에게 최영은 소중한 신하이자 동지였다. 자신이 내칠 수 없는 불가불념해야 할 소중한 사람이었다.

최영은 간신히 처형을 면하고 대신 귀양을 가게 되었다.

"관직을 삭탈하고 가산을 몰수해버려라."

최영이 귀양 가 있는 동안 신돈의 세력은 철벽같이 더 강해졌다. 이제는 어느 누구도 건드릴 수 없게 되었다. 신돈이 가장 중점을 둔 개혁정책은 노비와 토지 개혁이었다. 이 성책은 권문세족의 경제직 힘을 약화시키는 한편 백성들의 경제를 활성화시키려는 의도였다.

공민왕은 신돈의 등용과 함께 전민변정도감(田民辨整都監)을 설치해, 권문세족이 불법적으로 빼앗은 토지를 돌려주게 하였다. 신돈은 비천한 상민 출신이었다. 노비들에 강한 애정을 갖고 있었다. 노비 해방을 부르짖었다. 불법으로 노비가 된 자, 부역을 도피한 양민을 색출하고 강제로 노비가 된 이들도 양반으로 만들어주자, 노비들은 '성인이 나타났다'고 외치며 신돈을 구세주처럼 따라다녔다. 신돈의 인기는 날로 치솟았다.

신돈의 개혁은 급진적이었다. 자연히 기성 세력들의 반발을 불러왔다. 아무리 하늘을 찌르는 권세도, 영화도 백일몽 같다고 했다.

어느덧 신돈의 횡포는 극에 치닫고 있었다. 생의 의욕을 상실한 공민왕은 이미 신돈의 장막에 둘러싸여 식물상태 군주에 불과했다. 보다 못한 재상 임군보(任君輔)가 거세게 임금에게 항의하고 나섰다.

"전하께 간곡히 말씀드립니다. 통촉해주소서. 본디 편조(遍照, 신돈의 법명)는 중입니다. 아무리 나라에 인재가 없기로 불도를 닦아야 할 승려에게 정사를 돌보게 하여 천하에 웃음을 사야 되겠습니까?"

욕심이 눈을 가려 자기 그릇을 판단하지 못하면 남들의 조롱을 받게 마련이다. 권문세족들이 신돈을 비하하고 모함하기 시작했다. 그때까지도 공민왕은 신돈을 굳게 믿고 있었다. 그러나 원성이 빗발치자, 날이 갈수록 의심은 더 깊어져갔다. 자칫 왕권까지 위협받는 게 아닐까. 신진 유학자들의 등장과 함께 공민왕은 점점 위기감을 느끼고 있었다.

신돈은 영악한 사람이었다. 공민왕의 그런 기미를 재빨리 알아차렸다. 기세등등한 신돈이었지만 초조해지기 시작했다. 자신이 살아

남아야 했다. 살기 위해 공민왕의 처치가 불가피하다고 작정하고 먼저 행동에 옮겼다. 마침 공민왕이 능으로 행차하는 날이 왔다. 기회였다. 능 행차길에 미리 심복들을 매복시켜놓았다.

세상 일은 신돈의 잣대대로 흘러가지 않았다. 그의 치밀하고 영악한 암살 계획은 허무한 광기로 끝나고 말았다. 공민왕 20년(1371) 역모죄로 신돈은 유배지에서 이틀 만에 처형되었다. 결국 신돈은 제 꾀에 함몰된 채 요승의 시대는 그렇게 막이 내렸다.

개경을 떠나온 지 육 년이란 세월이 흘러갔다. 최영은 계림윤으로 좌천되었다가 다시 관작을 삭탈당하고 귀양살이 하는 중이었다.

매사 바른대로 곧이곧대로 불같은 직설이 화근이었다. 말을 돌릴 줄도 알아야 하고, 슬쩍 눈감아버릴 줄도 알아야 하는데 최영은 그것이 안 되는 사람이었다. 그 탓에 지금 안 해도 될 귀양살이를 하고 있었다. 밤이면 하릴없이 마구간에서 늙어가는 애마도, 전쟁터가 그리운 듯 울어대기 일쑤였다.

칼집 속 보검은 녹슨 울음을 토해내고, 대장군은 장부로써 지개(志槪)를 못 이룬 채, 나날이 귀밑머리만 백발이 돼 가고 있었다. 아무리 단 음식을 먹어도 소태처럼 쓰디쓴 나날들이었다.

마침내 신돈이 처형되자, 최영은 다시 돌아왔다. 꿈에도 그리던 개경이고 갑의였다. 돌아온 즉시 문하찬성사(門下贊成事, 정2품)로 다시 복직되었다. 떠나 있는 동안 왜구들의 침범이 잦아지고 있었다. 최

붉은 무덤

영은 공민왕과 수군 양성을 논의하기 시작했다. 수군 양성은 가장 시급한 대항책이었다. 조급함과 달리 마땅한 묘안은 떠오르지 않았다.

공민왕은 원명 교체기 정세를 이용해 양면전을 계획하고 있었다. 그 계획을 수행할 최영, 이성계(李成桂), 경복흥(慶復興) 같은 뛰어난 무장이 필요했다. 또 한쪽으론 유학자인 이색(李穡), 백문보(白文寶)를 등용시켜 안정을 도모하며 권문세족으로부터 왕권 회복을 꾀하려 했다. 나라의 발전 역량은 사람 능력을 얼마나 잘 살리느냐에 있다. 때로는 한 사람의 능력과 경험이 나라 발전에 크게 촉진제 역할을 할 수 있었다. 공민왕의 그런 믿음에 가장 적합한 인물이 최영이었다. 충성심과 신의가 투철했고 무엇보다 뛰어난 무장이 아닌가. 자진 입대한 병졸이던 최영의 진가를 알아본 영민한 군주가 공민왕이었다.

공민왕 즉위 23년이 지나가고 있었다.

계절은 삼월, 춥고 시린 긴 겨울이 지나가고 새봄이 다시 찾아왔다. 겨우내 얼었던 언 땅이 녹기 시작하자 훈풍이 불었다. 그동안 공민왕은 강력하게 개혁정치를 추진했으나 번번이 발목을 잡는 권신들의 벽에 막혀 꼼짝 못 하고 있었다. 공민왕의 개혁정치에 훈풍은 언제 불어올까?

공민왕이 최영을 경상전라양광도 육도도순문사(六道都巡問使)로 명하자, 헌사(憲司)에서 개혁정책을 탄핵하며 임명을 적극 반대하고 나섰다. 자신을 비난만 하는 권신들 사이에서 유일하게 공민왕이 믿을 수 있는 신하는 최영이었다. 내부 각 권신 계파들과 갈등하는 군주가 안쓰러워 더 지켜볼 수 없었다. 최영은 울면서 곡진한 심정으로 호소했다.

"신(臣)이 정성껏 국사(國事)에 성심을 다해도 비난을 받사오니 신의 직(職)을 파하소서."

한 달 만에 최영은 관직에서 물러났다. 공민왕은 자신의 살점을 떼어내는 환상지통을 겪으며 최영을 파직해야 했다. 세상 인심은 늘 공민왕과 최영에겐 불어오는 겨울 바람처럼 매섭고 냉정했다.

그로부터 얼마의 시간이 지나갔다.

"최영을 다시 조사해 올리도록 하라."

공민왕은 서둘러 엄명을 내렸다. 조사 결과 헌사의 논핵이 부당하다는 결론이었다. 역시 최영은 자신이 익히 알고 있는 신의(信義) 있는 신하였다.


꽃 피는 사월이 되었다. 공민왕은 최영에게 훈일등의 진충분의선위좌명정란공신(盡忠奮義宣威佐命定亂功臣) 칭호를 내렸다.

공민왕의 가슴속엔 최영에 대한 믿음이 항시 굳게 깔려 있었다. 우선 곧은 인물 됨됨이를 좋아했다. 또한 청렴 강직한 우국충신의 한결같은 나라 사랑과 자신에 대한 지극한 충성심에 매번 가슴이 뜨거워졌다. 최영을 바라보는 군주의 마음은 때때로 안쓰러웠다. 우국충걸 탓에 꺾이야 하는 배신과 모험을. 최영도 주군의 깊은 심중을 알아차린 지 오래였다. 그 은공에 보답하려는 듯 물불 가리지 않고 전쟁터로 달려갔다.

붉은 무덤

# 10

# 목호의 난

최영의 나이 어느덧 쉰아홉 살이 되었다.

육도도순찰사(六道都巡察使)로 승진한 최영은 동에 번쩍 서에 번쩍 날개가 달린 듯 바쁘게 뛰어다녔다. 무엇보다 먼저 유비무환의 국방 정책과 왜구 방어책을 하나씩 펼쳐나가기 시작했다. 우선 군호(軍戶)를 정리하고 병적(兵籍)을 바로잡았다. 신상필벌의 원칙에 따라 공이 있는 장수는 발탁해 승진시키고 죄를 범한 자는 엄중히 처단했다.

무질서했던 기강이 서자, 가장 시급한 군비를 강화하는 일에 매달렸다. 전함 건조와 화전(火箭, 불을 붙여 쏘는 화살), 화통을 만들어 왜적과 대적하는 일이 절실함을 느꼈다. 자신의 생각을 역설했다. 전함 건조는 최영의 생각대로 진척이 되지 못했다. 여기저기서 반대 의견이 쏟아져 나왔다.

"무슨 소리요? 적은 선박 운행에 능한 자들입니다. 해전으로는 답이 없습니다."

"어차피 질 싸움인데, 함선 건조라니."

먹고살기도 힘든데 더 힘들어진다고 백성들까지 반발하고 나서자 계획은 말뿐 흐지부지 철폐되었다.

고려 말은 왜구의 침입과 원명 교체기로 내외 정세가 매우 혼란한 시기였다. 조용한 날이 없었다. 마치 하루걸러 찾아오듯 외세 침략과 내란이 끊이지 않았다. 최영이 왜구를 토벌하고 오자, 이번에는 탐라 (耽羅)에서 목호(牧胡)의 난이 일어났다. 반란 역시 여기저기에서 마치 마른 삭정이 불붙듯 끊임없이 이어졌다.

명(明)나라는 수시로 조공용 말을 징발해 가곤 했다. 공민왕 23년 (1374) 명의 태조는 임밀(林密)을 보내 말 이천 필을 또 고려 조정에 요구했다.

강소성(江蘇省)에서 원나라를 밀어내고 명나라의 태조가 된 주원장(朱元璋). 그는 남경(南京) 인근 호주(濠州, 현 안휘성) 사람으로 빈한한 소작농의 아들로 태어났다. 주원장은 어려서부터 길가 돌처럼 굴러다니다 왕위에 오른 이력을 갖고 있었다. 잡초처럼 살다 자수성가한 탓일까, 담력과 배짱이 뛰어났다. 주변 약소국에 대한 무리한 요구도 예의 없이 막무가내로 거침이 없었다. 이번도 예외가 아니었다.

고려 조정에선 말 이천 필을 보내려 하자, 제주 목호들의 합적(哈赤, 두목)인 석질리필사(石迭里必思), 초고독불화(肖古禿不花), 관음보(觀音保) 등이 반발해 삼백 필만 보냈다.

탐라에는 몽골 지배 당시 이주해온 목호(牧胡, 원나라 목동)들이 살

붉은 무덤

고 있었다. 탐라는 고려에 반환되었지만 목장은 원나라가 운영했다. 그들은 탐라에 살며 말을 길러 본토에 보내는 일이 소임이었다. 목마 사업을 위해 파견된 몽골인들이 삼천 명. 그 당시 탐라 백성이 만 명이었다. 몽골 목호들이 탐라에 끼친 영향도 의외로 컸다. 오죽하면 '탐라에서 목호들의 흔적은 마치 대장경 못지않다'는 우스갯소리가 바람처럼 돌아다닐 정도였다. 그 귀한 대장경에 비유하다니 얼마나 행패가 심했을까.

전쟁이 일상이었던 전쟁의 시대는 말이 무기였다. 당연히 말을 잘 다루는 목호들은 꼭 필요한 존재였다. 특히 목호들이 키운 가라말(黑馬)은 명마 중에 명마였다. 다리가 길고 엉덩이가 마치 산 능선처럼 유연했다. 검은 털은 명주 비단처럼 부드러웠다. 목호들은 태생이 드넓은 초원에서 말 달리던 몽골족이 아닌가. 말 다루는 기술이 뛰어났다. 오죽하면 피땀을 흘리며 천 리를 달린다는 한혈마까지도, 때로는 순한 양처럼 때론 맹수처럼 잘 다루는 그들이었다.

"몽골 목호들은 말 다루는 솜씨가 비상합니다. 고려에는 지금 그들이 절대적으로 필요합니다."

일찍이 원나라는 목호들에게 혼인 정책을 펼쳤다. 고려에서도 적극 결혼을 장려했다. 그들은 말을 기르며 돌투성이 투박한 탐라 땅에 지실(제주 방언으로 감자)을 심으며 살고 있었다.

목호들은 원 패망 후에도 탐라를 떠나지 않았다. 머지않아 원이 재흥기할 것이라 믿고 묵묵히 말을 키우고 있었다. 또 한편으론 탐라 비바리(처녀)들과의 혼인이 목호들에게 족쇄가 됐다.

명나라의 말 징발에 분노에 찬 목호들의 목소리가 거세게 일어났다.

"느영 나영(너랑 나랑) 키운 말을 명나라에 보내지 말라."

묵호들의 생각은 단호하고 강경했다.

"우리가 힘들게 키운 말은 명나라에 갈 수 없다. 내 부모 형제들을 괴롭히는 데 사용할 것이 아닌가. 절대 한 마리도 보낼 수 없다."

자신들의 요구가 관철되지 않자, 다른 조건을 제시하고 나섰다.

"말 징발 요구를 따르겠다. 대신 본국 원나라에 만호부를 설치해 달라."

지금은 비록 탐라에서 고려 여인들과 숨죽이며 살지만, 우리는 원나라 사람들이다. 탐라 합적의 비통한 울부짖음이었다. 그들은 과거 중원의 넓은 벌을 말달리며 호령하던 징기스칸의 후예들이 아닌가.

"뭐? 말 이천 필을 못 주겠다고?"

임밀은 불같이 화를 냈다.

"감히 너희들이 내 요구를 거절해!"

그냥 둘 수 없다, 당장이라도 목을 칠 듯 길길이 뛰었다. 임밀의 엄포에 고려 조정은 어찌해야 할지 난감한 처지가 됐다. 명과의 관계 악화를 염려한 나머지, 하는 수 없이 탐라를 토벌하기로 결정하였다. 사실 고려 조정도 탐라 목호들이 골칫거리였다. 특하면 디빈사로 사고가 일어났다.

공민왕이 즉위하며 반원정책을 시행하자, 탐라의 목호와 고려 관리 사이에서 대립이 점점 심해지고 있었다. 이번 기회에 목호들을 처

　　　　　　　　　　　　　　　붉은 무덤

단하고자 탐라 정벌 명령을 내렸다.

"탐라는 본래 우리나라에 속하여 해마다 조공을 바쳐온 지가 오백 년이나 되었다. 그런데 탐라에서 말을 먹이는 오랑캐 석질리필사 등이 우리 사신을 죽이고 우리의 백성들을 노예로 삼고 있으니, 그 죄악이 실로 크다. 그러므로 이제 최영에게 절월(節鉞)을 주어 그들을 토벌하게 하노니, 최영은 제군(諸君)을 독려하여 오랑캐를 섬멸하도록 하라."

공민왕 23년(1374), 도통사(都統使) 최영이 이끄는 탐라 토벌군이 집결했다. 영산포에서 군사를 점검한 후 장수들에게 작전 지시를 내렸다. 사지(死地)인 전쟁터에선 맹수보다 사나운 장수가 최영이었다. 명령을 내릴 때도 칼끝같이 날카로웠다. 그의 맹수 같은 포효는 마치 검푸른 바닷속 용의 혀처럼 출렁이는 파도마저 삼켜버릴 기세였다.

최영은 출정과 동시에 병사들에게 엄한 훈시를 내렸다.

1. 각도의 선박들은 정해진 깃발을 꽂아 서로 혼동하지 말 것.

2. 모든 병선은 책임자의 지휘하에 대오를 정돈하고 연료와 음료수는 제때 지급할 것.

3. 왜적을 만나면 좌우에서 지원하며 협공하고, 왜구를 생포하는 자는 상으로 벼슬을 내릴 것.

4. 탐라에 도착하는 즉시 장수들은 병선에 승선한 장수들과 함께 일제히 진군할 것. 진군 중에 낙오자가 없도록 하고 각 부대는 봉화로 서로 연락할 것.

5. 전 부대의 행동은 도통사 지시를 따르며 위반하지 말 것.

6. 성을 공격할 때 주민 중 합적에 가담하여 명령에 순종하지 않는 자는 모두 사살하되, 항복하는 자는 사살하지 말 것.

7. 적 괴수의 재산은 몰수하고 모든 계약 문건과 금, 은패, 도장 및 말의 등록부도 몰수할 것. 상기 열거한 것들을 취득한 자는 별도 보상할 것.

8. 절, 도전(道殿), 신사를 지키는 자는 체포하지 말 것.

9. 재물을 탐내 전투에 전념하지 않는 자는 처벌하고 재물을 갖고 도망가는 자는 군법으로 처단할 것.

전쟁이나 반란이 끝나면 가장 큰 피해는 백성들의 몫이었다. 그 와중에 설사 살아 남았어도 산목숨이 아니었다. 집은 불타고 남은 가솔들은 죽고 뿔뿔이 흩어진 채 굶어죽거나 걸인이 되어 거리를 헤매야 했다. 전승을 거두고 돌아보면 전쟁의 후유증은 언제나 가녀린 백성들 차지였다. 그 참혹함에 최영의 가슴은 매번 천 갈래 만 갈래 찢어졌다. '내가 왜 그토록 목숨 걸고 싸웠나?' 가슴속을 파고드는 번민에 괴로웠다. 전쟁이 끝나면 침입에 노출된 그들의 비참한 삶 속으로 들어가, 그들의 고통을 덜어주고 다독이며 보듬어주고자 늘 동분서주했다.

탐라로 가는 도중에 거센 태풍을 만났다. 영산포를 거쳐 검산곶에 이르렀을 때였다. 여러 장수들이 나서서 말했다.

"장군님, 배가 출발한 지 오래고 바람이 점차 거세지니 빨리 가는 것이 마땅합니다."

"오늘 바람은 불리하다. 서해도순문사(西海都巡問使) 김유(金庾)의 전함 백 척이 아직 이르지 않았는데 어찌 먼저 갈 수 있겠는가?"

최영은 철저한 원칙주의자인 동시에 산 밑에 서 있는 바위처럼 강직한 사람이었다. 특히 전시에는 상명하복이 절대적이었다. 불가하자 제장(諸將)들이 나서서 최영을 재촉했다. 가끔은 져주는 것도 병법이었다. 닻을 올리고 출항 명령을 내렸다. 예감대로 도중에 거친 태풍을 만났다. 바다는 거칠고 사나웠다. 우왕좌왕하던 많은 배가 사방으로 연기처럼 흩어졌다. 겨우 수습해 보길도를 거쳐 추자도에 도착하니 해가 저물고 있었다.

갑자기 또 비바람이 크게 일며 배가 벼랑 바위에 부딪혀 닻줄이 끊어지고 노가 떠내려갔다. 거센 풍랑이었다.

최영의 짙고 검은 눈썹이 파르르 떨리기 시작했다. 꾹꾹 참고 있던 분노가 일시에 폭발하고 말았다.

"배를 띄울 때는 바람의 방향을 중시해, 나가고 머물 순간을 정확히 알고 배를 띄워야 한다."

난처한 상황이 되자, 지체하지 말자고 재촉하던 장수들을 향해 소리쳤다. 전쟁터의 지휘관도 때로는 다그치고 몰아치는 것만 능사는 아니었다. 가끔은 그들을 믿어줘야 하는 순간도 있었다. 장수들을 믿는 척 슬쩍 눈 한 번 감은 결과는 생각보다 컸다.

"풍랑이 잦아들 때까지 잠시 쉬어 가도록 하겠다."

뱃길도 살필 겸 최영은 추자도를 돌아보았다. 해미가 짙게 깔린 바닷가. 작은 고깃배가 서너 척 묶여 있었다. 포구 곳곳에서 어설프게 그물을 손질하는 어부들이 눈에 띄었다. 바다만 쳐다보고 사는 선량한 백성들 모습이 안타까웠다. 전쟁터로 향하는 와중이지만 지체 없이 고기 잡는 법과 그물 깁는 법을 가르쳐주었다. 최영은 그런 사람이 었다. 어부들은 최영의 모습이 사라질 때까지 그의 모습을 바라보고 있었다.

풍랑이 가라앉자, 추자도를 거쳐 명월포(明月浦)에 도착했다.

그곳은 사방이 절벽인 섬이었다. 삼천 명의 기병을 거느린 석질리 필사가 기다리고 있었다. 최영은 즉시 탐라 목사 박윤청(朴允淸)으로 하여금 다음과 같은 서한으로 알아듣도록 적을 타이르기를 명했다.

"이번 조정에서 군사를 일으켜 부득이 그대들의 죄를 묻고자 한다. 그대들의 우두머리를 제외한 성주(星州)와 왕자, 토관, 군민은 예전처럼 편안히 살아가게 해줄 것이다. 적측에 가담한 자도 항복하면 용서해줄 것이다. 만일 거역하면 대군으로 무찔러버리겠다. 그렇게 되면 옥석(玉石)이 함께 불에 탈 것이다. 그때는 후회하여도 소용없다."

서릿발 같은 최영의 명령이었다. 명을 내리고 곧바로 전선들을 해안에 정박시켰다. 하선(下船)해 상륙한 병사들이 전진을 머뭇대자 가차 없이 비장 한 명의 목을 베었다. 전쟁에 나선 장수는 때로 엄정한 군기를 위해 냉혹하고 서슴없이 칼을 들어야 했다.

승세를 탄 토벌군이 도망치는 적들을 삼십 리까지 추격하는 동안 날이 저물었다. 하는 수 없이 명월포에 진영을 설치했다. 이날 전투 중 안무사(安撫使) 이하생(李下生)이 적에게 살해당하고 말았다. 각 지휘관들은 한라산 아래 진을 치고 병사들을 잠시라도 쉴 수 있게 해주

었다. 장수들에겐 적의 사살도 중요하지만 휘하 병사들을 지키는 일
도 큰 덕목이었다. 덕장(德璋)이란 말이 있지 않은가.

전투를 하며 전진할수록 고려군은 목호들의 말을 많이 노획하려
애썼다. 전진 중이었다. 목호 괴수의 수상한 낌새가 최영의 매서운 눈
에 포착되었다. 도전하는 척 고려군을 유인해 효성오음(曉星吾音, 지금
의 새별오름)의 들판으로 유인하려는 움직임이 보였다. 아니나 다를까.
무장한 기병으로 이루어진 그들은 격파 장소로 들판을 정하고 수작을
걸어왔다. 목호들은 말달리며 들판에서 싸우는 데 강한 민족들이었
다. 최영은 단번에 목호들의 이러한 계획을 간파해버렸다.

"어서 정예병을 출동시켜 추격하라."

맹수같이 단련된 고려 정예군 앞에 그들은 당황하는 기색이 역력
했다. 한동안 대항하다 슬금슬금 혼비백산해 호도로 도망쳐버렸다.

탐라국의 왕은 몽골 여자로, 팔 척의 장신에 힘이 항우장사라 했
다. 더구나 탱자 가시덩굴로 감싸인 탱자성을 지키고 있어, 그 누구도
함부로 접근할 수 없다는 이야기가 들려왔다. 역시 듣던 대로 탱자나
무가 성을 에워싸고 있었다. 가시성은 견고해 뚫고 쳐들어가기가 난
감한 상황이었다. 여러 장수들과 논의를 했으나 길이 보이지 않았다.
날이 갈수록 입안이 바짝바짝 말라갔다. 아무리 천하 용장인 최영이
지만 뾰족한 방법은 떠오르지 않은 채 시간만 흘러갔다. '어떻게 해야
이 가시성을 무너트릴 수 있을까.' 노심초사하다 깜박 잠이 들었다.

꿈속에 홀연히 하얀 옷을 입은 산신령이 나타났다.

"나를 알겠느냐. 홍주 닭재산의 산신령이다. 서두른다고 될 일이 아니거늘, 오늘 그대는 왜 그다지 미욱했는고?"

무인의 길로 이끌어주신 닭재산 산신령이 최영을 내려다보고 있었다.

"왜 이리 서두르는가. 일에는 때가 있고 순서가 있는 법. 적을 유인해 유리한 상황이 올 때까지 기다리고 버텨야 한다. 기다리다 결정적 순간에 내 시키는 대로 하라."

"무슨 말씀이신지요."

"탱자성 뒤로 억새밭이 보이지 않느냐. 곧 가을이 온다. 잠시 기다리거라. 억새풀이 말라가는 가을은 억새에 불붙이기가 용이하니 불을 질러 탱자성을 공격하라. 억새가 시들기를 기다리는 사이 구리 갑옷을 준비해야 할 것이다. 잊지 말고 내 말을 꼭 명심하라. 알겠느냐."

"네, 명심하겠습니다."

최영이 크게 소리치고 두 손을 맞잡고 허리 숙여 읍(揖)하는 순간. 닭재산 산신령은 온데간데 없이 사라지고 흰 연기만 자욱했다. 깜짝 놀라 잠에서 깨니 꿈이었다.

"옳지, 고향 산신령님이 나를 도와주시는구나."

날이 밝자 최영은 조급한 마음을 버리고 진영 안에서 버티기 시작했다.

"장군님이 이상하네. 어쩌시려고 태평스럽게 계실까?"

"글쎄, 싸움은 잊으셨나."

장수들은 물론 병사들까지 술렁거렸다. 최영은 모른 척, 오직 곧

붉은 무덤

있을 싸움만 대비하고 있었다. 큰 싸움을 대비해 병사들도 모두 쉬게 했다. 모처럼 휴식에 병사들은 싱글벙글거렸다.

가을이 오고 있었다. 최영 생애 중 이렇게 반가운 가을은 처음이었다. 늦더위가 물러가고 초가을에 접어들자, 억새풀들이 서서히 말라가기 시작했다. 어느 바람이 심하게 부는 날, 최영은 병사들에게 명령하여 장작에 불을 붙여 억새밭 속으로 던지게 했다. 무수한 불덩이가 바람을 타고 날아가 마른 억새에 떨어지자, 불길은 삽시간에 활화산처럼 치솟으며 타올랐다.

탱자나무 숲에 불이 붙자 서둘러 공략에 나섰다. 장수들은 장수대로 병사들은 병사들끼리 불꽃 튀는 치열한 싸움이 벌어졌다. 얼마나 시간이 지났을까, 탱자나무 가시성이 허물어지기 시작했다.

마침내 탐라국 왕과 최영이 맞붙는 절체절명의 순간이 왔다. 탐라 왕은 여자였지만 기골이 남자처럼 장대한, 무시무시한 괴력을 갖춘 소유자였다. 숱한 죽을 고비를 넘기며 익힌 능한 무술을 갖춘 천하의 용장 최영도 쉽게 당해낼 수가 없었다. 죽기 살기로 목숨을 걸고 달려드는 상대는 만만치 않다. 밀치면 달려들고 도무지 싸움은 끝을 알 수가 없었다. 탐라 왕은 최영의 기를 꺾어 단숨에 죽이려 기회만 노리고 있었다. 긴 칼을 자유자재로 휘두르며 최영의 목을 향해 몹시 세차게 달려들었다. 아무리 괴력을 갖춘 탐라 왕이지만 목까지 둘둘 올라온 최영의 구리 갑옷을 당해낼 도리가 없었다. 싸움이 길어질수록 탐라 왕이 지치는 기색이 엿보였다. 그 순간 기다렸다는 듯 최영은 달려들어 단칼에 목을 베어버렸다.

　탐라 왕이 죽자 적의 장수들은 저항을 포기하고 처자와 부하들을 데리고 항복했다. 초고독불화와 관음보는 끝까지 투항하다 벼랑에서 몸을 날려 스스로 투신 자살하고 말았다.

　무인들은 안다. 살아도 죽음을 면치 못할 것을. 무장 특히 패장으로서 목에 칼이 내리치는 순간 비굴해선 장수가 아니다.

　석질리필사와 그의 네 아들들을 끝끝내 찾아 허리를 베어 죽였다. 벼랑에서 자살한 초고독불하와 관음보의 시체 역시 찾아내 목을 베었다. 전쟁이란 마지막 순간까지 언제나 잔인하고 참혹했다. 탐라 목호의 난은 이렇게 끝이 났다.

　최영은 병마사(兵馬使) 안주(安柱)를 보내 조정에 첩보(捷報)를 올리라는 명을 내렸다. 안주는 급히 개경을 향해 말을 몰았다.

　당시 명나라는 원나라가 지배했던 지역 전반의 연고권을 주장하고 있었다. 토벌이 성공적으로 끝나자, 고려는 명나라에 탐라 말의 공마(貢馬)를 문의했다. '저 탐라는 그대 나라와 가까우니 그대들이 관리함이 마땅하다. 나는 그곳을 차지해 관리할 생각이 없다'는 친서가 내려졌다.

　목호의 난 평정은 전과의 크고 적음을 떠나 탐라의 정복과 고려 영토로 완전히 복속시킨 전과를 남긴 값진 싸움이었다.

　탐라 목호의 난이 평정되자, 탐라 백성들 사이에서 최영의 이야기가 널리 회자되었다.

# 11

# 사라진 태평성대의 꿈

계절은 춥지도 덥지도 않은 시월 상달. 온산에 울긋불긋 오색 단풍비가 내리고 있었다. 내포평야 너른 들녘에도 오곡이 무르익어 누렇게 익은 곡식들이 파도처럼 넘실거렸다. 목호의 난 평정을 끝내고 돌아오는 길. 최영은 은혜를 잊지 않았다.

멀리 홍주가 보이기 시작했다. 역시 고향은 언제 봐도 어머니 품 같다. 닭재산 가는 길가에 금마가 묻혀 있는 금마총이 있었다. 생시처럼 금마가 뛰어나올 것 같은 예감이 들자, 최영은 울컥 목이 메어 왔다.

닭재산에 들러 감사의 제를 성심껏 올렸다. 제를 올린 그날 밤 꿈에 산신령이 다시 나타났다.

"나라를 위해 그 한 몸 아끼지 않는 것도 사내 대장부로서 마땅한 도리이나, 그대는 아직 죽어서는 안 될 몸. 살아서 더 큰일을 해야 하니 부디 몸조심하라. 특히 높은 곳에 오를수록 바람은 더 거세지니 항상 신변을 주의하도록 하라."

산신제를 올린 후 개경을 향해 달리고 있었다.
"뭐라고? 뭐……."
귀를 의심했다. 다시 말해보아라, 되묻는 말에 울음이 묻어났다.
공민왕의 죽음을 전해듣자, 우람한 체격의 최영이 말 위에서 소리
치기 시작했다. 마치 성난 맹수가 포효하는 것 같았다. 믿기지 않았
다. 일순 세상이 멈춘 듯 눈앞이 하얗다. '설마, 아니야, 아니야.' 이 무
슨 괴변인가. 천부당만부당한 소리였다. 오는 내내 믿으려 하지 않았
다. 아니 믿고 싶지 않았다. 바람처럼 개경을 향해 말을 몰았다.


개경에 도착하자마자, 머리를 풀어 산발한 채 군장도 풀지 않고
편전으로 뛰어 들어갔다. 공민왕은 이미 훙서(薨逝)한 후, 재궁(梓宮)에
서 복명해야 했다. 이미 휘장이 쳐지고 공민왕의 빈소(殯所)가 차려져
있었다. 생전에 그랬듯 보고를 올렸다.
"전하, 탐라 목호들을 다 토벌하고 돌아오는 길이옵니다."
말없는 휘장만 간간이 바람에 흔들렸다.
이 무슨 해괴한 변고인가. 갑자기 승하한 공민왕의 참혹한 모습.
그토록 영민하고 감성적인 군주는 어디 가셨는가? 하늘같은 군주가
이리 처참한 모습으로 누워 자신을 맞다니. 공민왕을 다시는 볼 수 없
다니. 눈앞이 캄캄해온다. 이제 누굴 믿고 전쟁터에 나가야 하나. 최
영은 부월(斧鉞)을 움켜쥔 채 '전하, 전하!' 공민왕을 목이 터져라 불렀

붉은 무덤

다. 아무리 불러도 자신이 그토록 찾는 임금의 목소리는 들리지 않았
다. 삭여지지 않는 분노와 슬픔만 최영의 가슴을 급류처럼 휘몰아치
며 흘러가고 있었다.

"임금이시여, 어디로 가셨습니까. 어서 소인에게 전쟁터로 떠나라
고 명을 내려주십시오."

이 세상에서 자신을 믿어준 단 하나의 영원한 군주. 그 영특했던
임금은 어디 가셨는가. 나라다운 나라, 번성하는 고려를 만들겠다는
군주의 약속은 어찌하고 어디로 가셨나.

"고려의 세자로 원나라에 볼모로 끌려가 받은 고초를 어찌 잊으셨
소. 왕이시여, 요동 정벌 꿈은 어찌하시렵니까?"

고려 말 혼란기 외세와 내부 반란으로 밤잠을 지새우던 왕이었다.
왕손으로 태어난 죄로 열 살 어린 나이로, 원나라까지 끌려가 십 년이
란 긴 세월 숙위를 살아야 했다. 그랬던 군주가 무슨 죄가 있어, 제 나
라 백성의 손에 비운의 죽음을 맞다니.

"그토록 영민했던 군주시여, 말씀 좀 하소서."

최영은 쓰러져 편전 바닥을 치며 연신 큰소리를 치고 있었다.

"도대체 도당의 중신이란 자들은 무엇을 했단 말이오!"

공민왕이 하사한 부월을 가슴에 안고 짐승처럼 울부짖는, 늙은 장
수 최영의 분노로 일그러진 험상궂은 얼굴. 치미는 분노를 참지 못하
고 부월로 탁상을 격하게 내려치기 시작했다. 탕! 탕! 탕! 우짖는 부월
의 성난 절통의 소리가 편전을 마주 울리며 떠다녔다.

신하가 감히 임금을 능멸하다니 만고에 없는 일이 궁궐에서 행해

졌다. 누구 하나 나서지 않았다는 이 기막히고 참담한 흉사(凶邪). 참으로 천인공노할, 있을 수 없는 일이었다.

'경(卿)은 왜 이제 왔소?'

누워 있는 공민왕이 최영을 향해 이렇게 묻는 듯, 가슴을 도려내는 죄스러움이 한꺼번에 밀려왔다.

최영이 탐라 목호의 난을 수습하며 동분서주하는 동안. 궁궐에선 홍륜(洪倫)의 칼이 공민왕의 침전을 기습해 왕을 시해하고 말았다. 홍륜이 휘두르는 광기의 칼은 술에 취해 잠들었던 공민왕을 단칼에 쓰러트렸다. 미처 피할 틈도 없었다. 검붉은 피가 침전 사방 벽을 물들이며 온몸이 잔인하게 찢겨졌다.

공민왕의 나이 마흔넷이었다.

물오른 꽃처럼 군주로서 이제 활개를 펴고, 왕성하게 나라를 다스릴 아까운 나이에 비극적인 최후를 맞이하고 떠나갔다.


노국공주가 죽자, 공민왕은 한순간에 길을 잃고 말았다. 사랑하는 이를 잃은 사람은 언제 어디서 길을 잃을지 모른다. 항시 넘치는 총기로 영민했던 군주는 오직 사랑했던 여인 노국공주를 잃자, 냉철함 대신 가장 위험하다는 감정적인 군주로 변하기 시작했다. 원대한 개혁 정치도 고려 부흥도 존재하지 않았다. 오직 혼군의 길을 찾아가고 있었다.

얼마나 사랑스런 아내이던가. 노국공주와 자신이 묻힐 아름다운 무덤을 만들기 시작했다. 행여 누가 소홀히 할세라, 직접 설계, 감독

붉은 무덤

까지 세세히 챙겼다. 공민왕은 그토록 아내를 사랑하는 지아비였다. 공민왕은 아내와 더불어 아름다운 무덤 속 행복을 꿈꾸고 있었다.

날이 갈수록 만사가 다 귀찮아졌다. 나라도 백성도 심지어 그 불타던 개혁의지조차도. 모든 게 시들해진 혼군은 이번에는 공신 및 고위 권신들의 자제 중 미소년들을 선발해 자제위를 설치했다. 참으로 해괴한 일이었다. 점차 남색을 즐기며 향락에 빠져들기 시작했다.

어느 누구의 충언도 직언도 소용이 없었다. 어떤 호소도 분노도 저항도 날이 갈수록 무력해져갔다. 한때 그리 믿고 의지하던 최영도 보이지 않는 듯, 광기로 치닫는 공민왕을 어찌할 수 없었다. 기다렸다는 듯 세상은 방탕에 빠진 임금과 함께 간신 세상이 돼가고 있었다.

옛 선인들이 그랬다. 임금이 한결같이 임금답게 일정하면 그 자리를 보존할 것이고, 임금이 임금답지 못하면 그 나라는 망한다고.


공민왕과 노국공주, 두 사람의 십육 년 결혼생활은 꿈결 같았다. 노국공주는 비록 원나라 공주였지만 현숙하고 지혜를 갖춘 고려의 왕비였다. 지아비의 나라 고려 풍습을 따르는 조용하고 단아한 여인이었다. 또한 원과 고려 조정에 기반이 약한 공민왕을 적극 지지하고 따랐다. 고려 왕비로서 임무를 성심성의껏 해내는 손색없는 모습까지 존경스러웠다.

충렬왕이 쿠빌라이 칸의 막내딸 제국대장공주와 정략결혼한 이후, 원의 간섭 기간 동안 고려의 왕비 자리는 원나라 공주들이 차지하고 있었다. 원에서 시집 온 다른 왕비들은 사사건건 원을 편들고 나섰다. 그로 인해 기가 센 원의 공주들과 고려 왕들은 부부 사이가 좋지 않았다.

노국공주는 달랐다. 지아비를 따라 자진해 호복을 벗고 고려 의복으로 갈아입었다. 공민왕의 반원정책을 도와 치세(治世)에도 큰 힘이 돼주었다. 반원정책에 불만을 품은 친원파들이 공민왕을 시해하려 하자, 방문 앞에 의연히 앉아 끝까지 꿋꿋하게 지아비의 목숨을 지켜낸 여인이었다. 지혜로운 판단과 굳은 의지를 갖춘 여인. 강인한 덕성과 통찰력도 뛰어난 노국공주였다.

공민왕에겐 이 하늘 아래 오직 하나뿐인 지극한 아내가 노국공주였다. 원앙도 그런 원앙이 없었다. 하늘이 시샘을 했을까. 기다려도 기다리는 태기가 없었다. 후사를 얻기 위해 불사에 힘쓰며 기원했지만, 하는 수 없이 후궁을 맞이하게 되었다.

"전하, 후궁을 맞이하소서."

노국공주가 나서서 간청했다. 결국 이제현의 딸이 혜비로 간택되었다. 사람의 마음이란 참으로 간사한 법. 후궁이 들어오자 그 곱던 성품은 사라졌다. 혜비의 옷깃만 봐도 투기가 일기 시작했다.

한 치 앞도 모르는 것이 세상 일이라 했던가. 삼신할머니가 갸륵하게 보셨을까. 그토록 고대하던 태기가 보였다. 참으로 오랜 기다림이었다.

"전하, 아기가, 우리 아기가⋯⋯."

공민왕과 노국공주의 기쁨은 무엇으로 표현할 수 없었다. 하늘의 별을 따온 듯 이리 좋을까. 점점 불러오는 공주의 배를 어루만지는 공민왕의 손은 밤이 새는 줄도 몰랐다. 산월이 다가오고 있었다. 공민왕은 참형과 교형 이하를 사면하며 태어날 아기의 복을 기원했다.

마침내 출산일이 다가왔다. 진통이 시작되었다. 얼마나 오래 기다린 아기인가. 잠시도 앉지 못하고 공민왕은 좌불안석 우왕좌왕 서성거렸다. 나이 탓일까, 오랜 산고가 이어지며 술렁거리고 있었다.

"태의감(太醫監)과 상약국(尙藥局)은 무엇을 하고 있는가!"

공민왕의 성난 목소리가 온 대궐 안을 쩌렁쩌렁 울렸다. 워낙 난산인 탓에 왕실 의료기관인 태의감과 상약국도 어쩌지 못하고 애꿎은 발만 동동 구르고 있었다.

일찍이 광종 때 이미 일반 백성까지 치료해주는 제위보(濟危寶)가 존재했지만, 7대 임금 목종은 의료시설에 대해 이렇게 명령했다.

"왕실의 질병과 의약에 관한 업무를 총괄해 맡아보는 기관을 정비하고, 더불어 전문적으로 의료교육을 담당하게 하여 훌륭한 의원을 양성하면 어떻겠소?"

목종의 엄명에 따라 생겨난 곳이 태의감과 상약국이었다. 태의감은 왕실 사람들의 질병을 맡아보는 왕실 의료기관이자 의료인을 교육하는 기관이었다. 상약국은 왕실에서 사용하는 약을 제조 담당했다.

예종(睿宗) 7년(1112), 백성을 위한 혜민국(惠民局)이 설치되어 무료로 진료를 해주게 했다. 그 이후 개경의 동쪽과 서쪽에 대비원(大悲院)을 두고 돌보는 이가 없는 백성들을 치료해 돌봐주고 있었다. 이런 시설이 생기기 전까지는 병이 나면 오로지 주술을 걸어 질병을 억누르는 게 고작이었다.

왕비가 난산으로 생명이 위중해지자, 누군가는 다급함에 무당의 주술을 빌어보려고 달려나갔다. 하지만 아무리 뛰어난 의료시설을 갖추고 있어도, 왕비의 난산 앞에선 발만 구를 뿐 속수무책이었다.

노국공주는 사랑하는 지아비, 공민왕을 위해 목숨을 건 싸움을 하고 있었다. 사랑하는 남자의 아이를 낳기 위해.

갑자기 날카로운 비명과 함께 시녀가 황급히 달려왔다.

"뭣이라고?"

호사다마라 했던가. 순산의 기대와 달리 난산은 노국공주의 목숨을 앗아갔다. 긴 산고 끝에 아이와 함께 명줄을 놓고 말았다. 한순간 아무것도 보이지 않았다. 공민왕에게 노국공주는 온 천지를 뒤져도 오직 하나뿐인 아내였다. 그런 아내가 자신의 아기를 낳다 죽다니.

공민왕은 넋조차 잃은 듯, 애통함은 극에 달했다. 사랑하는 노국공주가 떠난 자리는 너무 컸다. 세상이 온통 무주공산 같았다. 그토록 알뜰살뜰 챙기던 고려도 불타오르는 개혁의지도 모두 잊었다.

공민왕은 태조 왕건에 버금가는 임금이라 칭송받던 왕이었다. 그는 어려서부터 머리가 비상했고 감성이 풍부한 군주였다. 글씨와 그림에 뛰어나고 조예가 깊었다. 그가 그린 〈천산대련도(天山大獵圖)〉의 섬세하고 대담한 묘사는 마치 살아 있는 듯 신의 경지에 비유할 정도였다. 틈틈이 〈대호도(大虎圖)〉를 즐겨 그리던 공민왕. 10여 점의 〈대호도〉와 함께 2점의 〈호작도(虎鵲圖)〉 역시 길이 남을 진품 중 명품이었다. 호랑이 꼬리에 까치가 앉아 있는 〈호작도〉는 마치 살아 움직이는 듯 볼수록 보는 이의 눈을 매료시켰다.

붉은 무덤

옛날부터 우리 민족은 호랑이를 두렵고도 용맹스런 존재. 아울러 신성한 존재로 여겼다. 또한 까치 역시 기쁜 소식을 알려주는 길조(吉兆)라고 믿고 있었다. 아마도 〈대호도〉와 〈호작도〉를 즐겨 그린 영민한 공민왕의 심중에는 이런 깊은 뜻이 있지 않았을까. 용맹스럽고 신령스런 호랑이가 나쁜 액을 막아 고려를 지켜주고 기쁜 소식을 전하는 까치는 고려의 평안을 가져다준다. 그 굳은 믿음으로 심혈을 기울여 그리지 않았을까. 수시로 쳐들어오는 외적들의 삿된 기운을 막아주는 호랑이를 고려의 수호신으로 믿었던 임금. 호랑이와 최영을 좋아하고 아꼈던 공민왕이었다. 가끔 공민왕은 사석에서 심중에 말을 진심으로 전했다.

"그대가 짐의 무거운 짐을 덜어주려 불철주야 애쓰니 참으로 고맙소."

"전하, 황공할 따름입니다."

인간들은 살아가면서 사람 빚을 진 채 살아간다. 공민왕과 최영 역시 서로 사람 빚이란 빚을 지고 있었다.

백성들조차 공민왕의 이런 마음을 알고 있을까? 이렇게 말했다.

"최영 장군은 호랑이를 닮았어."

"맞아, 맞구면, 용장다운 우람한 용모, 불꽃처럼 이글거리는 안광에서 호랑이의 기운이 느껴져."

원나라를 등에 업고 기세등등한 기왕후 일족까지 이긴 강한 남자였던 공민왕은 아내 노국공주가 죽자 개혁군주에서 한순간 폐인으로 돌변해버렸다. 고려도 백성도 보이지 않았다. 혼곤에 빠진 임금의 눈엔 아무것도 보이지 않았다. 그의 눈엔 노국공주만 존재하고 있었다. 공민왕은 공주의 초상화를 손수 그려 벽에 걸어놓고 생시처럼 아내를 대했다.

"내시는 오늘 저녁부터 수라상을 공주 초상화 앞에 놓아라."

식음을 전폐하던 공민왕이었다. 손수 그린 초상화를 놓고 마치 겸상하듯 매 끼니마다 공주의 조석을 챙기기 시작했다.

"공주, 오늘은 잣죽이 나왔소. 자, 들어보시오."

유백색(乳白色) 잣죽은 수저를 들자, 어린 새 날개처럼 파르르 떨어진다. 생전의 공주가 그러했듯 천천히 유백색 잣죽을 삼켰다. 알맞게 다습해진 잣죽 수저를 건네주던 아내의 모습. 목젖을 지나가는 울컥거림. 이어 간식이 들어오자 공민왕은 기어이 참고 있던 울음을 터트렸다.

"오늘은 공주가 좋아하던 수박 화채가 참 맛이 좋소."

원나라에서 시집 온 노국공주는 고려 음식이 낯설었다. 그녀는 너른 대초원을 말달리며 살아온 몽골족의 후예였다. 몽골족은 기름진 육식이 식생활의 근간이 되는 민족이었다. 그와 반대로 고려는 불교의 영향 탓에 음식의 주재료가 채소류였다. 공주에겐 입에 맞지 않는 낯선 음식과 풍습이었다. 처음에는 살짝살짝 뱉기도 하고 슬그머니 나가 토악질하는 모습이 보였다. 고사리는 왜 그리 미끈거리며 볶은 채유기름도 낯설었다. 은근하고 구수하다는 장류 역시 혀끝에 오는 첫 짠맛에 비위가 거슬렸다.

붉은 무덤

공주는 현명한 여자였다. 사랑하는 지아비 나라 음식이 아닌가. 얼마의 시간이 흐르자 적응해가기 시작했다. 낯선 음식, 낯선 환경에 적응하기 위해 노력하는 애처로운 모습에 공민왕의 가슴은 안쓰러웠다. 지금도 선하게 떠오른다. 어린 나이에 원나라에서 겪어야 했던 그 낯선 음식들이 주던 거부감. 수저만 들면 욱! 넘어오던 메스꺼움. 육식에서 풍기는 느끼한 누린내는 고통스럽고 굴욕적으로 느껴지기까지 했다. 얼마나 고향 음식이 그리울까, 자신처럼. 원나라 숙위 시절 모습이 아리게 매번 겹쳐져 왔다.

여름이면 노국공주는 수박 화채를 즐겨 먹었다. 차디찬 물 위에 동동 떠다니는 빨간 수박 알갱이들. 여름 한철 갈증을 식히는 데 수박만 한 게 또 있을까. 입에 넣는 순간 따라오는 청량함. 온몸에 퍼지던 시원한 그 느낌. 노국공주는 수박 한 입을 깨물며 자주 그랬다. '아, 폭포수를 만난 듯 시원해요.' 수박 화채를 보니 노국공주가 미칠 듯 보고 싶다.

그 시절은 수박을 금박이라 불렀다. 그만큼 귀했다. 수박 한 통 가격이 쌀 반 가마니 값과 맞먹었다. 이색은 비싼 수박을 앞에 놓고 다음과 같은 시를 지었다.

마지막 여름이 이제 다해가니
이미 수박을 먹을 때가 되었도다.
승제 아들은 근교를 유람하고
늙은 아비는 높은 집에 있었더니

하얀 속살은 얼음처럼 시원하고
푸른 껍질은 빛나는 옥 같구려
달고 시원한 물이 폐에 스며드니
신세가 절로 맑고도 서늘하구나


이 세상에 과일 싫은 사람이 있을까. 노국공주는 특히 과일을 좋아했다. 여름에는 수박, 가을엔 주홍빛 감을 즐겨 찾았다. 가을이 오면 말간 홍시를 들고 아이처럼 기뻐했다.

"저희 어머니도 저처럼 홍시를 좋아하셨어요."

새색시 볼처럼 발그스레한 말간 홍시. 말랑말랑한 홍시를 베어 먹는 앙증맞은 공주의 모습. 보는 이들도 홍시 한 입 깨어 먹고 싶은 충동을 느끼게 했다. 서리가 내릴 때쯤 나무에 매달린 숙시(熟柿)조차도 참 달게 먹었다. 가을에 따둔 감이 겨울을 보내며 찬 기운에 말랑말랑해진 홍시를 좋아하는 아내였다. 아마도 감을 통해 꿈에도 그리는 부모님과 고향을 만나고 있지는 않았을까. 공주의 그런 모습을 볼 때마다 공민왕의 가슴은 저릿저릿 저렸다. 마치 어미 떠난 가녀린 송아지를 보는 듯했다.

감은 원래 동아시아 과일이었다. 고려에서는 고종(高宗) 23년(1236)부터 감을 재배하기 시작했다. 감은 고려의 약서 『향약구급방(鄕藥救急方)』에 최초로 기록될 정도로. 오랜 시간 고려인들과 함께한 친숙한 과일이었다. 그런 감을 노국공주는 때가 되면 곁에 두고 즐겨먹었다.

붉은 무덤

원나라에 있을 때였다. 유난히도 뜨거웠던 여름. 고려 세자 기가 막 침소에 들려는 순간 문이 열렸다. '아, 어머니!' 소리치고 말았다. 문을 들어서는 고려 여인. 긴 노랑 저고리에 다홍 치마 차림의 단아한 모습. 그리운 어머니 명덕태후가 들어오는 줄 알았다. 노국공주는 어느새 조신하고 아름다운 지아비 나라 고려 여인으로 변해 있었다.

눈만 뜨면 보는 호복에 치가 떨리는 세자였다. 원까지 끌려와 내나라 옷을 벗고 호복을 입어야 하는 자신의 처량한 신세, 고려에 가도 자신을 따라 다닐 이 호복과 변발(辮髮). 세자 기는 고려 여인들의 단아한 노랑 저고리와 다홍 치마가 늘 그리웠다. 문득문득 모후인 명덕태후와 고려 여인들의 모습이 스쳐 지나가곤 했다.

노국공주는 지혜롭고 영특한 여인이었다.

"오, 공주 어디서 이 옷을 구했단 말이오?"

"예쁘게 보아주셔요."

길게 늘어트렸던 머리까지 가지런히 올린 공주의 자태. 풋복숭아처럼 봉곳이 솟아오른 저고리 앞섶의 젖가슴. 잔주름 접힌 비단 치마에선 부드러운 비단 특유의 윤기가 자르르 흘러내렸다. 노랑나비가 사뿐히 날갯짓하듯 까치발로 다가와 살포시 안기자, 나긋나긋한 공주의 몸이 젊은 고려 세자 기의 몸에 닿는 순간. 기의 온몸은 걷잡을 수 없이 타올랐다. 공주의 깊은 곳은 은밀하고 따뜻했다. 젊은 기가 난생처음 맛본 운우지정(雲雨之情)이었다. 남녀 간의 육체적인 교정이 어찌 이리도 황홀한 것일까. 세상의 온갖 즐거움은 이 방 안에만 존재하는 듯 황홀하게 느껴졌다. 새벽 동이 틀 때까지 세자 기와 공주의 꽃

불은 식지 않고 사푼사푼 타올랐다.

노국공주가 세상을 떠나자, 영민했던 공민왕은 원대한 꿈도 고려도 잊기 시작했다. 날이 갈수록 만사가 귀찮아졌다. 그 총명했던 임금은 어느 사이 허수아비가 돼가고 있었다. 노국공주의 죽음은 한 여인 아니 왕비의 죽음이 아니었다. 고려라는 한 나라의 망운(亡運)을 던져주는 회오리바람이었다. 광기를 품은 바람이 불고 있었다.

인의(仁義)란 무엇인가.

한(韓)나라의 한비(韓非)는 인의(仁義)에 대해 논하며, '임금이 어질고 올바른 마음을 가지면, 백성들은 잘 따르고 세상은 저절로 살 만한 곳이 된다. 감정적인 군주는 가장 위험하다. 특히 군주는 냉철함을 잃지 말아야 한다'고 말했다.

날이 갈수록 공민왕은 인의를 멀리하려 했다. 죽음을 각오하고 최영을 비롯한 충신들이 직간해도 듣지 않았다. 오직 황음(荒淫)에 빠져 혼군이 돼가고 있었다. 반원정치를 펼치며 요동 정벌의 원대한 꿈을 가졌던 영민한 어제의 임금이 아니었다.

간신은 어두운 임금이 만들어낸다는 말처럼. 임금의 눈과 귀를 가리는 간신배만 득실거리는 궁궐에는 임금의 자리를 찬탈하려는 찬신, 임금을 무시하고 권력을 휘두르는 권간(權奸)뿐. 백성들을 보살펴야 할 임금의 자리는 비어 있었다. 추락한 왕권, 무기력한 임금, 부패한 권문 세력. 그 틈바귀에서 백성들은 도탄에 빠져 휘청거리고 있었다.

여기저기서 도적들이 우후죽순처럼 나타나 활개를 치고 다녔다. 고려는 진세(塵世)였다. 귀 밝고 눈 밝은 총명했던 개혁군주가 눈을 막고 귀를 가린 혼군이 되었으니, 지켜보는 최영의 비통한 심정을 하늘과 땅은 알까? 하늘같이 믿고 의지했던 임금이었다. 어떤 상황이 올지언정 이를 악물고 혼자서라도 최영은 쓰러져가려는 고려를 지키기 위해 기를 쓰고 버텨내고 있었다. 그것만이 무인의 책무이자 공민왕이 베풀어준 은혜에 보답하는 길이라 생각했다.

공민왕 23년(1374) 가을. 소슬한 바람이 불고 있었다. 늦은 시간 술에 취한 공민왕이 침전에 드는 순간 내시 최만생(崔萬生)이 소리 없이 다가왔다.

"무엇이? 익비(益妃)가 임신을 해?"

익비와 잠자리를 한 번도 한 일이 없었다.

"임신이라니, 누구의 짓이냐?"

"자제위 소속 홍륜이라 하옵니다."

"이런 고얀놈, 이 사실을 몇 사람이 알고 있느냐?"

"홍륜과 저밖에 모릅니다."

"이 두 놈의 입을 없애버리겠다."

공이라도 세울까 하던 최만생은 질겁했다. 자신의 목숨이 위태로워지자 홍륜에게 이 사실을 알렸다. 그 즉시 침전으로 달려간 홍륜은 주군인 공민왕을 잔인하게 살해했다. 최만생과 홍륜의 눈에는 고려 안위보다 더 중요한 것이 자신들의 한 줌 목숨이었다. 공민왕은 끝내 그 원대한 뜻을 못 이룬 채, 비참한 최후를 맞이한 비운의 왕이 되고 말았다. 그의 죽음으로 인해 그가 꿈꾸던 반원자주정책인, 고려의 마지막 개혁혼도 저녁 이내처럼 사라져갔다.

무장 최영에게 공민왕은 어떤 존재인가.

병졸인 자신을 발탁해 무인으로 오늘에 이르게 한 임금이었다. 전쟁터로 향하는 순간 최영의 가슴속에는 공민왕과 고려 그리고 백성이 늘 존재했었다. 어느 누가 자신을 이토록 믿고 신뢰해줄 수 있을까. 무인 최영의 전승 뒤에는 한결같이 믿어준 고마운 주군 공민왕이 있었다. 수를 헤아릴 수 없는 전쟁터. 그 주군을 위해서라면 죽는 일도 마다하지 않았다. 무인의 길을 열어주고 평생 의지처가 되어준 육친 같았던 군주였다. 어쩌면 두 사람은 주군으로 또 한 사람은 신하로 인생 항로에서 불가불 꼭 만나야 할 인연 같았다.

아무리 천하의 보검이라도 땅속에 묻힌 보검은 아무도 알아주지 않는다. 녹슨 한 조각 쇠붙이일 뿐. 땅속의 보검을 찾아 그 진가를 키워준 유일한 주군 공민왕. 그토록 믿어주던 임금이 자신도 없는 사이 흉악한 시해를 당하다니. 주군을 지키지 못한 이 죄를 어찌한단 말인가.

공민왕이 없는 이 세상은 자신이 살아야 할 세상이 아닌 것같이 낯설다. 몸부림 칠 때마다 최영 손에 움켜쥔 부월이 쩌렁쩌렁 울고 있었다. 온 세상이 다 무너져 무주공산이 되고, 자신도 한갓 재가 되어 연기처럼 흩어지려는 듯. 가슴 밑바닥을 훑고 오는 애절한 오열만 끝

붉은 무덤

없이 이어지고 있었다. 마치 자신이 달려가야 할 전쟁터의 끝 모르는 길처럼.

"임금이시여, 어디 계십니까."

갑자기 빈소 안에서 스산한 기운이 느껴졌다. 이어 촛불이 흔들렸다. 훅! 촛불이 꺼지는 찰나, 환시(幻視)처럼 공민왕의 모습이 얼핏얼핏 스쳐갔다. 순간 최영은 심한 전율을 느꼈다.

"수고했소, 장군."

"성은이 망극하옵니다. 이제 편히 쉬시옵소서."

"고맙소."

젊고 영민했던 공민왕의 우렁찬 목소리가 지나갔다. 왕은 살아생전 그토록 시달리던 온갖 고통에서 벗어난 듯, 마치 삶의 온갖 욕망과 짠기를 다 걷어낸 홀가분한 모습으로 누워 있었다. 그 무거웠던 군주란 삶의 무게. 한 치 앞도 모르는 외세와 권신들의 압박에서 시달리던 일상. 군주의 자리가 사라진 공민왕은 어느 때보다 평온해 보였다. 어쩌면 지금쯤 사랑하는 노국공주 품에 안겨 있을까? 죽은 자를 부르는 최영의 초혼곡만 싸늘한 궐내를 바람처럼 돌아다니고 있었다.

지금도 눈에 선하다.

이른 아침 태조의 원찰인 봉은사 당간에는 당(幢, 팔관회가 열릴 때 사찰 앞에 거는 깃발)이 내걸렸다.

공민왕은 이른 아침부터 몸을 정갈하게 씻고 가마에 올랐다. 위봉

문 앞으로 나가 태조 진영에 술을 올리며 예조진작헌(詣祖進酌獻)을 정성스레 지냈다. 예조진작헌이 끝나자, 모든 대신들이 충성을 다짐하는 좌전수하(坐殿受賀)와 동시 팔관회가 열리기 시작했다.

팔관회는 원래 불교를 숭상하던 고려에선 하루 동안 여덟 가지 계율을 지키는 불교 의식이었다. 시간이 지날수록 선왕들의 제삿날을 피해 군신이 함께 즐기는 축제 형식으로 변했다. 마치 추수감사 행사처럼 백희(百戲, 온갖 연회) 등 다채롭고 흥겹게 발전하고 있었다.

공민왕은 팔관회를 준비할 때 늘 일렀다. 백성 모두 흥겹게 즐기되 되도록 백희를 간소히 치르도록 당부했다. 팔관회가 진행되는 동안 왕도 백성들도 화려한 연등축제를 즐겼다. 그날만큼은 온 나라 백성들도 추수한 햇곡식을 쌓아놓고 흥겨운 잔치 속에서, 서로 서로 손을 잡고 나라의 안녕과 복을 빌었다. 은은히 울리는 아악(雅樂) 가락이 온 사방에 퍼지며 시작되는 팔관회는, 고려 최고의 행사이자 흥겨운 한바탕 축제의 마당이 되었다. 영민하고 자신감에 넘치는 모습으로 연회를 즐기는 젊은 임금 공민왕은 백성들의 기쁨이자 표상이었다.

뉘엿뉘엿 해가 지기 시작하자, 어둠이 찾아들고 하나둘 노란 연등에 불이 켜졌다. 보석을 깔아놓은 듯, 밤하늘에 펼쳐진 크고 작은 노란 등 무리. 개경 밤거리는 마치 꽃잎을 흩뿌려놓은 양 아름다웠다.

"궁궐 구경 가자!"

궁궐 개방에 흥이 오른 백성들. 삼삼오오 떼를 지어 궁궐로 구름처럼 모여들었다. 이날만은 왜구에 대한 두려움도 잊고 남녀노소 모두 즐겁게 하루를 보내고 있었다.

붉은 무덤

"우리는 하늘의 자손이고, 고려의 백성이다. 하늘과 나라가 우리를 지켜주고 계시다."

하늘과 인간을 매개하는 의례의 근본 의미가 하늘에 닿았던 걸까. 때맞춰 바람과 비마저 사철 순조롭게 내린 비옥한 땅. 끝없이 펼쳐진 금전옥답들. 화창한 바람이 불고 알맞게 비가 오는 화풍강우 속에서 알곡들은 실했고 알차게 익어갔다. 풍성한 곡식을 주신 하늘께 감사하는 한편, 나라의 안녕을 비는 백성들의 얼굴에도 화사한 꽃빛이 돌았다. 그런 백성들을 바라보는 공민왕의 입가에도 흐뭇한 미소가 떠나지 않았다.

밤이 깊어지자, 격구장 한쪽에 윤등을 설치하고 향등(香燈)에 불을 붙였다. 밤하늘을 향해 눈부시게 빛나는 금빛 불꽃들. 황홀한 빛의 세계에 고려 백성들은 하나같이 흥과 운치에 들떠 있었다. 밤이 새도록 온 개경을 밝히는 노란 불빛 아래서, 춤을 추는 백성들의 흥겨운 모습마저 한 폭의 그림 같았다. 얼큰히 취기가 오른 군왕의 얼굴에서 언뜻언뜻 스쳐가는 행복한 미소가 떠나지 않았다. 모처럼 평안하고 흥겨워하는 주군을 보는 최영의 눈가도 모처럼 평안해 보였다. 잦아드는 연등 불빛 속으로 팔관회가 끝나가고 있었다.

"경은 나를 따라 법왕사에 가 국조의 번영과 안녕을 함께 빌어보지 않겠소."

"성은이 망극하옵니다."

공민왕은 어느새 충신 최영의 행복해하는 눈가를 지켜보았다. 그렇게 영민한 군주였다. 두 사람의 만남은 이생의 필연적인 인연이었다. 노란 연등들이 온 개경 밤하늘을 비치며 꽃비처럼 온 나라를 덮고 있었다. 공민왕이 꿈꾸는 제세안민의 세상. 태평성대가 이런 모습이 아닐까.

오래전, 태조 왕건은 임종을 한 달 앞두고 측신 박술희(朴述熙)를 긴급히 불렀다.

"경은 내 말을 잘 듣고 '훈요십조'를 행하게 하라."

훈요십조 중 첫 번째가 '국가의 대업이 불교의 호위이자 지덕에 힘입었으니 불교를 숭상하라'였고, 여섯 번째가 '연등회, 팔관회 등 주요한 불교행사를 소홀히 하지 마라'였다. 왕건은 훈요십조를 남기며 경건히 팔관회를 계속 열고 군신(君臣)이 동락하라고 당부했다.

어린 시절 천추태후에 의해 한때 동자승이 됐던 현종이 그랬듯 공민왕도 팔관회를 중히 여겼다. 고려의 백 년 태평성대를 황금기로 이룬 현종처럼 공민왕도 태평성대를 꿈꾸고 있는 것 같았다.

주군인 공민왕 앞에만 서면 온 세상을 다 가진 듯 최영은 행복했다. 주군의 명이라면 기꺼이 불 속까지 들어갈 신하가 자신이었다.

'아, 군주를 지키지 못했다니.'

아무리 전쟁터를 떠도는 삶이었지만, 내 목숨보다 더 소중한 군주한 분을 못 모신 이 죄를 어찌하나. 최영에겐 돌아볼수록 새록새록 고맙고 그리운 임금이 있다. 그도록 고려의 태평성대를 꿈꾸던 군주 공민왕은 지금 어디로 갔을까?

붉은 무덤

가시리 가시리잇고
버리고 가시리잇고
위 증즐가 대평성대(大平盛代)

날러는 어찌 살라 하고
버리고 가시리잇고
위 증즐가 대평성대

잡사와 두어리마는
서운하면 아니 올세라
위 증즐가 대평성대

설온 님 보내오나니
가시는 듯 도셔오소서
위 증즐가 대평성대

사라진 태평성대의 꿈

우왕(禑王)의 시대가 열렸다.

갑인년(1374) 동짓달, 고려 제32대 왕이 즉위했다. 그의 나이는 열살이었다. 우왕은 공민왕의 아들이자 시비 반야(般若)의 소생이었다. 아명은 모니노(牟尼奴), 이름은 우(禑)라 불렀다.

우는 어린 시절을 신돈의 집에서 보내야 했다. 생모인 반야는 요승 신돈의 여종이었다. 그 여종은 인물도 출중했지만 노국대장공주를 참 많이 닮아 있었다. 신돈은 자신의 여종인 반야를 공민왕에게 천거했다.

처음 반야를 본 공민왕은 한순간에 넋을 잃고 말았다. 사무치도록 보고 싶은 노국공주가 지금 눈앞에 서 있었다. 설마, 설마. 공주가 다시 환생해 자신을 찾아온 것 같았다. 한순간의 망설임도 없이 반야에게 곧 침적돼갔다. 마치 물이나 모래가 물밑에 쌓이듯.

보드라운 살결, 살포시 웃는 모습. 심지어 이마에 송알송알 맺힌

알땀까지 공주를 닮아 있었다. 거기에 공주에게는 없던 요염한 자태까지. 나긋나긋 다가서는 반야의 살결만 닿아도 공주로 착각하고 빠져들었다. 어느덧 공민왕은 반야란 우물에 빠진 한 마리 금빛 잉어였다. 공민왕이 반야란 우물 속에서 허우적거리는 사이 태기가 왔다.

산달이 가까워오자, 신돈은 서둘러 승려 능우(能禑)의 어머니에게 해산을 맡겼다. 그렇게 태어난 아이가 우였다. 산후조리가 끝난 생모 반야는 아들과 함께 다시 신돈의 집으로 옮겨왔다. 태어난 아기는 유모 김장(金莊)의 손에서 곱게 자라고 있었다.

그러던 어느 날 신돈이 역모죄에 몰리자 공민왕은 서둘러 우를 대궐로 데려왔다. 백관들에게 소개하며 이렇게 말했다.

"신돈의 집에 아름다운 여자가 있어 가까이해 아들을 얻었다."

모후인 명덕태후에게 아들의 양육을 맡기고 문신들과 상의해 이름을 우(禑)라고 지었다. 이어 우에게 강녕부원대군(江寧府院大君)이란 봉작을 내리는 한편 사망한 궁인 한씨를 생모로 명했다. 생모 반야가 있지만 신돈의 여종을 생모로 할 수가 없었다. 궁궐에서 자라게 된 어린 우에게 백문보, 전녹생(田祿生), 정추(鄭樞)로 하여금 학문을 가르치도록 명을 내렸다. 특별히 수시중(守侍中) 이인임(李仁任)에게 자신의 아들을 지켜달라는 부탁까지 잊지 않았다.


공민왕이 홍륜에 의해 갑자기 급서(急逝)하자, 권문세족인 수시중 이인임은 발빠르게 어린 우를 왕으로 추대하려 움직였다.

"하루도 권좌를 비워둘 수 없소."

그때 이인임의 발빠른 추대를 공민왕의 모후인 명덕태후가 앞장 서서 반대하고 나섰다. 명덕태후 입장에선 뭔가 께름했다. 많은 종친 중 적당한 인물을 선택하여 왕으로 세우고 싶었다.

"내 생각에는 왕손 중에서 오르게 하고 싶소."

"그건 아니 되옵니다. 선왕의 뜻을 받드는 일이 신하된 도리입니다."

아무리 태후의 뜻이 강경해도 이인임으로서는 결코 물러날 수 없었다. 자신은 공민왕 생전에 부탁까지 받은 신하였다. 마침내 우가 왕위에 오르게 되었다. 보위에 오른 열 살 어린 왕은 애처로워 보였다. 마치 방금 둥지에서 떨어진 새끼 새처럼 곤룡포(袞龍袍) 속 왕은 바들 바들 떨고 있었다. 보다 못한 최영이 탄식하며 나서서 어린 왕을 부추겼다.

"마마께서는 고려의 임금이 되시었소. 소장에게 이 부월을 당장에 내려놓으라고, 추상같이 큰소리로 명을 내려보십시오. 어서요."

"아니오. 그렇게 할 수가 없소."

울며 매달리는 왕을 보고 최영은 다시 목청을 높여 소리쳤다.

"전하는 영민하고 기개가 남달랐던 선왕의 아드님이 아니십니까."

이 가녀리고 측은한 어린 왕을 어찌하나. 그 순간 최영은 결심했다. 어린 왕의 보호자가 되어 성심껏 보필하자. 설사 그 길이 험난해도 선왕에 대한 자신의 도리이자, 은혜에 보답하는 길이라 굳게 마음먹었다.

붉은 무덤

새 임금이 즉위하자, 우왕을 옹립했던 이인임이 정권을 장악하기 시작했다. 이인임은 우왕을 즉위에 기여한 공신으로서 막강한 세력을 움켜잡았다. 이미 조정은 새로운 권력집단인 이인임 중심으로 형성되고 있었다. 이때부터 최영도 이인임의 신임을 받으며 핵심인물로 부상하게 되었다. 새로 들어선 이인임 정권이 대원외교를 재개하려 하자, 이번에는 신흥 유신들이 일제히 거세게 반대하고 나섰다.

권력을 손아귀에 쥔 이인임이었다. 그의 눈에는 신진 사대부들이 가소로워 보였다. 감정보다 이성을 앞세우는 젊고 냉철한 그들은 한낱 눈엣가시 같았다. 이인임은 날이 갈수록 어린 왕을 앞세우고 조정을 휘두르기 시작했다.

어느덧 권력의 단 속성에 도취된 그의 눈에는 고려 천지가 다 제것이 되었다. 아첨꾼들이 쇠파리처럼 몰려들었다. 심지어 이인임 집 대문에는 지방수령들이 보낸 뇌물 수레가 줄을 선다는 소문이 파다했다. 매관매직은 물론이고 뇌물 받고 채용하기, 다른 사람 노비를 내 것으로 만들기, 관곡 빼돌리기 등 온갖 비리에 개입했다. 그게 권력의 속성이었다.

그 탓에 백성들만 과중한 세금 부과에 등이 휘고 있었다. 날이 갈수록 이인임을 바라보는 최영은 회의가 들었다. '재물이 무엇이기에.' 그 회의는 시간이 갈수록 더 심해져갔다. 최영은 선친의 유훈도 있지만 태생적으로 물욕과 거리가 먼 사람이었다. 이인임의 횡포가 극에 달하자 주위에서 최영을 두고 수군덕거렸다.

"참 별일이야, 바른말 잘하는 최영이 어째서 이인임을 보고만 있을까?"

"나도 그 점을 수상히 여기고 있는 참일세."

사람에겐 누구나 느낌이 있었다. 사실 최영도 권신들이 모이면 자신을 두고 수군거리는 것을 모르지 않았다. 애써 모른 척 외면했다. 그동안 공신들의 난을 경험한 최영이 아닌가. 명나라의 간섭과 잦은 왜구의 침입. 대외적으로도 그 혼란의 소용돌이가 몰아치고 있는 상황. 무엇보다 나라의 안정이 더 시급하다는 판단이 섰다. 최영은 불같은 성미의 소유자였다. 그 불끈불끈 치밀어 오르는 분노를 애써 참아내는 그 속내를 누가 알까. 최영의 인내 뒤에는 새싹 같은 열 살 임금이 있었다.

어린 임금 우왕이 누구인가. 공민왕의 유일한 혈육이었다. 분노 대신 최영은 걱정과 우려로 어린 우왕의 대리자 역할을 끈기 있게 자처하고 나섰다. 그 길만이 고려와 공민왕에 대한 자신의 임무이자 최선의 도리라 여겼다. 최영은 자기 고집과 주장도 강하지만 의리 앞에 선 물불 가리지 않는 사람이었다.

어느덧 최영의 나이 육십이 되었다. 그해 판삼사사(判三司事, 종1품)로 승진했다.

하루 해가 다 저물어가는 저녁 나절이었다. 마침 퇴궐해 옷을 갈아입는 중이었다. 무탁이 급히 들어왔다. 오늘따라 얼굴이 굳어 있었다. 직감적으로 무슨 변고가 있음을 알아차렸다.

"무슨 일이냐?"

붉은 무덤

주저주저하던 무탁이 나직한 목소리로 입을 열었다. 경험상 그가 주저하는 목소리 뒤에는 언제나 수상한 일이 도사리고 있었다.

"판사(判事) 안덕린(安德麟)이 살인을 했습니다."

안덕린은 최영의 조카사위였다. 사람을 죽인 죄로 지금 순금부에 하옥되었다는 소식을 전하고, 무탁은 자신의 탓인 듯 쭈뼛거리며 서 있다. 이때 최영은 판순위부사(判巡衛府事) 직책도 겸하고 있었다. 도 당에선 최영의 난처한 입장을 간파하고 애써 가볍게 처리하려 서두르 고 있었다. 최영은 벗고 있던 관복을 다시 입고 소리쳤다.

"사헌부로 갈 터이니 준비하라."

사헌부에 도착하자 칼같이 소리쳤다. 한마디의 망설임도 없었다.

"법대로 처단하시오."

최영은 그런 사람이었다.


다음해(1375), 온 천지가 땡볕에 이글거리며 푹푹 찌는 팔월의 불 볕더위 속으로 심왕(瀋王) 모자가 요양의 신주(信州)에 도착했다는 소 식이 전해졌다. 심왕은 고려 후기 심주(瀋州)와 요양의 고려인들을 통 치하기 위해 원에서 고려의 왕족에게 수여한 봉호로서, 제5대인 현재 의 심왕 탈탈불화(脫脫不化)는 4대 심왕 왕고(王暠)의 손자였다. 원나라 는 공민왕의 대명 외교정책에 불만을 갖고 있던 차였으므로, 우왕 대 신 탈탈불화를 고려 국왕으로 옹립하려 재빠르게 움직였다.

"공민왕에게 아들이 없는데 누가 왕위를 계승했는가?"

도리어 고려 조정을 힐난하며 우왕의 책봉을 미루었다. 이에 고려 조정은 혼란 속에서도 급히 병사를 소집하고 만일의 사태를 대비하기에 이르렀다. 좌불안석인 채 긴장이 고조되고 있었다.

세상 일이란 늘 한쪽이 스며들면 남은 한 곳도 물이 차게 마련. 호시탐탐 고려 조정을 노리던 왜구에겐 절호의 기회였다. 수도 개경의 전력)이 약화된 틈을 타 구월 고려를 침입했다. 삼시세끼 찾아오듯 왜구들은 지치지도 않았다. 덕적도와 자연도(영흥도)에 결집한 왜구들은 개경 침략을 목표로 기회를 엿보고 있었다.

고려 조정은 더 많은 병사를 징발하기 위해 기를 쓰고 바쁘게 몰아쳤다. 최영과 이성계는 동강과 서강을 단단히 방어할 필요성을 느꼈다. 서둘러 징발군을 데리고 진(陣)부터 쳐놓았다. 왜구들은 한순간 꼼짝달싹도 못 하고 그물에 갇힌 꼴이 되었다. 불행 중 다행일까. 그 상황에서 심왕 모자가 무슨 연유인지 조용히 원으로 돌아갔다.

나라와 백성들은 환난(患難)에 휩싸여도 계절은 제 갈 길을 잊지 않고 가고 있었다. 날씨는 중순이 지나자 한낮의 불볕 더위와 다르게 아침저녁 찬 기운이 서서히 느껴지기 시작했다.


이듬해(1376) 칠월, 때 없이 긴 가뭄이 이어지고 있었다. 대지는 이글거리다 못해 타는 듯 뜨거웠다. 초록 그늘마저 달아오르는 여름 한낮. 포획당한 그 여름 땡볕 속으로 왜구가 침범했다.

고려 말기 그 혼란한 시기를 틈타 왜구들은 수시로 툭하면 쳐들어왔다. 제집 찾아오듯 잦은 침입이 끊이지 않고 이어졌다.

승자와 패자를 가르는 전쟁은 한 치의 망설임도 없었다. 차지하고

붉은 무덤

자 하는 끝없는 야망과 지키고자 하는 열망은, 인류가 생존하는 한 전쟁이란 이름으로 늘 존재할 수밖에 없었다. 이 지구상에는 야망과 열망 사이에서 전쟁이 일상이 된 나날들이 끊임없이 이어지고 있었다.

전쟁이 일상이던 시절. 백성들은 대책도 없는 고통 속에서 순간순간 살아내는 길밖에 없었다. 역사를 기록하기 시작한 이래, 인류가 평화 상태에 있었던 기간은 얼마나 될까. 평화가 일상이고 전쟁은 비상인 세상은 오지 않는 것인가?

우왕 즉위 이 년이 지나가고 있었다.

양광도에 왜구가 쳐들어왔다는 전령이 날아들었다. 이번 침입은 양상이 달랐다. 처음에는 개경 점령을 목표로, 점차 개경 진입이 불리해지자 방향을 바꿔 양광도 연안을 공격 대상으로 삼았다. 수비가 약한 영주(천안)를 시작으로 천안 목주, 서주(서산) 홍주 결성으로 물밀 듯쳐들어왔다. 이때 양광도 안무사(安撫使) 정비(鄭庇)와 양광도 도순문사 한방언(韓邦彦)은 방어는커녕 도망치기 바빴다. 속수무책으로 당할 수밖에 없었다. 조정에선 급히 양광도 안무사로 박인계(朴仁桂)를 임명했다. 박인계는 도착 즉시 왜선 두 척을 섬멸하였고, 전쟁이 끝나자 왜구 침략에 시달리는 백성들을 살뜰히 보살폈다.

"이젠 살겠구먼그려."

"어진 장수가 와 우리를 살렸네."

왜구의 야심은 고래 심줄보다 질기고 악착같았다. 돌아갔던 왜구가 다시 쳐들어왔다. 양광도 해안을 지나 금강을 거슬러 물밀 듯 밀려오고 있었다. 왜구가 처음 고려를 침범한 것은 고종 10년(1223)이었다. 왜구의 침범은 일본의 남북조 내란과 밀접한 관계가 있었다. 왜구는 쓰시마(對馬島)를 근거지로 한반도와 중국 연안까지 출몰했다. 그후 야금야금 연안을 침입하다 본격적으로 고려의 내륙 침략을 감행하기 시작했다.

유월에 들어서자 왜구는 금강 유역의 여러 주현을 다시 공격해 왔다. 임주(부여 임천면)를 시작으로 부여, 공주, 낭산(익산)까지. 수차례에 걸쳐 전라도 충청도 일대를 쑥밭으로 만들었다. 그들이 지나는 곳마다 약탈과 방화는 실로 엄청났다. 약탈과 방화에 이어 백성들을 함부로 살해하는 악행은 더 이상 볼 수 없었다.

대서(大暑)와 중복이 지나고 더위도 막바지, 곧 칠석이 다가오고 있었다. 어느 저녁 나절이었다.

왜구들은 기어이 공주를 약탈하고 부여까지 밀고 들어왔다. 왜구 토벌전이 내려졌다. 원수 박인계가 병사를 이끌고 왜구 토벌 작전에 나섰다. 작전을 미리 알아차린 왜구들이 먼저 반격을 해오기 시작했다.

개태사(開泰寺)는 홍건적의 침입 당시 개경 봉은사를 대신해 태고의 신녕을 봉헌한 진전사원(眞殿寺院)이었다. 수도를 강화로 옮기려할 때, 청주에서 개경으로 환도할 때, 나라가 위급한 경우, 개태사 태조 영정에 점을 치게 할 정도로 국가적으로 매우 중요한 사찰이었다.

붉은 무덤

개태사가 대찰의 위상을 갖고 있던 관계로 식량이나 재물이 많았다. 당연히 왜구로서는 개태사가 주요 약탈 대상이 될 수밖에 없었다.

"지금 왜구가 개태사를 향해 쳐들어오고 있습니다."

왜구는 벌써 석성(부여)을 지나 연산을 향해 오고 있었다. 양광도 지역 방어 임무를 맡고 있던 박인계는 개태사를 지키기 위해 총력을 기울였지만 왜구는 대군이었다. 젊은 장수 박인계가 그들과 맞서 싸우기에 역부족이었다. 결국 박인계는 전투 중 갑자기 말에서 떨어지며 전사하였다. 개태사는 왜구의 손에 철저히 도륙되고 말았다.

지난해 왜구가 양광도 연해의 주현을 침입했을 때 최영은 토벌을 자청했다. 우왕은 허락하지 않았다. 그때 최영의 나이 육십일 세였다.

개태사 비보를 접한 최영은 급히 입궐해 우왕 앞에 엎드렸다.

"보잘것없는 왜구들이 이처럼 방자하고 난폭하니, 지금 제압하지 않으면 뒤에 반드시 다스리기가 어렵사옵니다. 만약 다른 장수들을 보내도 꼭 이길 것이라는 보장이 없으며. 병사들도 평소 훈련이 되지 않은지라 전투에 투입할 수 없사옵니다. 신(臣)이 비록 늙었사오나 종묘사직을 안정시키고 왕실을 보위하려는 뜻은 결코 쇠하지 않았나이다. 어서 휘하의 병사들을 거느리고 왜놈들을 격퇴할 수 있도록 허락하여주소서."

"그것은 아니 될 말이오. 고령의 나이에 어찌 전쟁터에 나선단 말이오."

충성심이 강한 최영이었다. 오직 나라와 백성을 구해야 할 일념뿐이었다. 제발 자신을 토벌에 참가하게 해달라고 눈물로 간청하였다.

우왕을 비롯해 여러 장수들이 불가하다고 만류하고 나섰다.

"다시 생각하십시오."

최영은 고령에다 마침 심한 몸살을 앓고 있었다. 호위무사 무탁도 한사코 애원했다. 그러나 요지부동, 확고한 의지와 책무로 똘똘 뭉친 최영의 고집을 누가 꺾을 수 있을까.

최영의 뇌리에는 왜구와의 싸움만 존재하고 있었다. 그에겐 전쟁이 오로지 생의 길이었다. 목숨이 있는 한 전쟁은 건너야만 하는 생의 강. 전쟁터에서 죽고 사는 일만 자신의 타고난 운명으로 알고 있었다. 거듭된 최영의 간청에 우왕은 마침내 허락하고 말았다.

"그럼 나가시되 아무쪼록 몸조심하시고 무사히 돌아와주시오."

지체할 수 없었다. 내일 새벽 홍산(鴻山, 현, 부여)으로 떠나야 하는 긴박한 순간이었다. 무탁이 조용히 최영의 처소를 찾았다.

"사병(私兵)들을 홍산전투에 다 출정시킬까요?"

"나도 지금 그 문제를 생각하고 있네. 제대로 먹이지도 못했는데 가슴이 아프네. 휴우."

인간적인 고뇌와 자조가 섞인 긴 한숨이 최영의 입에서 새어 나왔다. 고려 말 권문귀족들은 너나없이 권세를 자랑하듯 사병(私兵)들을 거느렸다. 그 당시 권문귀족 세력 확장의 기초가 된 사병들의 군사력은 나라의 군대 못지않게 막강했다. 최영에게도 사병이 있었다.

"황금 보기를 돌같이 한다며 최영은 사병들을 왜 거느려?"

간혹 속 모르는 사람들은 그랬다.

붉은 무덤

다른 귀족들은 자신들의 호위를 위해 사병을 양성했다. 최영은 달랐다. 전쟁에 대비하기 위해 사병을 두었다. 늘 전쟁터를 구름처럼 떠도는 일상이었다. 그런 최영에겐 실전에 강한 병사들은 절대적으로 필요한 존재였다. 나 자신의 안위보다 나라를 위해 사병은 꼭 필요한 존재였다.

그들에게 궁사(弓射), 기마, 창검술을 익히게 하여 정병을 만들어야 했다. 그래야 이 사병들이 최영 휘하의 주력부대가 될 수 있었다. 무장 최영은 용감한 병사들을 키우기에 전력을 쏟았다. 자신도 일찍이 병졸로 복무하며 병법을 익힌 사람이었다. 사병들에 대한 애정 또한 각별했다. 통솔 시 자신만의 원칙을 세웠다. 규율은 강조할 경우 엄격하게 할 것. 평소에는 자유로운 분위기로 주눅들지 않도록 사기를 키워줄 것.

사병을 뽑을 때도 유별났다. 실력도 좋지만 우선 세상을 보는 눈, 사람을 배려하는 병사들을 뽑으려 애썼다. 세상을 보는 눈과 사람부터 이해하려는 심성을 가진 병사를 필요로 했다.

예를 들어 기(企) 자를 보면 사람 인(人)과 그칠 지(止)가 합쳐져 있지 않은가. 사병을 기르는 것도 기(企)와 같았다. 기강이 엄정해야 기(企)처럼 움직일 수 있었다. 기의 우두머리 역시 자신에게 더 엄격한 잣대를 들이대야 그 조직은 평탄한 법. 최영은 스스로 충성스런 장수가 되기 위해 자신에게는 더 엄한 채찍질을 서슴지 않았다.

개경은 서쪽으로 바다와 인접해 해산물이 풍부했다. 동쪽으로는 산과 강이 어우러지고 들판이 비옥해 밭, 논농사가 고루 풍작을 거두는 풍요로운 곳이었다. 철따라 해산물과 농산물, 산채 역시 풍부했다. 비옥한 땅에 풍족한 지역 영향 탓인지. 고려인들 사이에는 계절마다 제철 식문화와 다양한 조리법이 일찍부터 발달했다. 식문화가 발달하자 생활도 여유로워지고, 뛰어난 예술과 우아한 문화생활을 즐기고 있었다.

고려는 불교를 숭상하는 숭불 사회였다. 이곳저곳에서 대형 불사와 행사가 끊이질 않았다. 삼국시대를 지나며 고려에 이르러 미곡 증산으로 쌀과 갖가지 곡식은 더 넉넉해졌다. 육식을 절제하는 불교는 자연적으로 떡을 대표 사찰음식으로 삼았다. 다양한 모양의 떡을 만들기 시작했다. 처음에는 겨우 떡 모양을 갖췄다. 날이 갈수록 맛도 좋고 모양도 변화를 가져왔다. 특히 절에선 쌀가루를 버무려 찐 다양한 설기부터, 계절마다 과일과 야채를 섞어 제철 떡으로 변모시키는데도 앞장서고 있었다.

다른 권문귀족들의 사병들은 매 끼니마다 기름진 음식에 제철 떡을 배불리 먹인다는 소문이 자자하게 떠돌아 다녔다. 그들과 달리 최영의 집은 떡은 고사하고 나물밥조차 배불리 먹이지 못하는 가난한 살림살이였다.

고려는 불교 국가인 탓에 채소의 소비량이 컸다. 귀족이나 평민들도 집에 채마밭을 가꾸고 있었다. 최영의 어머니 지씨도 채마밭을 가꾸었다. 제철마다 각종 야채들을 부지런히 심고 정성껏 길렀다.

가세가 넉넉지 않은 탓에 어머니와 아내는 끼니때가 되면 늘 동동

붉은 무덤

거렸다. 그때마다 제때 가꾼 채소들은 요긴하게 어머니 손맛 따라 맛깔스런 반찬이 되어 제몫을 톡톡히 해주었다.

"어머니, 올해는 특히 오이, 가지가 실하게 열렸네요."

"그래, 아비가 좋아하는 오이 백김치를 담가라."

한낮의 햇살에 더 반들반들 윤이 나는 자줏빛 갸름한 가지들. 그 곁 대파밭에선 어느새 백발이 된 흰 꽃들이 바람 따라 노래를 부르고 있었다.

"어머, 아욱이 많이 자랐네."

돌아보니 그사이 훌쩍 자란 너른 아욱잎이 밭고랑가에서 넌출넌출거렸다. 어서 꺾어 가라고.

"저녁에 아욱국 끓일까."

"가을 아욱국은 사위도 안 주고 문 닫고 먹는다지요."

"그려. 아욱은 가을 아욱이 제일 맛있지."

사병이 점점 늘어가고 있었다. 아들에게 사병이 늘어간다는 것은 전쟁터를 떠돌 일이 더 많아졌다는 증거였다. 저절로 긴 한숨이 나왔다. 어머니 지씨는 아욱 잎을 꺾으며 생각했다. 올가을에는 순무김치와 장아찌를 더 많이 담가, 나물밥에 장아찌라도 배불리 먹여야겠다.

봄은 내당 식구들이 제일 분주한 시기였다. 언 흙살 속에서 긴 겨울을 품고 있던 맛오른 푸른 잎들은 봄의 들판이 주는 보약이었다. 온 산천에 지천인 갖가지 나물과 소소한 풀까지도 모두 봄나물이 돼주었다. 부드러운 향과 파릇한 빛을 머금은 제철 푸성귀들은 향부터 달랐다. 자고 나면 움쑥움쑥 돋아난 고사리들. 손만 대면 그 여린 대에서 똑똑 소리가 났다.

부드러운 향과 파릇한 빛을 머금은 갖가지 봄나물들. 조물조물 무친 나물을 입안에 넣는 순간, 느껴지는 봄나물 특유의 쌉싸름한 아린 향과 달큼한 맛. 단맛보다 짙은 감칠맛으로 혀끝이 늘 개운했다. 갓 찾아온 봄이 주는 오묘하고 담백한 맛이었다. 그것은 아마도 긴 겨울을 흙속에서 보낸 봄나물의 깊은 인내가 주는 풍미 탓이 아닐까.

봄 한 철은 하루해가 짧았다. 고사리를 비롯해 각종 나물을 삶고 말리기에 내당 식구들은 왼종일 종종대며 뛰어다녔다. 오늘도 마당 커다란 쇠솥에선 물이 펄펄 끓고 있었다.

"얘야, 어서 솥에 건그레(충청도 방언. 막대기)를 올리고 푸욱 쪄라."

"어머니는 어찌 그리 척척 잘하셔요, 누구한테 배우셨나요?"

시어머니 지씨의 음식에는 감과 경험, 세월의 깊이가 묻어 있었다.

"배우긴. 몸으로 알고 나이로 아는겨. 요리란 게 그려."

"나물들도 감으로 말려야 혀. 꼬들꼬들, 꼰득꼰득, 말려야 하는겨. 가을바람에는 하룻저녁이면 끄들끄들혀져. 인생도 살아봐야 아는 거 아녀? 사람도 저마다 다르듯 재료들도 다 다른겨."

봄나물이 끝나는 초여름이 되면 집안은 또 한바탕 부산했다. 긴 겨울 양식이 될 장아찌를 준비하느라 여념이 없었다. 산과 들에 지천인 온갖 야생 나물과 제철 채소들은 중요한 장아찌 재료였다. 시간이 지날수록 장류를 품은 장아찌들은 특유의 무던한 맛이 쌓이며 서서히 곰삭아갔다. 짠맛이 가시며 간기는 야채로 스며들고 짠맛을 먹은 야

붉은 무덤

채가 소금기를 토해내면서 영양분과 수분을 서로 주고받으며 들어가는 맛. 씹을수록 혀끝을 스치는 잘 익은 장아찌의 절제된 단맛과 짭짤한 맛. 혀를 넘어가는 장아찌들은 씹을수록 새큼하면서도 달큼한 향이 흘러나왔다.

최영은 특히 순무장아찌를 즐겨 먹었다. 어머니 지씨는 아들을 위해 해마다 순무장아찌를 꼭 담았다. 실하게 자란 가을 순무를 수확해 소금과 장에 절여 초벌 절임이 끝나고 재차 끓이고 절여두면, 적당히 발효된 산미와 달달하면서 아삭하게 제맛이 든 순무장아찌의 식감은 진미 중에 진미였다. 첫맛은 짜고 뒷맛은 새큼 달달했다. 오래 익히고 숙성시킨 진득한 장아찌들은, 그 발효식품들이 주는 특유한 맛에 수저가 저절로 갔다.

간간히 혀끝을 스치는 담백하고 심오한 맛과 산채가 주는 맑고 깨끗한 산미의 깊은 맛. 그 맛은 어쩌면 깊은 산속에서 우연히 만난 산승을 닮아 있다면 지나친 과장일까. 특히 한여름 입맛 없을 때 장아찌는 별미였다. 시원한 찬물에 만 밥, 그 위에 얹어 꿀꺽 넘기는 순간. 입안을 가득 채워주는 깊은 향의 신맛과 단맛들. 수저를 놓으려는 아쉬운 찰나 혀를 감싸는 짙고 섬세한 농밀함. 혀가 확인하는 이만큼 든든하고 살뜰한 밑반찬이 또 있을까.

"옛날부터 염채(鹽菜)를 먹어야 겨울을 잘 날 수 있는겨."

아무리 아들이 재상이 되고 장군이 되어도 살림은 나아지지 않았다. 어머니 지씨는 자신이 죽고 난 후, 가난한 살림을 꾸려나갈 며느리가 안쓰러웠다. 제철마다 채소들을 저장해 지혜롭게 이끌어가라고 넌지시 일러주는 일을 잊지 않았다.

"사람은 제 땅에서 나는 제철 채소를 먹어야 혀."

"네, 알겠어요, 어머님."

최영의 아내 유씨는 시어머니의 가르침을 잘 따라주었다. 먹거리가 변변치 않은 한겨울을 대비해, 제철 야채를 절기에 맞춰 소금에 절여 독에 잘 간수했다. 어머니 지씨는 천성이 바지런한 사람이었다.

어머니 손끝에서 나오는 모든 음식은 언제나 다정했다. 가만히 다가와 친근하게 말 걸듯. 혀에 닿는 순간 사분사분 올라오는 담백한 맛은 그녀처럼 정숙하고 차분했다. 어머니가 만든 음식을 입에 넣으면, 입안에서 잔잔한 즐거움이 따스한 햇살처럼 늘 따라왔다.

모든 게 부족한 최영의 집 아녀자들은 나물만 가지고도 고기반찬 못지않게 차려주는 손맛을 가지고 있었다. 그런 어머니와 아내가 최영은 늘 마음에 걸리고 한편 고마웠다. 다른 권신들은 고래등같이 크고 웅장한 기와집에서 부귀영화를 누리며 살았다. 부유한 권신들의 곳간은 고기와 생선이 늘 넘쳐난다는 소문이 돌아다녔다. 최영의 집은 그들과 달랐다.

청빈을 자청하는 빈천한 곳간에선 항시 모친과 처의 한숨이 빈 독을 채웠다. 비록 쌀뒤주는 밑바닥이 보여도 알뜰한 어머니와 아내가, 제철마다 정갈하게 말린 나물들이 시렁 위에서 고들고들 말라가고 있었다.

사병들 끼니 걱정이 앞서는 아내에게 최영은 늘 단호하게 말했다.

"나까지 나라 곳간을 거덜낼 필요가 있소?"

모든 권문귀족들이 제 곳간 채우기에 바빴던 혼란의 시대. 최영은 선친의 유훈을 지키며 꿋꿋이 자신의 길을 걷고 있었다.

첫서리가 내리기 시작하면 집집마다 긴 겨울을 위한 김장을 준비한다. 문인(文人) 권근(權近)은 「축채(蓄菜)」에서 침채(沈菜)를 쌓아놓은 김장 풍경을 보고 이렇게 노래했다.

시월이라 바람 거세고 새벽 서리 매서워
울안의 채소 모두 다 거둬들였네.
맛나게 김치 담가 겨울을 대비하니
진수성찬 아니라도 입맛 절로 나는구나
아무래도 겨우살이 쓸쓸하기 짝이 없고
남은 해 생각하니 감회 더욱 깊어지네

어느 해 늦가을이었다. 마침 퇴청하는 길이었다. 뒤뜰에서 어머니와 아내의 목소리가 들렸다.

"배추는 듬성듬성 넌칠넌칠하게 썰어라. 김치와 장아찌는 둬야 익는 거고, 사는 건 지나봐야 아는겨."

인생에도 기다림이 있듯, 음식의 맛도 기다림과 느림이 응축돼야 제 맛을 낸다는 말씀이었다. 간간하면서도 깊은 맛이 나는 장아찌와 씹을수록 아삭거리는 김장김치. 역시 오랜 시간 숙성되고 곰삭은 우리네 인생처럼, 긴 기다림의 시간을 요구한다는 어머니 말씀에 최영은 고개를 주억거렸다.

홍산대첩

"음식이나 사람이나 다 똑같네요."

"그려."

갓 뽑아온 통통하고 싱싱한 무가 마당 가득했다. 보기만 해도 배가 부르다. 가을무는 보약이라 했다.

그때였다. 훈련을 끝낸 한 무리의 사병들이 서로 큰 무를 쳐들고 소란을 떨고 있었다.

"어? 배 맛이 나네."

"첫서리 오기 전 무는 인삼이랑 맞먹어."

그 모습을 본 최영의 가슴은 철렁 내려앉았다. 한참 먹을 나이인 저 사병들. 집에선 다 귀한 아들들인데, 잘 먹여야 할 텐데. 어쩌나, 가슴이 쓰리고 아려왔다. 최영의 헛헛한 가슴속으로 이규보의 시, 「가포육영(家圃六詠)」이 슬며시 들어와 쓰린 마음을 다독여주고 있었다.


순무를 장에 넣으면 한여름에 먹기 좋고

소금에 절여 겨울에 대비하네

땅속의 뿌리 커지고

서리 맞은 무 칼로 베어 먹으니 배 맛이라네


최영은 고려 개국공신의 후예이자 명문가의 후손으로 태어났다. 무인으로서 왜구를 무찌르고 여러 내란을 평정하며 벼슬이 높아졌지만 생활은 늘 곤궁했다. 공을 세운 탓에 상훈이 자주 내렸지만 한사코 받지 않았다. 아무리 곤궁해도 자신의 생각을 굽히지 않고 청렴한 생

붉은 무덤

활을 고집했다. 그 탓에 최영과 달리 가솔(家率)을 비롯한 주위 사람들은 애먼 생활고를 견뎌야 했다. 그의 머릿속엔 문신처럼 새겨진 '황금 보기를 돌같이 하라'는 유훈이 한시도 떠나지 않았다. 부친의 유훈대로 평생 정직하고 검약한 생활을 철칙으로 삼았다. 비록 재상이지만 집은 그 강직함 탓에 항시 초라했다.

얼마 전 일이다. 마침 권신 몇이 최영의 집에 놀러 왔다. 소일 삼아 바둑을 두기 시작했다. 어느 집에서도 손님이 오면 예의상 입 다실 간단한 군음식이 나왔다. 이제나저제나 기다렸지만 집안은 한적하고 조용했다.

점심때가 지나고 저녁때가 다 되어가도 음식 냄새는 나지 않았다. 저마다 헛헛한 뱃속이 출출해 군입을 다시고 있었다. 권신들의 뱃속에서 연신 쪼르르 쪼르륵 허기진 소리가 났다.

어느덧 해가 질 무렵이 되자, 그제야 저녁상이 들어왔다. 밥상을 본 권신들은 모두 얼굴을 찡그렸다. 온종일 시장하던 차, 하는 수 없이 저마다 수저를 들었다. 채소뿐인 밥상이었지만 반듯하고 정갈한 밥상이었다.

"허, 고사리가 씹을수록 이렇게 맛있는 줄 몰랐네."

"우리를 왼종일 굶긴 이유가 고사리에 있구먼."

허구한 날 고기반찬만 먹던 권신들은 수저를 놓으며 한마디씩 너스레를 떨었다. 최영은 당연한 듯 빙그레 웃으며 말했다.

"잘 드셨다니 고맙소."

"시장이 반찬인 걸 오늘 알았네."

"이것도 병법이 아니겠소."

껄껄 웃으며 최영은 능청스레 응수했다.

고기반찬이 남아도는 권신들이었다. 미안하지 않았다. 오히려 사병들이 먼저 걸렸다, 목에 가시처럼. 밥상만 보면 최영의 명치끝은 항시 쓰렸다. 끼니 때마다 허겁지겁 먹는 사병들이 안쓰럽고 죄스러웠다. 한창 돌도 깨물어 먹을 나이들. 저 사병들에게 따뜻한 차와 싱싱한 제철과일들 그리고 혀에서 살살 녹는 주악을 자주 줄 수는 없을까. 그런 생각이 바람처럼 수시로 스쳐 지나다녔다.

어머니 지씨의 주악은 특별했다. 개경은 고려의 수도였고 풍요한 탓에 간식 문화도 타 지방에 비해 일찍 발달했다. 많은 간식거리 중 '우메기'라고도 부르는 대표적인 개경과자를 개경주악이라 불렀다. 주악은 원래 과일이 나지 않는 계절, 의례상에 올리기 위해 과일을 모방해 만들기 시작한 간식이었다. 가는 체에 거른 고운 찹쌀가루에 막걸리를 넣고 반죽해놓는다. 부풀어 오를 즈음 보름달처럼 동그랗게 빚어 가운데를 엄지로 살짝살짝 누르고, 씨를 발라낸 대추를 박아 기름에 지져낸 다음 그 위에 말간 조청을 입힌다. 영락없는 과일처럼 보였다. 과일처럼 달고 부드러워 맛이 있었다.


최영은 급히 부인 유씨를 불렀다.

"어서 주악과 떡을 만들고 오늘 저녁은 배불리 먹이시오."

"네? 갑자기 잔치상을 차리나요?"

"곧 출정이오."

얼마 후, 최영의 집에서 떡 치는 소리가 들렸다. 한편에선 지지고 볶는 고소한 기름 냄새. 기름이 품고 있는 고소한 기름 특유의 향기가 온 집안에 따듯하게 퍼졌다.

홍산에 도착하자 실상은 난감했다. 삼면이 모두 절벽이었다. 통과할 수 있는 길은 오직 외길뿐이었다. 우선 좁은 험로를 먼저 점거하는 길만이 최상책 같았다. 험로를 점거하기 위해 분주히 움직였지만, 뾰족한 묘수도 길도 여전히 보이지 않았다.

"앞으로 나아갈 수 없습니다."

양광도도순문사 최공철(崔公哲), 조전원수(助戰元帥) 강영(康永), 병마사 박수년(朴壽年)도 난색을 표했다. 장수들조차 지레 겁을 먹고 진격하지 않고 이런저런 핑계를 대고 있었다. 최영은 두 눈을 부릅뜨고 소리쳤다.

"죽음을 두려워하는 자는 당장 모두 돌아가라."

최영이 다시 큰 소리로 외쳤다.

"우리는 죽어도 같이 죽고 살아도 같이 살아야 할 고려 백성이다."

말이 끝나는 동시에 '와아!' 소리와 함께 병사들이 움직였다. 그때 왜구들은 최영의 출정 소식을 접하고 새로운 작전 계획을 짜기 시작했다. 노약자들을 배에 태우고 돌아가는 척 술수를 썼다. 그 같은 행위는 내륙에서 자행한 살육과 노략질을 은폐하려는 위장전술이었다.

최영은 이 기미를 단박에 알아챘다. 최공철, 강영 들과 함께 내륙의 왜구를 해안가로 몰기 시작했다. 포위해 섬멸하려는 전략이었다. 홍산으로 밀린 왜구들은 삼면이 절벽인 요새를 선점하고 고려군과 대치했다. 최악의 불리한 상황과 부딪쳤다.

앞으로 갈 수도 뒤로 물러날 수 없는 진퇴양난의 기로. 전쟁터에선 적이 보이면 무조건 싸워야 한다. 칼이든 화살이든 쏴야 할 순간이지만 선뜻 달려들 수도 쏠 수도 없을 때가 있었다. 지금이 그런 순간이었다. 그 찰나의 긴장감이란 피를 말리는 시간이다. 아무리 타고난 뛰어난 무예와 신기에 가까운 지략의 소유자라도 마른침조차도 넘길 수가 없다.

전쟁이란 자체가 잔혹한 것. 죽일 것인가, 내가 살아남을 것인가. 아까부터 최영은 연신 타액(唾液)을 뱉고 있었다. 전쟁터에서 적과 격전을 치르며 승패가 엇갈리는 긴장의 순간 최영은 곧잘 타액법을 썼다. 타액이 나오자 굳었던 안면근육이 서서히 풀리며 긴장도 풀렸다. 전쟁터에서 누구보다 강한 집중력을 가지고 있는 무장이 최영이었다. 그 강한 집중력은 강철 같았다. 한 번 정한 일 앞에선 바늘 한 땀조차 비집고 들어갈 틈이 없었다. 위기일발 최영이란 인간은 사라지고 목숨도 초개(草芥)처럼 던지는 불같고 강한 무인 사나이만 필요했다.

"사병들을 앞줄에 세워라."

말을 채찍질해 산등성이에 오르며 동시 명령을 내렸다. 기병(奇兵)들의 기습 작전을 시작으로 무탁의 휘하 정예 기병(騎兵)들이 번개처럼 사방으로 달려 나갔다. 그 위세에 누가 감히 맞설 수 있을까. 이어 재빨리 왜구의 공격을 피할 수 있는 곳으로 다른 병사들을 집결시켰다.

"총공격하라."

최영이 명령하자, 진군의 북소리가 힘차게 울려 퍼졌다. 갑자기 왜선들이 뱃머리를 돌려 화포를 쏘아대기 시작했다. 최영은 밀리는 척 좁은 해협으로 유인해 몰아넣는 작전을 썼다. 멋모르고 좁고 긴 해협으로 들어선 왜선들은 쉽사리 도망치지도 못하고 쩔쩔 매고 있었다.

"전진하라, 전진하라!"

쉴 새 없이 소리치고 외쳤다. 더 이상 물러날 수 없는 순간, 최영의 활을 떠난 화살이 적장의 가슴을 뚫었다. 최영의 용병술에 고려군은 사기가 올라 순식간에 전투를 역전시켰다. 설마 하던 왜구들이 바람 앞의 촛불처럼 쓰러졌다. 최영의 날카로운 화살이 비 오듯 쏟아지자, 왜구들은 개미처럼 흩어지다 벌 떼처럼 뒤엉키기 시작했다. 넋을 잃고 울부짖는 왜구들의 통곡 소리가 온 골짜기에 메아리가 되어 퍼져나갔다.

"한 놈도 놓치지 마라."

도망치는 왜구들을 쥐 잡듯 눈에 불을 켜고 좁혀가며 쫓아갔다. 길을 잃은 왜구들은 그물망 속 고기처럼 서로 부딪치며 소란을 떨었다. 그 찰나의 순간.

피융!

풀숲에 숨어 있던 왜구 한 명이 돌아서는 최영을 향해 화살을 쏘았다. 화살 한 개가 날아와 입술에 꽂혔다. 화살이 입술에 박히자 낭자한 피가 흘러내리기 시작했다.

피를 철철 흘리면서도 최영은 '전진하라, 전진!' 계속 소리쳤다. 길고 탐스러운 흰 수염이 피로 붉게 물들었다. 그 순간에도 최영은 신색자약하게 자신의 입술에 박힌 화살을 뽑아 그걸 다시 활에 메겨 쏘았다. 날아간 화살은 풀숲에 숨어 자신을 쏜 왜구의 가슴을 정확히 명중시켰다. 싸움 앞에선 냉혹한 사람들이 무인이란 단체일 것이다. 그중에서도 최영은 자신은 물론 누구에게나 더 냉정하고 단호한 지휘관이었다.

"와아!"

갑자기 병사들의 함성이 온 산과 골짜기 구석구석까지 울렸다. 최영의 용맹스런 모습에 고려군의 사기는 하늘을 찌를 것 같았다. 함성이 이어질 때마다 왜구들은 쓰러졌다. 죽어가는 왜구들은 저마다 소리쳤다.

"고려에서 두려워할 것은 머리가 허옇게 센 저 최만호뿐이다."

위기의 상황 속에서 최영의 용맹스런 모습은, 모든 장수와 병사들에게 다시 한번 결의를 불어넣어주는 계기가 되었다.

그날 밤 물러갔던 왜구들이 다시 쳐들어왔다. 추가 공격이 이어졌지만 패퇴 직전의 전세를 순식간에 뒤집었다. 내륙의 왜구를 해안가로 내몰아 포위 섬멸한 최영의 전략은 적중했다. 왜구를 대파시킨 대승이었다. 지형적으로 불리한 여건 속에서 솔선수범의 용전으로 고려군의 승리를 이끌어냈다. 최영은 용장인 동시에 실진에도 치밀하고 강한 전략가이자 지략이 뛰어난 지휘관이었다. 노장 최영은 전쟁터에선 퍼내도 퍼내도 마르지 않는 우물처럼 새로운 힘이 솟아나는 장수였다.

개미 떼처럼 달려드는 왜구들을 기어이 쫓아가 섬멸시켰다. 싸움터에서 최영의 맹렬함은 어디서 저리 나오는지, 적군은 물론 보는 이 모두 혀를 내둘렀다. 아마도 그것은 노련한 인내와 끈기의 결과가 아닐까. 그뿐이 아니었다. 절체절명의 위기 순간. 상대편의 힘을 자신의 힘으로 전환해 새로운 돌파구를 찾는 능력도 남달랐다. 그래서일까, 전쟁터에서 최영의 진가는 절대 용장으로서 용병술은 광채가 나듯 더욱 빛을 발했다. 목숨을 걸고 항적필사하는 그를 누가 감히 당할 수 있을까.

살 길도 죽을 길도 다 전쟁 터 안에 있다고 믿는 지휘관이었다. 때로는 휘하의 모든 병졸들에게 사냥개가 될 것을 주문했다. 사냥감을 향해 맹렬히 짖으며 달려들라고 다그쳤다.

"너희가 사냥개가 되면 나는 그 끈을 잡고 뒤에서 잡아당기겠다!"

사냥개의 끈을 잡아당기는 최영의 날뛰는 모습은 흡사 불사조 같았다. 그 한 예로 이번 홍산전투에서 입술에 화살을 맞고 피를 흘리며 진두지휘하는 모습이 그랬다. 속전속결의 전술, 적을 진압할 때도 회복 불가능할 정도의 타격을 주는 용맹스런 장수였다. 용장 앞에 병졸들도 오직 충성심으로 하나같이 움직여주었다. 최영의 명령 하나에 수족처럼 따라주는 장수와 병사들. 그들은 마치 바람에 흔들리는 깃발 같았다. 최영은 병사 하나하나 모두 고마웠다. 저들이 없이 어찌 승리를 거머쥘 수 있을까.

"명장은 홀로 존재할 수 없다. 장수인 내가 뛰어나 이긴 것이 아니다. 내 명령 따라 용감하게 싸우다 죽어간 병졸들이 영웅이고 장수다."

많은 전쟁터에서 죽어간 이름 없는 병사들 앞에서 오열을 삼키며 최영은 늘 그렇게 말했다. 전쟁터에선 거칠고 사나운 장수가 최영이었다. 전쟁터에서 돌아오면 전사하거나 다친 병졸들을 보듬고 다독였다. 최고 지휘관이었지만 고락을 같이한 병사 한 명, 한 명을 잊지 않으려 애썼다. 병사들도 그 뜻을 헤아려 든든한 기둥 역할을 기꺼이 해주었다.

강할 때는 맹수처럼 강하지만 약할 때는 누운 풀잎처럼 한없이 약한 사람이 최영이었다. 그 진심을 아는 동료, 후배, 병사들은 한결같이 성심껏 따랐다. 겉으로는 호랑이 같지만 최영은 가슴 따뜻한 무장이었다. 아무리 아래 부하라 할지라도 방갓(부모상을 당한 상제가 쓰고 다니는 모자)을 쓴 상제에겐 최선의 예를 다하는 지휘관이었다.

최영은 태어날 때부터 자신에게 주어진 운명이 무인이었다. 평생 강한 용기와 신념으로 살아왔고 살아가고 있었다. 그런 최영도 사람이었다. 누구나 사람이라면 양면의 운명을 피할 수가 없다. 최영 역시 전쟁이 끝나면 자주 악몽에 시달렸다. 적에게 밀리며 소리치다 깨는 꿈을 수없이 꾸곤 했다. 늘 버릇처럼 그의 꿈길은 전쟁터를 떠돌아다녔다. 아니 헤매고 있었다. 피할 수 없는 숙명처럼.


홍산 전투에 패한 왜구들은 고려군의 막강한 기세 앞에 결국 슬금슬금 퇴각하기 시작했다. 하지만 쫓겨가는 왜구들은 끝까지 포악스러왔다. 지나는 고을마다 온갖 노략질을 저질렀다. 수령들은 방어는커녕 미리 포기하고 도망치기도 바빴다. 설령 끝까지 대항하는 지방 수령도 있었지만 항전할 길이 없었다. 수백 명을 대적할 방도가 전무한 상태에서 속수무책 당할 수밖에 없었다. 그들이 지나간 자리마다 백성들이 당하는 처참한 고초는 입에 담기도 두려웠다. 도적들 눈에는 사람을 사람으로 보지 않았다. 남녀노소 불문하고 마구 죽이고 포로로 끌어갔다.

"최영 장군이 죽으면 고려가 위태로워질 수 있다. 이젠 전쟁에 나가지 마시옵소서."

최영이 죽으면 최영 개인이 죽는 게 아니고 고려도 죽는다는 말이 백성들 사이에서 회자돼 떠돌아다녔다. 백성들 사이에서 최영은 이미 수호신이 되어 있었다.


우왕 2년(1376) 홍산에서 치러진 개태사 전투는 대표적인 큰 전쟁이었다. 이 홍산대첩이야말로 고려 말 왜구와 싸워 이긴 가장 빛나는 대승이었다. 치열한 전투가 끝나자, 인가(人家)의 굴뚝에서 하나둘 하얀 연기가 피어올랐다. 연기를 보는 순간, 그제서야 화살 맞은 최영의 입에서 피가 서서히 멎었다.

병사들은 차마 잊을 수 없었다. 전투가 끝나고 난 후에도 입술에 화살을 맞은 채 싸우던 노장군의 모습이 떠나지 않았다. 저마다 전승 이야기로 들떠 왁자지껄한 가운데 한 사람이 크게 소리치며 나섰다.

"홍산전투의 장군 모습을 그림으로 남기면 어떨까?"

"그래, 좋은 생각이야, 후세에도 귀감이 될 걸세."

"이름은 무엇이라 지을까?"

"홍산파진도라 부르지."

"참 타고난 분이야. 나이 육십이 지나셨지만 기력이 쇠하지 않고 더 넘쳐나시네. 안 그래?"

"글쎄 말일세, 고려를 위해 하늘이 내려주신 오직 한 사람, 용맹과 지혜를 겸비한 무인이 아닐까?"

"자네들 말이 맞네. 최영 장군은 하늘이 고려에 특별히 주신 최고의 용장이자 충성스런 무장이시지. 장군의 그 용맹스런 모습을 길이 남겨 후손들에게 길이길이 표본으로 삼아야 해."

"어서 서두르세."

홍산전투가 끝나자 박승길(朴承吉)을 통해 전승 소식을 보냈다. 승전보를 받아든 우왕은 크게 기뻐했다. 백금 오십 냥을 박승기에게, 삼사우사를 비롯한 공신들에게도 의복, 술, 안마(鞍馬, 안장을 갖춘 말)를 내려 보냈다. 또한 의원 어백평(魚伯評)으로 하여금 약을 갖고 가 치료하도록 배려를 잊지 않았다. 우왕은 최영에게 자주색 비단에 정교하게 수놓은 안장, 은으로 장식한 안마를 특별히 하사했다.

고려에는 준마(駿馬)가 많았다. 준마 종류로 흑마, 적갈색, 백마, 담황색 털을 가진 말들을 최상의 말로 손꼽았다. 최영은 준마 중 백마(白馬)를 선호했나. 백마는 승부근성이 깅하고 발굽이 길이 끈기 있게 잘 달렸다. 오랜 시간 달릴 수 있는 강한 지구력과 근성까지 가지고 있었다. 젊은 시절 금마를 사랑했듯 평생 백마를 즐겨 탔다. 최영

붉은 무덤

이 달릴 때마다 희고 탐스러운 긴 말꼬리가 파도처럼 출렁거렸다. 백설처럼 희고 고운 털은 눈이 부셨다. 털은 섬세하고 비단처럼 부드러웠다. 마치 서리가 응결한 듯, 길고 부드러운 털에선 명마다운 기품까지 느껴졌다.

최영은 유독 제주도산 백마 응상백(凝霜白)을 좋아했다. 말(馬)도 주인을 닮는지 타는 말들은 하나같이 용맹스러웠다. 튀어나온 눈, 두드러진 어깨, 군살 하나 없는 길죽한 다리. 허리선은 능선처럼 길고 유연했다. 백 리, 천 리를 달려도 지치는 기색도 없이 용맹스럽게 달리는 천리마였다. 온몸을 흰털로 감싼 기품 있는 백마를 탄 채 힘차고 거침없이 전쟁터를 내달리는, 최영의 모습은 한 폭의 그림 같았다.

해 질 녘 노란 황금빛 노을 따라 금마로 변하는 백마를 바라보는 강골 무인 최영. 그 눈길에선 젊은 시절 홍주에 두고 온 금마를 그리는 절절한 애련함이 한평생 따라다녔다.


홍산전투를 끝내고 최영이 개선하자, 우왕은 마치 황제의 사신을 대접하듯 손수 영접해 맞아들였다. 전투 결과를 보고하는 자리에서 우왕이 물었다.

"적병은 얼마나 됐소?"

"그 수를 정확하게 알 수 없으나 대군은 아니었나이다."

"장하오."

"적병이 많았다면 이 늙은이가 아마 살아 오지 못하였을 것이옵니다."

전공을 기려 시중(侍中, 현 국무총리) 벼슬을 주려 하자 최영은 극구 사양했다.

"전하, 제가 시중이 되면 수월하게 전지로 출정하기 어렵사옵니다. 왜구가 다 평정되는 날까지 기다리겠습니다."

우왕은 최영을 철원부원군(鐵原府院君)으로 봉하는 데 그칠 수밖에 없었다. 장수와 병사들에게도 공훈에 맞는 상을 후하게 내리며 격려해주었다.

며칠 후, 우왕은 교지를 보내왔다. 교지를 갖고 온 내시가 읽어 내려갔다.

"임금께서 말씀하시니라, 판삼사사 최영은 나의 선고(先考, 돌아가신 아버지)를 섬겼고 힘을 다해 의(義)를 떨쳐 나의 외부에서 받은 모욕을 능히 막아서, 오늘 한가하게 이른 것을 내가 심히 아름답게 여기노라."

한 무관이 우왕에게 그림 한 장을 진상했다.

"전하, 저의 휘하 병사들이 최영 장군의 홍산전투 무용담을 그림으로 그렸사옵니다. 적진을 파하는 형상을 그린 그림을 보시옵소서."

그림을 본 우왕은 치하한 후 그 자리에서 곧 명을 내렸다.

"이색에게 명하노니 〈홍산파진도〉를 후세까지 무궁하게 볼 수 있도록 찬(贊)을 짓도록 하라."

임금의 하명을 받은 목은 이색은 그 자리에서 곧바로 붓을 들고 써 내려가기 시작했다.

붉은 무덤

외국에서 받은 모욕을 막고 적을 막아 임금을 호위하는 무인이며, 나가면 장군에 거하고 돌아오면 재상에 이르러 조정에서도 중하게 의지하며, 변두리의 변방에서는 최영의 힘을 입어 편안하고, 들개같이 교활한 사람도 그 위엄에 두려워하고 꺾여 복종하고, 많은 도적들도 항간에 떠도는 소문만 들어도 움츠리고 물러나도다. 청백한 절조는 늙어갈수록 더 굳고, 문무와 충효를 한몸에 갖췄으므로, 판삼사사 최영을 찾는 것은 그가 가장 영걸 같은 사람이기 때문이다. 판삼사사는 곧 상서령 같으니라. 최영의 공(功)을 신(臣)이색은 이렇게 노래하나이다.

빛나도다, 위엄 떨친 그 명성이여. 오직 군세고 명철했기 때문일세. 바다의 왜구들 겁내어 떨었나니 나라를 방위하는 간성(干城)이었고, 지방의 호족들 움츠리고 숨었나니, 백성을 보호하는 사평(司評)이었네. 봉호(封號)를 받고 관부를 열었으니, 임금님의 대접이 또 얼마나 성대하였던가. 생각건대 공(公)은 항상 마음속으로 선고(先考)의 가르침을 명심했는지라, 오직 얼음처럼 청백하였고, 소태처럼 쓴맛도 달게 여겼지.

아, 위대하여라, 홍산의 그 전공이여, 전진을 누비면서 용맹을 고취하였나니 영걸스런 그 풍채 삽상한 기운 일으키며 기개가 온 누리를 뒤덮었도다. 이 그림 어쩌면 그렇게도 방불한지 사람들 모두 다투어 우러러보리. 예로부터 노랫말이 전해오나니 덕(德)은 가벼운데 드는 사람 드물다고, 드시는 분 있다면 오직 우리 공(公)뿐 공이 아니면 누가 또 해당될까. 부디 오래도록 강건하시어 우리 임금님 곁에 머물러주시기를.

우왕은 이색의 시를 듣고 크게 치하하며 다시 하사품을 내리며 말했다.

"이번 홍산전투에서 경의 사병들 활약이 컸다고 들었소. 이 기회에 사병들에게 고기 좀 배불리 먹이시오. 경은 내 말대로 꼭 하시오. 아시겠소?"

최영은 하사품을 극구 사양했다. 하지만 사병들을 위한 음식이라니, 평소 마음이 짠했던 최영은 기꺼이 받았다. 그날 최영의 집에선 모처럼 고기 굽는 냄새와 사병들의 웃음소리가 밤늦도록 번져 나왔다.

붉은 무덤

# 13

# 최무선과 진포대첩

 

 

왜구들은 마치 밀려갔다 다시 밀려오는 파도 같았다. 이월과 삼월 연이어 지치지도 않고 야금야금 쳐들어오고 있었다. 삼월에 들어서자 최영은 승려 이천 명과 장인(匠人) 일백 명을 동원하여 전함 건조에 들어갔다. 승려와 장인들은 밤낮을 가리지 않고 매달렸다. 어려운 상황이었지만 드디어 전함 팔백여 척을 건조해냈다. 그 순간의 감동은 말로 표현할 길이 없었다. 최영은 전함이 건조되자, 차근차근 전쟁 준비에 들어갔다. 수군을 재정비하고 군량도 넉넉히 살피는 한편 철저히 전쟁을 대비하기 시작했다.

구월에 들어서자, 강화와 서강(西江)까지 왜구들이 밀려왔다. 마치 강화 바닷물에 밀려온 조개들처럼, 지치지도 않고 끊임없이 쳐들어왔다. 이번 선봉에선 왜장은 달랐다. 패가대만호(覇家臺萬戶)라는 이름의 왜장은 갑의부터 특별해 보였다. 쇠로 만든 큰 투구에 손발까지 무장하고 의기양양하게 나타났다. 아무리 화살을 쏘아도 들어갈 틈이 없었다. 그렇다고 손 놓고 바라볼 수만 없는 상황. 이가 없으면 잇몸으로 산다고, 후퇴하는 척 밀리다 한밤중 야간기습을 벼락치듯 감행하여, 잠시 승전에 취해 있던 왜구들을 도륙하기 시작했다. 화살을 빗발치듯 쏘아댔다. 섬 구석구석 지형에 밝은 고려군의 기습은 전광석화같이 빨랐다. 요리조리 유인해 끌고 다녔다. 치열하고 악착같이 달려든 보람이 있었다. 어느덧 새벽달이 뜨기 시작했다. 구리옷으로 감싼 왜장도 물에 빠진 생쥐 꼴이 돼 강화를 빠져나갔다.

시월에 접어들자, 다시 전운이 감돌기 시작했다. 이제는 전쟁도 새로운 돌파구가 필요한 세상이 되었다. 신무기 개발도 전술인 세상으로 변하고 있었다. 당장 고려도 시급한 대책 마련이 당면 과제가 되었다.

천우신조일까, 고려에는 오랫동안 화약을 만드는 데 혼신을 바쳐온 최무선(崔茂宣)이란 사람이 있었다. 조정에서는 최무선을 제조(提調, 책임자)로 임명하고 밤낮으로 연구에 몰두할 수 있도록 지원을 아끼지 않았다.

"전하, 화통도감(火㷁都監)을 설치해주소서."

최무선이 건의하자 최영도 서둘러 화통도감 설치에 앞장섰다. 바라던 일이었다. 한 개인의 노력도 중요하나 체계적인 구조와 조직이 필요했다. 신부기 개발은 많은 시간과 피땀을 요구하는 사항이었다. 돌아서면 실패가 그림자처럼 따라다녔다. 최영은 틈틈이 화통도감에 들러 최무선을 격려해주며 지원을 아끼지 않았다.

붉은 무덤

드디어 삼십여 년 동안 각고의 노력 끝에 최무선은 이십여 종류의 화기를 만들어 냈다. 화기가 성공하는 순간 최무선은 땅바닥에 주저 앉으며 대성통곡을 했다. 얼마나 길고 고단한 여정이었을까. 그의 주름진 눈에서 쉴 사이 없이 굵은 눈물이 흘러내렸다. 전쟁이 일상인 최영으로서는 천병만마(千兵萬馬)를 얻은 것보다 더 기뻤다. 적군 사살이 목적이지만 우선 내 부하 병사들을 덜 희생시킬 것 같았다. '고맙소, 고맙소'를 연방 외치며 주체할 수 없이 흐르는 눈물을 닦았다. 흥이 오른 최영은 그 큰 덩치로 온몸을 흔들며 덩실덩실 춤까지 추며 기뻐했다.

기쁨도 잠시. 진포(鎭浦, 현 군산)에 왜구가 침범했다는 소식이 들려왔다. 그때 최영은 육도도통사(六道都統使)와 해도도통사(海道都統使)를 겸하고 있었다. 진포는 금강 하류가 한눈에 내려다보이는 금강 하구로서 교통의 요충지였다. 왜구들은 그곳을 마치 제집 안방 드나들 듯, 대규모 왜선을 이끌고 수시로 쳐들어왔다. 매번 민가를 태우고 노략질을 일삼았다. 이번 침략에는 서슴없이 호언장담까지 했다. 수도인 개경이 가까운 승천부(承天府, 현 풍덕)에서 개경을 함락시킬 것이라고 큰 소리로 호통까지 쳤다. 왜구들의 군세가 어마어마했다. 그들이 타고 온 왜선은 300척이 넘었다. 왜구에 비해 고려군은 고작 목선 120척뿐이었다. 국가와 종묘의 운명이 절박한 위험에 처했다.

"이 한 싸움에 고려 사직의 존망이 달려 있다. 모두 최선을 다해 나라와 백성을 위해 싸우라."

소리치는 최영의 허연 수염이 심하게 나부꼈다. 그의 늙은 손마저 부들부들 떨고 있었다. 절박한 순간이었다. 그때였다. 최무선이 바람처럼 최영에게 달려왔다.

"제가 만든 화통을 써볼 때가 왔습니다."

"오, 맞소."

최무선의 말을 듣는 순간, 최영은 천군만마를 얻은 듯 기운이 불끈 솟았다.

"삼십여 년 동안 만든 화기를 이제야 써보는구나."

오랜 기간 실험에 실험을 거듭하던 최무선이었다. 스스로 그간의 노고에 감개무량한지 주름진 눈가가 촉촉하게 젖어들고 있었다.

"어서 대포와 화약을 배에 실어라."

서둘러 목선에 대포와 화약을 싣고 출발했다. 갑자기 쇳덩어리를 잔뜩 싣게 된 목선은 제대로 속력을 내지 못하고 요동을 쳤다. 다급해질수록 병사들은 안간힘을 써봤지만 빨리 나아갈 수가 없었다.

"목선에다 이 무거운 쇳덩이를 어찌하나."

여기저기서 탄식이 터져나왔다. 노를 젓는 병사들의 손은 온통 피투성이가 되고 기진해 쓰러지면 다른 병사가 교체돼 악착같이 노를 놓지 않았다. 오직 고려 병사들은 이를 악물고 버티면서 노를 저었다.

땅거미가 지고 날이 어두워지고 있었다. 병사들의 머리 위로 어둠이 내려앉사,

"왜구의 배를 포위하라."

지휘관의 우렁찬 명령과 동시 고려 함대는 왜구의 배를 에워싸기

붉은 무덤

시작했다. 왜선이 다가오자 기다렸다는 듯 일제히 화포를 터트렸다. 희뿌연 연기가 일고 지축을 뒤흔드는 굉음이 울리기 시작했다.

화포를 퍼부어대자 갑자기 기습당한 왜선들은 삽시간에 불길에 휩싸였다. 그 틈을 타 단칼에 목을 베듯 왜구들을 짧은 시간에 섬멸시켰다. 쏘는 화살마다 천둥번개처럼 날아가 왜구들을 쓰러트렸다. 왜구들은 낙엽처럼 떨어져 나갔다. 고려 병사들은 일제히 환호와 탄성을 내질렀다. 전투가 끝나자 진포는 곧 평온을 찾았다. 최무선이 무수한 시간 피나는 각고 끝에 발명한 화포의 위력은 대단했다. 패색이 짙은 순간 최무선의 화포가 전투를 대승으로 이끈, 역사에 길이 남을 진포대첩이었다. 불리한 상황에서 우세한 적을 상대로 사력을 다해 싸운 값진 결과였다.

"그동안 마음고생을 얼마나 했소? 이제 편히 쉬시게."

전쟁이 끝나자 최영은 최무선에게 진심으로 치하하며 고마움을 표했다. 그사이 고려는 어린 우왕이 즉위한 지 오 년이 지나가고 있었다.


"순천 고을에 왜구가 쳐들어왔습니다."

잊을 만하면 침탈은 이어졌다. 무장 정지(鄭地)가 분연히 뛰어나갔다.

"장군님, 조금만 기다렸다 원군과 함께 출정하시지요."

소수의 인원으로 왜구를 무찌르기에 역부족이었다. 결국 순천, 조양에서 홀로 싸우던 정지는 안타깝게도 패하고 말았다. 그 소식을 전해 들은 최영은 자리를 박차고 일어섰다.

"생령들이 어육이 되는 것을 차마 그대로 보고 있을 수 없사옵니다."

주위의 만류를 뿌리치고 나갔다. 왜구들의 노략질에 희생당할 백성들을 앉아서 지켜볼 수는 없었다. 한 사람의 백성이라도 구해야 한다는 생각뿐이었다.

"어, 저 머리 허연 최만호가 또 나타났네."

왜구가 아귀면 최영은 저승사자였다. 순식간에 적을 기습하는 기병(奇兵)을 앞세워 악착같이 쫓아가 화살을 당기게 했다. 최영도 창에 찔리고 칼에 베여 수차례 상처를 입었다. 이판에 상처가 무슨 대수인가, 끝까지 물러서지 않고 싸워 전투를 승리로 이끌었다. 비록 노장이나 그의 전술적 능력은 녹슬지 않았다. 오랜 전투를 경험해 노련한 최영은 하늘이 낸 타고난 무인이었다. 소수의 인원으로 대군인 왜구를 통쾌하게 격퇴하고 돌아왔다. 최영의 명성은 고려뿐 아니라 적국에서도 가히 인정하고 있었다. 그 존재, 아니 살아 있는 것만으로도 외적의 침략을 억제하는 역할까지 하고 있었다. 왜구를 격퇴한 최영에게 목은 이색이 찬미시를 짓고 그를 축하해주었다.

고래(최영을 칭함)가 갈 때에는 만 리까지 그 위풍을 떨치고
많은 머리털과 기밑털까지 히얗게 세었는데도 양 빰은 붉네
하루아침에 기쁨으로 다시 변하고 사직은 평안하게 되었고
그 공은 큰 산의 꼭대기같이 높고 그 공은 큰 산같이 크구나

붉은 무덤

칠월이 지나가고 있었다. 뜨거운 열기가 온 대지를 감싸는 폭염 속에서 세상은 온통 더위, 더위, 더위뿐. 지면은 이글거리다 못해 타들어갔다. 올해도 근래에 드문 가뭄이었다. 심한 가뭄이 이어지며 더위가 더 기승을 부렸다. 그 땡볕을 가르듯 살인 사건이 발생했다.

양백연(楊伯淵)과 홍중원(洪仲元)이 몰래 결탁한 사건이었다. 권력의 끝은 한이 없었다. 작은 권력들은 시시때때로 큰 권력을 무너트릴 기회를 엿보고 있었다. 이번에도 그들은 작당해 이인임과 임성미(林成味) 두 시중을 죽이고 양백연이 시중이 되려고 모의를 꾀하려 작배를 시도했다.

어린 우왕을 왕위에 즉위시킨 이인임은 최영과 손잡으며 권력을 잡기 시작했다. 우왕 원년(1375) 최영은 판삼사사가 되었고, 삼 년 후에는 왜구를 무찌른 공을 인정받고 해도도통사에 올랐다. 이인임의 집권 안정화에 최영이 갖고 있는 무력적 기반은 절대적이었다. 최영을 해도도통사에 임명한 것은 어쩌면 미리 준비한 이인임의 숨은 계략 같았다.

그 당시 최영은 병을 얻어 개경으로 돌아와 요양하던 중이었다. 얼떨결에 수시중에 임명되어 중앙의 중책을 맡게 되었다. 시간이 지날수록 이인임과 최영은 서로 부담을 느끼기 시작했다. 사사건건 물고 늘어지는 최영의 직언과 불같은 성미에 이인임은 분노가 치밀었다. 한편 최영은 시대가 바뀌어도 공민왕 때처럼 어린 임금을 받들고 보살폈다. 이인임도 자신과 같은 생각이라 믿고 이견이 없을 줄 알았다. 최영의 생각은 착각이었다. 정권을 잡은 이인임은 달랐다.

충신은 물론 아니고, 왕의 명령에 한 치의 토도 달지 않는 신하도 아니었다. 오직 권세에 눈이 먼 권신일 뿐이었다. 대신들 사이에서 이런저런 수군거리는 소리가 무성하게 퍼지고 있었다.

"별일일세. 직언 잘하는 최영이 왜 이인임의 꼴을 보고 있을까?"

"글쎄, 그 불같은 성미로 단칼에 베어야지."

"참, 알 수 없는 일이야. 청렴하고 바른말 잘 하는 최영이 왜 가만히 있는 것일까?"

기고만장해진 이인임은 최영 대신 자파 세력인 임견미(林堅味), 염흥방(廉興邦)에게 정국을 주도하게 하고 최영을 견제하기 시작했다. 이인임의 세력이 커지자 날이 갈수록 이들의 횡포는 누구도 말릴 수 없게 되었다. 그들은 관직을 팔고 토지와 노비를 축적하며 탐학을 일삼았다. 탐욕이 많고 포악한 그들에게 시달리는 백성들 사이에서 그들을 빗대 '수정목공문(水精木公文)'이란 말이 떠돌았다. '수정목'이란 물푸레나무를, '공문'은 공문서를 말한다. 이인임, 임견미, 염흥방 등의 하인들이 물푸레나무로 만든 몽둥이로 백성들을 두들겨패며 토지문서를 빼앗았기 때문에 물푸레나무 몽둥이가 공문서나 다름없다는 말이었다. 우왕도 그 이야기를 들었다. 어느 날, 우왕이 화원에서 말(馬)을 조련하다가 갑자기 좌우를 돌아보며 말했다.

"물푸레나무 공문을 가져오라. 내가 이 말을 길들이겠다."

오죽하면 임금이 우회석으로 이런 말을 했을까? 직언 잘 하는 최영도 어쩌지 못하고 말을 잊은 채 얼굴만 붉히고 쩔쩔맸다. 입이 있어도 말을 꺼낼 수 없는 난감한 상황. 그만큼 그들의 탐욕스러운 난행은

붉은 무덤

극에 달했다.

어느 새벽, 동도 트기 전. 양백연과 홍중원이 결탁해 반란을 시도하고 말았다. 언제나 적은 가까이 있다는 말을 입증하듯. 열길 물속은 알아도 사람 속은 알 수 없었다. 그토록 이인임이 수족처럼 부리던 양백연과 홍중원이 등에 칼을 꽂으려 모의를 작당하고 있었다. 양백연은 스스로 시중이 되고 최영은 좌시중으로, 성석린을 대사헌으로 삼겠다며 반란 모의를 꾸민 것이다.

나라의 존망을 흔드는 역적 모의 역시 왜구처럼 잊을 만하면 찾아왔다. 결과는 실패였다. 문하시중이 된 최영은 그 기미를 알아차리고, 신흥무장 이성계의 조력을 받아 임견미와 염흥방을 대거 숙청하고 이인임을 축출해버렸다. 그때 이성계는 동북면의 군사를 기반으로 활동하고 있었다. 이후 최영은 이성계와 손잡고 고려 조정을 주도해나가기 시작했다.

# 14

# 백전백승의 대가

구월 어느 가을날이었다. 온 들녘에 오곡이 무르익어가고 넘실거리는 황금 들판은 바라만 봐도 배가 불러왔다.

잠시 주춤했던 왜구들이 다시 쳐들어오기 시작했다. 제주도를 시작으로 경상도를 지나 전라도 접경까지 쳐들어온다는 급박한 전령이 도착했다. 한 시가 급했다. 이번은 최영이 백 번째로 참가하는 전투였다. 서둘러 출정 준비 태세를 갖추는 최영을 바라보던 무탁이 무심한 어조로 한마디를 건넸다. 전에 없던 무탁의 행동이었다.

"편히 사실 생각은 없으셨는지요?"

"전혀 없었네."

"다시 태어나셔도 무인이 되시겠습니까?"

"글쎄, 나는 일은 할 수 있는 게 없을 것 같네그려."

최영의 대답은 짧고 단호했다.

"홍주 사람들은 장군을 고려와 홍주가 낳은 불세출의 영웅호걸이라고 말합니다.”

“허허, 고맙구먼. 나도 자네에게 묻고 싶네, 장수란 이름에 짊어진 운명이 무엇인가. 아니 장수의 책임은 무엇인가?”

“전쟁터에서 장수의 기개를 잃지 않고 나라를 지키며 백성을 지켜 내는 것. 그게 무인의 책임 아닌가요.”

“아.”

최영의 입에서 저절로 탄성이 흘러 나왔다.

“전쟁터의 장수에겐 목숨은 존재하지 않는다. 장수의 갑의는 목숨과 같다. 전쟁터의 장수에게 존재하는 것은 오직 나라와 그 나라에서 살아야 할 백성만 존재한다.”

“무인은 죽는 순간 무인답게 죽어야 한다는 말씀 역시 명심하겠습니다.”

“전쟁에서 목숨은 먼지보다 더 가볍다. 허나 책임은 천근만근 무게보다 더 무겁고 크다. 자신의 안위보다 나라와 백성이 먼저라네.”

말을 마친 최영의 꼭 다문 입술과 검게 그을린 볼엔 특유의 강건한 기세가 완고하게 서려 있었다. 무탁을 바라보는 최영의 통찰력 있는 다사로운 눈빛. 그 눈빛은 나에게도 지금의 자네 같은 때가 있었다고 말하고 있는 것 같았다.

이 무슨 인연의 고리인가. 최영과 무탁은 첫 만남부터 모래에 스며드는 물같이 서로 스며들었다. 자신을 바라보는 최영의 모습에서 가장 인상적인 것은 눈빛이었다. 최영의 눈빛들은 때때로 팔색조처럼 빛이 났다.

백전백승의 대가

생(生)과 사(死)가 교차하는 전쟁터의 살기 이글거리는 맹수의 눈빛. 절대 물러서지 않겠다는 지휘관의 각오가 빛나는 칼끝 같은 눈빛. 지금 자신을 바라보는 저 격려의 눈빛. 마치 온기를 담은 자애로운 부성의 눈빛처럼. 저 눈빛 속에는 헤아릴 수 없는 깊은 강이 흐르는 듯 느껴졌다.

첫 만남에서 무탁은 그 눈빛에 반해버렸다. 나는 저 눈빛을 따라가리라. 스스로 호위무사를 자처하고 나섰다. 겉으로 내색을 안 했다. 하지만 그 깊은 속내에는 최영을 향해 일거수일투족을 놓치지 않았다. 그런 부하를 최영은 때때로 지그시 바라보았다. '나에게 저런 복이 있었구나.' 스스로 흐뭇해했다. 마치 거울 속 자신을 보는 것 같다. 저 사람은 무슨 인연의 고리로 나와 맺어졌을까. '전생에도 내 수하였나?' 자신과 어찌 그리도 닮았는지. 무탁을 바라보는 최영의 눈가가 오늘따라 갑자기 촉촉해져왔다.

새벽이 되자 수백 척의 왜선이 몰려왔다. 검푸른 바다가 왜선으로 가득 찼다. 우선 물살이 제일 빠르고 센 곳을 찾는 일이 급선무였다. 최영은 급물살 지점에 배를 띄우고 기다렸다. 그 긴박한 순간의 긴장감, 온몸을 난도질친다. 일시에 피가 거꾸로 솟듯 충격적이다.

마른침을 삼키며 기다리자, 왜선들이 하나씩 둘씩 다가오는 기미가 보였다. 물살 빠른 곳으로 재빨리 유인하여 공격해 들어갔다. 다가오는 왜선, 달려드는 고려 함대가 서로 부딪히며 한순간 아수라판이 된 물 위의 전쟁터. 서로 거세게 돌격하자 배가 뒤엉켜 적군도 아군도

붉은 무덤

구별할 수 없이 돼버렸다. 삽시간에 수십 척이 가라앉기 시작했다.

전투는 육지전으로 바뀌었다. 병사들이 지쳐가고 있었다. 죽느냐 사느냐 갈림길이었다. 지친 병사들을 향해 귀에 못이 박히도록 최영은 소리치고 소리쳤다.

"정신 차려라! 상대를 죽여야 내가 산다."

갈수록 전세가 불리해지고 있었다. 앞으로 전진도 뒤로 퇴각하기도 어려운 진퇴양난의 막다른 길. 점점 치열해지는 전투. 어느 틈에 왜구의 대군들이 고려군을 에워싸기 시작했다.

갑자기 승전을 예고받은 듯 적군 진영이 소란스러워졌다. 그 틈을 타 화약 묻은 불덩이를 왜구들을 향해 사정없이 던지기 시작했다. 또 한편에선 쉴 사이 없이 화살을 쏘아댔다. 고려 병사들도 죽기 살기로 달려들었다. 왜구가 아귀라면 고려병사들은 저승사자였다.

"앞으로 돌격하라."

선두에 선 최영의 목소리가 흙먼지를 훑으며 크게 울려왔다. 존망지추(存亡之秋)의 순간이었다. 최영을 향해 왜구들이 활을 겨누고 있었다. 미처 깨닫지 못하던 찰나였다. 왜구의 선봉장을 교란시키려는 듯 최영 앞으로 황급히 뛰어드는 무사. 적진을 향해 돌진하고 있었다.

"누구냐, 비켜라."

소리치는 순간 뒤를 돌아보며 웃는 무탁의 모습이 멀리 흙바람과 함께 눈에 들어왔다. 마치 목숨이 두 개인 듯 맹렬한 기세로 최영과 무탁은 화살 속으로 뛰어 들어갔다. 흡사 피에 굶주린 맹수 같았다.

칼 부딪치는 소리가 바람을 타고 천둥처럼 들려오기 시작했다. 미처 악 소리도 지르지 못한 채 왜구들의 목은 허깨비 쓰러지듯 날아갔다. 바람을 가르는 날카로운 칼 소리만 한동안 이어지고 있었다.

얼마나 지났을까. '쨍' 하는 순간 최영의 칼에 적장의 목이 날아갔다. 적장의 마지막 칼끝이 동시에 무탁의 목을 치고 땅에 떨어졌다. 적장을 잃은 적군의 진지에선 전투가 끝나가고 있었다. 누군가 소리쳤다.

"부관이 전사했습니다."

"뭐?"

그제서야 붉은 피로 얼룩진 무탁의 시체가 눈에 들어왔다. 장렬하게 전사한 무인의 모습은 참혹했다. 온몸에 화살을 맞고 목이 잘려나간 무탁. 참 무인의 몸에서 뿜어져 나오는 비장함만 말없이 피 묻은 전선을 떠돌아 다녔다. 바라보는 모두를 숙연하게 하는 목 없는 육신이 전하는 무언의 인사. 그 곁에서 주인 잃은 말 잔등에서 흘러내리는 낭자한 선혈들. 무인 하나가 가뭇없이 그렇게 사라졌다.

잘 훈련된 저격수 한 명으로도 전쟁을 막아낼 수 있다. 적 지휘관을 사살해 공포감을 심어주는 저격수는 전쟁에서 불가불 중요한 존재다. 무탁의 죽음이 그러했다. 그의 죽음은 어쩌면 홍주에서 만나는 순간 오늘을 위해 시작되고 존재했던 것이 아니었을까?

각진 아래턱이 주는 강인함. 그 강인함은 최영으로 하여금, 그가 정녕 무골이었음을 새삼 느끼게 해준다. 목숨보다 나라와 의리를 위해 떠나간 무인. '고려는 내가 지키겠다.' 그 한마디를 마지막으로 한 치의 원망도 없이 살신성인의 모습으로 죽어갔다.

용맹스런 무인 하나가 사라지는 동시에 나라의 기운도 쇠한다는 말이 있다. 그만큼 무인의 존재는 국가의 존망과 함께 존재했다. 무인의 길이란 나라를 위해 자결 명령까지도 서슴없이 따라야 하고. 무인은 전쟁터에서 갑의를 입은 채 죽으면 영광으로 여겼다. 상관을 대신해 떠나간 사람. 마지막 충성이자 무탁의 일편단심을 늙고 서러운 가슴으로 어이 품고 남은 생을 견뎌야 할까. 슬픔은 죽은 자의 몫이 아닌 산 자의 몫.

백전백승(百戰百勝)의 전투였다. 무탁을 앗아간 백전백승, 무엇에 쓸 것인가. 서로가 있어 의지가 되고 행복했던 상관 그리고 부하였다. 늦가을 곳간에 쟁여둔 곡식 가마니가 이리 든든했을까. 하늘 아래 둘도 없는 호위무사였다. 처음 만남부터 그 알 수 없었던 끌림. 의리와 신의가 사라진 세상, 마지막 순간까지 하나뿐인 생명이 둘이나 되는 듯. 최영을 위해 고려를 위해 초개같이 버리고 떠난 의리의 사나이였다. 왜 전쟁은 최영에게서 무탁을 빼앗아가야만 했을까. 누군가 꼭 죽어야 끝나는 적자생존의 논리가 존재하는 전쟁이란 이름. 그 절체절명의 순간, 선뜻 떠나간 무탁은 목이 잘려나간 육신으로 말하고 있었다. '잘 계시오.' 점점이 비수가 되어 온몸을 갈기갈기 난도질하는 듯 베어져나가는 환상지통의 조각조각들.

입이 있어도 눈이 있어도 울 수도 없는 무장의 설움만 허공을 떠돌고 있었다. 눈앞에 산처럼 쌓인 무탁을 비롯한 무수한 병사들의 시체들. 최영은 이 전투의 총지휘관이었다. 개인의 슬픔도 분노 역시 밖으로 꺼낼 수 없는 무장의 태산 같은 짐. 어깨를 짓누른다. 버틸 수가 없다. 한순간 스르르 사라지는 연기처럼 자신도 사라질 것 같다. 이를 악문다. 다시 힘주어 또 악문다. 가슴속 피눈물조차도. 오열마저 금지된 무장은 가장(假裝)된 의연함으로 버티고 서 있을 뿐.

무탁의 짧고 성기게 난 가잠나룻에도 선홍빛 붉은 피가 흙먼지와 범벅이 돼 엉겨 있다. 그 따뜻했던 온기는 어디로 갔을까. 오직 나라만 끌어안고 충성을 다짐하는 전형적인 무인을 이렇게 보내야만 하나. 살아오며 이렇게 막막했던 순간이 몇 번이나 있었던가? 이 참담한 순간, 아무 말도 어떤 생각도 떠오르지 않는다. 오직 절망과 비탄이란 언어조차 무탁과 함께 산화한 듯. 아무 말도 떠오르지 않는다. 오직 뱉지도 삼키지도 못하는 생의 욕지기만 가슴속을 훑고 또 훑어 내리고 있었다.

언제나 반듯하며 강직했고, 가슴이 따뜻했던 사내였다. 먹어도 먹어도 배고프고 자도 자도 졸린 어린 병사들을 어버이처럼 자상하게 보듬는 무인이었다. 죽은 자는 살아남은 자의 고통을 알까?

홍주 사람 특유의 유별나고 돌출된 정의감까지. 불의 앞에서 물불 가리지 않는 그 의협심까지도, 무탁은 어찌 그리도 자신을 닮았단 말인가. 어느 정인(情人)이 있어 이토록 살뜰했을까. 무탁의 얼굴에서 문득 문득 그 처자가 떠오르던 순간이 얼마나 많았던가.

'날아기씨, 낭신과 부탁은 어찌 그리 무정하게 떠나시오.' 한마디 인사도 없이 최영 곁을 떠난 달아기씨처럼 무탁도 그렇게 떠나갔다.

같이 있을 수 없음도 노여워 말고

함께 영원히 있을 수 없음 또한 슬퍼 마시오.

인생은 한판 굿이라오.

만남과 이별을 잠시잠깐의 굿으로 비워내지 않고 어찌 사시려 하오.


어디선가 들려오는 소리들. 그 소리는 누구의 소리일까. 피로 물든 전쟁터를 지나가는 황량한 바람소리일까. 아니면 끝끝내 깃을 숨기는 산야의 붉은 울음일까. 혹시 지금쯤 홀로 먼 황천길 떠나는 무탁의 슬프고 절절한 애열의 노래인가. 갑자기 산 위에서 매서운 바람이 휘몰아치기 시작했다. 붉은 흙을 훑고 날아가는 마른 바람의 노래들.


사람들은 최영의 전승(戰勝)을 두고 이렇게 물었다.

"백 번의 전투에서 어찌 살아남을 수 있었는지요?"

"죽는 것을 두려워하지 않고 죽겠다고 달려들자 살아남을 수 있었소."

"아니오, 특유의 용맹과 끈질긴 무인정신이 만들어낸 쾌거라오."

최영은 태어날 때부터 무(武)의 빛으로 가득 찬 사람이었다. 전쟁터로 출정하는 순간에 그 빛은 더 빛나곤 했다.

'지금부터 내 목숨은 존재하지 않는다. 오직 내 나라 고려와 백성들을 지키기 위해 존재한다. 진흙 속에서, 눈 속에서, 비 속에서 바다에서 죽기를 각오하고 싸움에 임할 것이다. 그것이 신(神)과 고려 백성들이 나에게 부여한 임무이자 책임이다.' 스스로 다짐하고 또 다짐하는 전형적인 무인이었다.

설혹 불리한 경우에도 어떤 변명도 구차한 핑계도 내비치지 않았다. 오로지 명령에 충성하고 수행하는 칼날 같은 무인일 뿐. 모든 전투를 승전으로 이끈 최영은 냉정하고 엄격한 지휘관이었다. 때로는 선이 악보다 더 나쁠 수 있었다. 자기를 베는 심정으로 군법을 지켰다. 물론 자신에게는 더 엄하고 혹독하게 지켰다.

목숨을 내놓는 것이 전쟁이었다. 혹 자신의 타고난 급하고 불같은 성격이 승패에 걸림돌이 될까. 항시 신중을 기하려 애를 썼다. 그 속내에는 젊은 시절 자신의 경솔함으로 죽인 금마의 기억이 늘 도사리고 있었다.

전쟁터에선 장군도 병사도 목숨은 둘이 아닌 하나였다. 전쟁영웅은 최영 자신이 아니었다. 자신의 지휘 아래 용감하게 싸우다 전사한 병사들이 진짜 영웅이라고 생각했다. 언제나 무공(武功)을 이름 없는 병사들에게 돌리려 애썼다. 오직 한곬으로 위기에 처한 나라를 지켜야 한다는 무인의 사명감만, 갓 잡은 생선처럼 파닥파닥거렸다.


길가의 꽃들이 피는지, 지나가는 아름다운 여인들조차 돌아볼 여유가 없었다. 세상에는 여러 길이 있었다. 최영의 길에는 어떤 길도 손새아시 잃있다. 오직 무인의 길 그리고 전쟁만 존재했다.

고려는 늘 내적인 혼란과 내외적인 위기 속에 휩싸여 있었다. 그 탓에 최영의 일상은 항시 전쟁터를 전전해야 했다. 그것이 고려의 운

붉은 무덤

명이자 최영의 운명이었다. 최영은 고려의 해결사였다. 고려 말 환란과 수시로 침범하는 왜구를 토벌하는 해결사가 돼야 했다. 그 절박한 위기감이 최영을 더 용맹한 장수로 키운 것은 아닐까? 해결사 최영은 수많은 고통의 순간들. 그 가시밭길도 뚜벅뚜벅 내 길인 양 오직 앞만 보며 걸어가고 있었다. 무장 최영의 가장 큰 두려움은 모함도 죽음도 아니었다. 패전(敗戰)이었다. 수시로 부는 회오리바람처럼 외로운 게 세상사라 했다. 해결사 최영의 길은 매 순간이 고독했고 다사다난한 길이었다.

최영은 뼛속까지 백전백승의 시간이 새겨진 무인이었다. 백전백승의 성과는 끊임없이 최영이 흘리며 최선을 다한 결과였다.

전쟁 앞에선 어떤 말도 필요치 않았다. 오직 뛰어난 전략 전술만 존재했다. 전쟁터의 무인에겐 전승을 쟁취하는 길만이 자신의 목숨처럼 중요한 과제였다. 다른 어느 것도 존재하지 않았다. 최영의 백전백승은 얼마나 오랜 시간 온몸으로 경험하고 체득한 전투, 작전 수행, 위기 대처를 축적한 노력의 흔적이었을까.

전쟁터란 원래 거칠고 동물적이어야 한 번뿐인 목숨을 보전할 수 있는 냉혹한 곳이다. 그가 전쟁터에서 몸으로 익힌 실전 경험은 어느 누구도 따라올 수 없었다. 백전의 전투는 무인으로서 강철같이 단련되고 희로애락이 숙성되는 시간이었다. 신이 최영에게 무인의 길을 신탁(神託)으로 주었듯, 신은 친절했다. 노력하는 자에겐 기회를 주고 풍성한 열매를 맺을 수 있도록 해주었다. 수만 번 두드리고 다듬어 금강석을 한 개의 다이아몬드로 만들듯.

백전백승의 전투가 끝나자, 이 공으로 철권(鐵券, 훈공을 기록한 쇠로 만든 패)을 하사받았다. 최영은 단호하게 하사품을 물리쳤다. 재물 앞에선 내 것이라도 과하면 거부했다. 내 손에 떨어진 것 외에는 욕심을 가져본 적이 없다. 평생 아버지 유훈에 따라 눈길도 돌리지 않고 살아오지 않았던가. 더구나 무탁의 목숨과 바꾼 백전백승이었다. 대가를 어찌 받을 수 있을까. 천부당만부당 아니 될 일이었다.

붉은 무덤

# 15            황산대첩

봄이 무르익고 있었다. 눈만 뜨면 사방 천지에 윤사월 노란 송홧가루가 바람에 휘날렸다.

그 아름다운 고려 봄 강산에 다시 전운이 감돌고 있었다. 경상도와 전라도 근해까지 수를 헤아릴 수 없는 왜구들이 밤을 기해 기세 좋게 몰려오고 있었다. 고려 수군들 역시 몰려오는 왜구들을 눈 치우듯 파죽지세로 무찔러 나갔다. 맹렬히 추격하는 고려 수군에게 배를 잃은 왜구들은 돌아갈 길이 막혀버렸다. 겨우 뭍으로 올라온 왜구들은 경산, 상주를 쑥밭으로 만들고 운봉(雲峯, 현 남원)까지 진격했다.

늘 그랬다. 전쟁이 지나가면 언제나 그 피해는 고스란히 힘없는 백성들 몫이었다. 대항은 고사하고 주먹조차 그러쥘 힘이 없었다. 왜구들은 지나는 고을마다 승냥이처럼 달려들어 마구잡이로 짓밟았다. 노략질과 약탈은 극에 달했다. 이판사판이 된 왜구들은 잔혹했다. 굴비 엮듯 동아줄로 목을 묶어 끌고 가다 조금만 뒤처져도 사정없이 죽였다. 그 인명 피해의 참상은 차마 입으로 꺼낼 수도 없었다.

"양백연(楊伯淵), 이성계, 성석린(成石璘)은 어서 출동해 백성들을 구출하라."

조정에선 그 심각성에 급히 장수들을 급파했다. 워낙 명성을 떨치던 장수들이었다.

이성계는 수하 동북면 군단을 이끌고 출정했다. 이성계와 동북면 군단이 황산으로 도착하자, 천 명의 왜군들이 지리산의 좁고 험한 골짜기를 따라 뱀처럼 구불구불 기어오르고 있었다. 길은 가파르고 모진 산바람마저 사정없이 달려들었다. 날이 저물어가고 있었다. 어차피 싸움은 속전속결로 끝내야 할 긴박하고 난감한 상황. 잠시 지형을 살펴보던 이성계가 이지란(李之蘭)에게 급히 큰 소리로 명령했다.

"나는 이 언덕 쪽으로 갈 테니 너는 길을 따라 곧장 가거라."

"형님, 왜 길을 두고 그 후미진 골짜기로 가신단 말씀이오?"

이지란이 투덜거리자, 이성계는 피식 웃으며 말채찍을 힘껏 내리치고 협곡을 향해 말을 몰았다.

여진족 태생인 이지란은 귀화해 고려인이 된 인물이었다. 귀화하자 곧 이성계 수하에 들어가 부관이 되었다. 언행이 울뚝거리며 단정치 못하고 성정은 왈패처럼 수선스러웠다. 하지만 특출한 외모와 달리 용맹스런 무인의 기질을 갖고 태어난 사내였다. 이성계와 이지란의 관계는 서로 각별했고 호위무사시만 허심탄회하게 왈형왈제하는 사이였다.

과연 이성계의 예감은 적중했다. 골짜기마다 숨어 있던 왜구들이

득실거렸다. 삼면으로 황산(荒山)을 포위한 후 이성계는 다시 명령을 내렸다.

"말고삐를 단단히 잡고 말이 넘어지지 않게 하라."

호령과 동시 나팔을 불며 적진을 향해 뛰어들었다. 왜구들은 대군 수준의 무장을 갖춘 무리였다. 산비탈에서 피를 튀기는 난투가 시작되었다. 일몰 속에서 양편이 서로 뒤섞이며 아비규환이 돼버렸다.

그때였다. 이지란이 소리쳤다.

"영공! 뒤를 보십시오!"

고개를 돌리려는 찰나 왜군 장수가 이성계 등 뒤에서 막 찌르려 하고 있었다. 적장의 칼보다 이지란의 화살이 먼저 적장을 쓰러트렸다. 선봉을 섰던 적장이 죽자 이어 백마 탄 장수가 나타났다.

"아기바투(阿基拔都)가 나타났다."

달려 나온 무장은 소년장수였다. 한눈에 봐도 용모가 출중하고 비록 나이는 어리지만 용맹스런 모습이었다. 아기 같고 매우 젊어 아기바투라 부르는 장수라 했다. 애동대동한 사나이 아기바투가 정예군을 이끌고 맹렬히 공격해왔다. 어린 장수지만 한 치의 틈도 보이지 않았다. 오히려 굳은 결의가 온몸에서 햇빛처럼 빛나고 있었다.

소년장수 아기바투는 머리에 쓴 투구를 비롯해 쇠로 만든 갑의로 온몸을 감싸고 있었다. 숨 쉴 구멍 하나 보이지 않았다. 선봉에 서 있던 아기바투가 두려움도 없이 단호하게 큰소리를 쳤다.

"흥, 이성계가 무덤을 찾아왔군. 나를 따라 일제히 공격하라."

비록 적군이지만 이성계는 아까운 생각이 들었다. 용맹스러운 소년장수는 이성계의 성난 눈조차 유순하게 만들고 있었다. 탐나는 무인이었다. 아무리 전쟁터의 적장이라 해도 무인들에겐 상통하는 피가 흐르는 모양이다. 홍안의 소년무사, 그 뛰어난 기개에 탄복하고 있었다. '참으로 아깝다.' 어떻게 해서라도 죽이기보다 사로잡고 싶었다. 이성계의 안타까움을 아는지 아기바투는 더 악착같이 달려들었다. 전쟁터는 원래 냉혹한 곳, 이성계는 활을 들었다.

"온몸이 갑옷으로 감쌌으니 어찌 죽이지요?"

"너는 투구를 쏘아라, 나는 목을 쏘겠다."

이지란이 쏜 화살이 아기바투의 투구를 쏘아 떨어트리는 순간이었다.

"아아, 지리산 바람이 세차고 사납구나."

아기바투의 말이 채 끝나기도 전, 전광석화같이 날아간 이성계의 화살이 왜장 아기바투의 목을 뚫고 말았다. 소문처럼 화살 하나로 왜장의 목젖을 꿰뚫었다. 역시 신궁이었다. 이지란의 솜씨도 특출했지만 귀신도 꼼짝 못 한다는 이성계의 활 솜씨는 과연 신의 경지였다.

아기바투가 죽자 왜구들은 순식간에 추풍낙엽 신세가 되고 말았다. 왜구의 섬멸은 누워 떡 먹기였다. 쫓기는 왜구들이 황산에서 죽어가며 우는 소리가 마치 소가 우는 소리처럼 들려왔다. 전승으로 이끈 이성계의 황산대첩은 고려군에게 막강한 영향을 주었다. 이 전투로 이성계는 무장으로서 확고한 위치를 갖게 되었다. 고려에서 웅재대략(雄才大略)을 꼽으려면 최영과 이성계를 빼놓고 어찌 논할 수 있을까. 그들은 불세출의 전쟁 영웅이었다.

삼도도순찰사 이성계가 운봉 황산대첩을 승리로 이끈 뒤 개성으로 향하던 중 전주(全州)가 가까워 오자 말고삐를 잡고 말했다.

"기왕이면 오랜만에 종친들도 보고 승전을 자축하고 싶네."

본시 이성계는 전주 사람이었다. 그의 고조부 이안사(李安社)가 전주를 떠나기 전 살았던 이목대 건너편 오목대 너른 마당에서 종친들을 불러 승전 연회를 크게 열었다. 잔치가 한층 무르익어갈 때였다. 이성계가 벌떡 일어나 한고조(漢高祖) 유방(劉邦)이 불렀다는 〈대풍가(大風歌)〉를 호기롭게 불렀다.

큰 바람 일어나고 구름이 날렸다
위엄은 천하에 떨치고 고향에 돌아왔다
어떻게 하면 용감한 병사를 얻어 사방을 지킬까

〈대풍가〉를 듣는 순간 정몽주(鄭夢周)는 깜짝 놀랐다. 그는 이번 운봉 전투에 종사관으로 참전하고 돌아오는 길이었다. 이성계는 자신의 야심과 포부를 짐짓 〈대풍가〉를 통해 은근히 밝히고 있었다. 훗날 나라를 세우겠다는 이성계의 야심을 간파하자, 앞으로 전개될 고려의 암울한 운명이 번개처럼 스쳐갔다. 어찌할꼬. 어느새 정몽주의 등에선 쉴 사이 없이 식은땀이 흘러내리기 시작했다.

최영이 수시중에 올랐다. 전쟁에 나아가서는 장수가 되고, 조정에선 재상이 되었다. 문무를 겸비한다. 결코 쉬운 일이 아니었다. 끊고

맺음이 분명하고 일에 있어 과감하고 치밀한 성격인 최영은 그 비범한 일을 해내고 있었다. 우왕은 최영의 부모에게 추증(종2품 벼슬아치에게 죽은 부모나 조상에게 내리는 관직)을 내렸다.

수시중 최영은 더 바빠졌다. 언제나 애민의 마음으로 백성들부터 먼저 다독이려 동분서주했다. 바닷가 주군(州郡)의 조세를 삼 년동안 감면하는 한편, 나라의 평안을 위해 안양사 칠 층 전탑을 쌓기도 했다.

붉은 무덤

# 16

벽란도

예성강 하류에는 아름다운 나루 벽란도(碧瀾渡)가 있었다. 푸른 물
결이 넘실대는 예성강 하류는 푸른 물결이 마치 은빛, 금빛처럼 고운
나루였다. 아름다운 푸른 물결을 벗 삼아 먼 나라 낯선 배들이 수시
로 드나들었다. 아침저녁 먼 이역의 배들과 개경에서 황해도 연안, 해
주방면으로 오가는 배들로 항시 문전성시를 이뤘다. 중국 남조뿐 아
니라 동남아시아와 서아시아 소그드들이 수시로 분주하게 드나들었
다. 갓 도착한 상선에선 외모도 괴이한 외국 사람들이 저마다 분주히
짐을 내리고 있었다. 서역 사람들의 뱃길이 잦자, 낯선 이국의 문물들
이 빠르게 흘러 들어왔다. 날이 갈수록 벽란도는 개방적인 상업의 중
심지로 점차 발전해가기 시작했다. 벽란도는 지리적으로 수도인 개경
가까이 있으며, 동서양을 연결하는 교역의 요충지 역할을 톡톡히 하
고 있었다. 또 한편으로는 일찍부터 국제 무역항으로서 매우 역동적
으로 발전해가는 중이었다.

옛부터 중국 서쪽을 서역이라 불렀다. 중국 신장위구르자치구의 타림분지와 구소련, 중앙아시아인 서(西)투르키스탄 지역을 지칭하지만 인도, 중동, 로마까지 이에 속했다.

서역 상인이라 부르는 고대 서아시아 소그드인들의 모습은 특이했다. 덥수룩한 턱수염이 앞으로 뻗어 있고 코와 입이 유난히 컸다. 곱슬머리와 짧은 수염에 크고 깊은 파란 눈, 큼지막한 매부리코에 터번을 쓰고 발목까지 내려오는 긴 장옷을 입고 있었다. 이 낯선 서역인들과 어쩌다 마주친 아이들과 부녀자들은 그 생경한 모습에 무섭다고 기겁을 하며 서둘러 도망치기 바빴다. 낯선 상인들은 두려움과 불안의 대상이었다.

낯선 외국 상선들이 드나들자, 날이 갈수록 벽란도는 국제 무역항으로서 소통과 연결의 장으로 변모해갔다.

서역 사람들이 가져온 신기한 상아와 앵무새. 고려에는 없는 신기하고 진귀한 새로운 문물들은 고려 귀족과 평민들의 눈을 즐겁게 하는 한편 마음을 사로잡았다. 그뿐이 아니었다. 토양도 생활도 문화도 다른 외국 생활상을 볼 수 있는 계기가 돼주었다. 낯선 물건을 통해 예술적 안목과 문화적 취향까지 키워나갈 수 있었다.

"어머나, 어쩌면 비취색이 이리도 고울까?"

"꽃처럼 곱다 고와."

원나라 상인이 들고 온 부드러운 비단을 들고 기부인들은 저마다 입을 다물지 못했다. 자르르 흐르는 비단결에 아름다운 쪽빛과 비취색이 주는 그 오묘한 귀태. 마치 벽란도의 윤슬처럼 아름다웠다. 중원의 비단은 어느 사이 고려 귀부인들의 애호품으로 자리 잡고 있었다.

"우리 비단이랑 고려 인삼과 바꿉시다."

외국 상인들은 비단, 서적, 악기, 문구류를 팔고, 고려의 특산물인 인삼, 자기, 모시, 금, 은, 나전칠기를 주로 사 갔다. 그중에서도 원나라 문인들 사이에서 특히 귀하게 여겨 꼭 주문하는 품목이 있었다. 고려의 한지와 먹이었다. 백 번 손이 가 백지(百紙)라 부르는 한지(韓紙)는 명주 천처럼 곱고 보드라웠다. 한지는 일본의 화지(和紙), 중국의 선지(宣紙)에 비해 질기고 오래가는 특성을 갖고 있었다. 또한 고려의 한지와 먹은 천천히 스며들며 오래가는 특성까지 뛰어났다.

중원의 문인들은 그 특유의 담박하고 뛰어난 한지 위에 단아한 시(詩)를 쓰고 예스러운 수묵화를 그리는 고려의 강직한 선비들을 부러워했다. 마치 한지를 닮은 듯 고려의 문화마저 깊고 정갈한 우물 속을 보는 듯 아름답다고 칭찬을 아끼지 않았다.

바닷길을 이용해 문명을 소통시키며, 바닷길로 이어진 새로운 문화를 창출해내자, 벽란도는 외국 문화의 영향을 받는 문화 교류의 연결통로 역할까지 하고 있었다. 아울러 해상이란 길을 통해 경제 번영과 동시 진취적인 문화까지도 고려는 적극 받아들이기 시작했다.

파란 눈의 서역인이 처음 등장한 것은. 백제와 신라에 불교를 전해준 묵호자(墨胡子)와 마라난타(摩羅難陀)부터였다. 그들은 인도에서 출발해 중국을 거쳐 한반도에 들어왔다. 피부가 검은 묵호자는 서역 계통의 승려였다. 그는 불교사상과 건축, 조각품 등 다양한 불교문화를 전해주는 교류자 역할까지 했다.

고려는 오래전부터 불교를 숭상해 격조 있고 아름다운 고유문화를 간직하고 있었다. 역사와 전통을 간직한 탓일까. 일찍부터 인지가 깨어 문화 역시 독창적이고 아름다웠다. 문화를 향유하는 수준도 높은 경지에 올라 있었다. 뛰어난 문화를 간직한 나라답게. 경사스런 혼례나 생일잔치에 모란병풍을 치고, 부귀영화를 염원하는 아름다운 풍습이 존재했다.

벽란도는 바다 무역길을 통해 고려의 경제 번영을 가져다주었고. 고려의 뛰어난 예술이 빛을 발하며 세계로 나아가는 지름길이 돼주고 있었다.

외국 문물이 일찍 정착하자, 벽란도를 중심으로 우후죽순처럼 집들이 들어섰다. 처마와 담장이 서로 맞닿은 채, 길에는 점포들이 성행했고 노랫소리가 밤낮으로 끊이지 않았다. 벽란도는 낮이나 밤에도 늘 활기와 흥취가 넘쳐났고 파시(波市)처럼 흥청거렸다. 예성강 나루를 중심으로 다양한 나라와의 교류가 성행하자, 고려는 더 부유해지고 개방적인 나라로 나날이 변모해가고 있었다. 많은 사람과 진기한 물건들이 나가고 들어오는 나루터. 그런 연유일까. 벽란도에는 예성강 하류를 따라 많은 이야기가 흘러가고 흘러왔다. 그중에서도 벽란도 뱃사공들이 심심하면 소환하는 〈예성강곡〉 이야기가 회자되고 있었다.

해상무역 상인 중 하두강이란 사람은 일찍부터 벽란도를 드나들었다. 어느 날 벽란도에서 물물교환이 끝나고 돌아가는 길이었다. 그의 눈에 아름다운 여인이 눈에 들어왔다. 보는 순간 한눈에 반해버렸다. 급히 사람을 시켜 그 여인에 대해 알아보게 했다. 초조하게 기다리는 하두강과 달리 심부름꾼은 한참 만에 돌아왔다.

"남편이 있는 유부녀입니다."

이미 마음이 뺏긴 하두강은 도저히 단념할 수 없었다. 수소문 결과 그 여인의 남편이 바둑을 좋아한다는 사실을 알아냈다. 속으로 손뼉을 치며 기뻐했다. 바둑이라면 일가견이 있었다.

"듣자 하니 바둑을 잘 두신다니 우리 내기 바둑 한 판 둡시다."

속 모르는 남편은 선뜻 응했다. 자신보다 하수인 남자를 보고 하두강은 회심의 미소를 지었다. 처음에는 져주는 척하다 막판에 치고 들어갔다. 갖고 있던 재물을 다 잃자 여인의 남편은 한탄을 하고 있었다. 그때 마침 지나가는 사람이 농담을 건넸다.

"그리 분하면 마누라를 걸든지."

이 말에 하두강은 짐짓 고개를 저었지만 남편은 맞장구를 치며 다가앉았다. 자신 있는 듯 선뜻 아내를 내기에 걸었다.

"그거 좋은 생각이오."

"어허, 이렇게 운수가 좋을 수가."

연거푸 지자 그제사 바둑알을 쥔 남편은 손을 떨기 시작했다.

"자, 이제 떠날 시간이 되었네. 바둑 잘 두었소."

하두강은 순식간에 여인을 태우고 떠나버렸다. 그때 떠나는 아내를 향해 남편이 애끓는 심정으로 부른 노래가 〈예성강곡〉이었다.

야심으로 아름다운 여인을 차지한 하두강은 뱃전에 오르자 짐승으로 변해버렸다. 아무것도 보이지 않았다. 보이는 것은 오직 어여쁜 여인의 얼굴과 어릿어릿 비치는 아리따운 몸매. 저 가는 허리. 색정에 미친 한 마리 짐승처럼 달려들었다. 어차피 죽은 목숨이었다. 사내가 달려들수록 여인은 죽기를 각오하고 물속으로 뛰어들었다. 물에서 여인을 끌어올리기를 수차례 반복하자, 물에 젖은 여인의 모습은 더 요염하고 아름다웠다. 볼록한 젖가슴과 잘록한 허리, 알맞게 살이 오른 둔부가 주는 자태는 사내를 더 현혹시켰다. 사내는 끓어오르는 욕정을 주체치 못하고 여색에 굶주린 색마처럼 결사적으로 여인을 덮쳤다. 사내가 덤벼들수록 한사코 여인은 물속으로 몸을 날렸다. 겨우 끌어올린 기진한 여인을 능욕하려는 순간이었다.

갑자기 지금까지 잔잔했던 바다가 한순간 거세지며 한 발짝도 배가 나아가지 않았다. 물살은 거칠어지고 하늘은 온통 먹구름에 휩싸이기 시작했다. 파도마저 금방이라도 집어삼킬 듯 사납게 요동치고 있었다. 앞을 가리는 물보라와 무서운 흔들림에 사람들은 우왕좌왕하며 한순간 난장판이 돼버렸다. 마침 배 안에 점을 보는 사람이 있었다. 급히 점괘를 쳐보던 점쟁이의 안색이 하얗게 변했다.

"정절을 지키는 여인에 감동한 용왕신이 배를 붙들고 있습니다."

"용왕이 노하셨다니 우리는 이제 다 죽었네."

"아무리 야욕이 중하지만 내 목숨보다 더하겠소."

여색을 찾아 헐떡이던 사내는 사람들의 웅성거림에 화들짝 놀랐다. 용왕의 비호를 받는 여인. 바다의 용왕이 노했다. 그 순간 들불처럼 끓어오르던 색정이 갑자기 싸늘하게 식는 동시 소름이 돋았다. 하잘것없는 한낱 필부의 정절이라고 우습게 보고 욕정을 채우려 야수처럼 달려들지 않았던가. 고려 여인의 정절 앞에 고개가 절로 숙여졌다.

"여인을 돌려보내겠으니 노여움을 푸십시오."

신기하게도 배가 천천히 움직이기 시작했다. 하두강은 예성강 하류에 여인을 내려놓고 뒤도 안 돌아보고 사라졌다. 그 후부터 예성강 뱃사공들은 〈예성강곡〉을 따라 부르며 그 여인의 굳은 절개를 칭송하고 있었다.

고려의 수도 개경은 벽란도를 통해 풍요를 누리고 있었다. 그중에서도 개성인삼은 특별했다. 자고 나면 날개 날린 듯 팔려나갔다. 고려인삼은 부르는 게 값이었다. 인삼 무역이 점점 커지며 상거래가 활발해지자, 시전(저잣거리)은 흥청거리고 질서가 문란해지기 시작했다. 여기저기 기루(妓樓)가 생기고 불야성을 이룬 거리는 낮보다 밤이 더 화려했다. 매일 밤 초각(草閣, 도선을 관리하는 관원들이 머무는 숙소)에서도 녹의주(綠蟻酒, 동동주)를 놓고 하급관리들조차 흥청거렸다.

어느 날 명신 이제현은 늦은 밤 마침 벽란도를 지나가게 되었다. 흥청거리는 시전 풍경과 초각의 관원들. 아름다운 예성강 나루 벽란도를 보며 이런 시를 읊었다.

강변인가 지붕 위에 소복이 쌓인 눈
포구의 돛대에는 바람소리만 요란하다

이따금 초각에 올라 남쪽 창문 활짝 열면
저 멀리 보이는 아득한 구름, 바다
은실처럼 가는 생선회 썰어놓고
향기로운 녹의주를 마시네
목청 높여 예성강곡 한 곡 부르니
하두강의 창자가 끊어지누나

봄이 가고 불볕더위 속 팔월에 접어들자, 개경의 물가는 자고 나면 날개가 달린 듯 치솟았다. 상인들은 서로 이윤을 남기려 크고 작은 다툼이 끊이지 않고 일어났다. 민심이 몹시 각박해지며 어수선해지고 있었다.

이를 보다 못한 최영은 시전의 치안 유지를 위해 남대가 입구에 경시서(京市署)를 설치하고 강력히 단속했다. 경시서는 문종 때 처음 설치한, 유통 질서를 관리 감독하고 상행위도 엄격히 단속하는 기관이다.

"모든 시전 물건은 경시서로 하여금 가격을 정하고 세인(稅印)을 찍은 후 매매하라. 만일 어길 시는 척추를 쇠갈고리로 당겨 죽이겠다."

최영은 큰 소리로 엄령을 발표한 후 경시서 앞에 쇠갈고리를 내다 걸었다, 이후 상인들의 매점매석이 줄자 행해지지는 않았다.

다락같이 올라가는 개경 물가에 백성들의 생활은 더 곤궁해져갔다. 나라가 혼란해지면 물가 역시 폭등하는 것이 세상 인심이었다. 최

붉은 무덤

영은 무장다운 결단력과 강력한 행정력으로 물가를 조정시켰다. 그에게는 오직 백성들의 민생 안정과 안위가 최우선이었다.

최영은 언제나 좌불안석으로 항시 비상상태였다. 어느 때 왜적이 쳐들어올지 모르는 상황. 이럴 때일수록 군량미 확보가 시급다고 생각했다. 군사들의 군량미만큼은 절대적이었다. 최영은 선뜻 녹봉에서 곡식 팔십 섬을 내어 군량미로 충당하도록 명했다. 무장에게 군량미는 생명처럼 소중했다. 아무리 최고의 재상에 올라도 최영은 뼛속까지 철저한 무인. 오로지 전쟁, 전쟁에 이겨야 고려가 존재한다는 일념뿐이었다.

# 17

직언직설

우왕이 왕위에 오른 지 십 년의 세월이 지나갔다.

그사이 백성들의 삶은 더 피폐해졌다. 민생은 언제 폭발할지 모르는 화약고 같았다. 악화일로의 와중에도 임금과 권신들은 흥청거리고 있었다. 권신들은 미곡을 매점매석해 곳간 쌓기에 바빴다. 권신이란 작자들이 백성의 고통은 외면한 채 내 배만 기름지게 하다니, 최영은 절대 용납할 수 없었다. 어전회의가 끝나고 돌아가려는 대신들을 향해 최영이 소리쳤다.

"권력은 당신들 것이 아니오! 백성과 함께 누려야 진정한 권신이고 권력임을 명심들 하시오."

가을로 접어들자 오 년 만에 수창궁 공사가 끝났다. 그토록 우왕이 바라던 공사였다. 낙성을 죽하하는 자리에서 우왕이 말했다.

"큰집이 오 년 만에 이뤄졌소. 경들에게 어찌 보답해야겠소?"

그러자 최영이 발끈하며 나서서 간언을 아뢰었다.

"누에가 뽕잎을 갉아 먹듯 왜구가 잠입하고, 전제(田制)가 문란하여 민생들은 곤하고 지쳐 있사옵니다. 언제 나라를 잃을지 모르는 상황에 대신들과 사냥이나 즐기며 이리 놀기만 하시니. 신(臣)은 장차 누구를 바라보고 신하의 직분을 다하겠습니까."

그의 신념은 언제나 확고했고 직설적이었다.


어느 날 우왕과 최영이 함께 교외로 사냥을 나가게 되었다. 주색잡기에 빠져 정신없는 왕은 아직도 길들이지 않은 부룩송아지 같았다. 보다 못한 최영이 또 간언을 했다.

"충혜왕께서는 여색을 좋아했으나 반드시 밤에만 즐김으로써 이목을 피했습니다. 충숙왕께서는 놀러 다니기를 좋아했으나 반드시 농사철을 피해 백성들에게 원성을 사지 않았습니다. 지금 전하께서는 절도 없이 노시다가 몸을 상하셨는데, 제가 재상 자리에 있으면서 바로잡지 못했으니 무슨 면목으로 남들을 대하겠습니까."

우왕이 최영의 간언을 듣고 귀로에 올라 연안부(현 황해도 연안) 대지를 지나는 중이었다. 갑자기 우왕이 한가롭게 명을 내렸다.

"여봐라, 모두 말을 멈추고 고기 노는 것을 구경하고 가자."

우왕의 말이 끝나기 무섭게 최영이 왕의 말 앞을 가로막고 나섰다.

"아니 되옵니다. 많이 지체되었사옵니다. 그동안 저희 휘하 사졸들이 수천이 넘는데 말이 많이 죽고 더욱이 공급을 변통하지 못하였나이다. 그런데 갑자기 작은 고을에 들르면 백성들의 고통과 피해가 막대하리라 사료되옵니다. 명을 거둬주소서."

최영의 간언에 우왕도 어쩔 수 없었다. 귀경하는 우왕의 등 뒤로 매섭고 차가운 이월의 날파람이 빠르게 지나가고 있었다.

옛말에도 직신(直臣)은 있어도 직군(直君)이란 말은 없었다. 다만 명군(明君)에 직신이라 했다. 임금이 명군이 되려면 신하의 곧음과 곧지 못함을 정확히 분별해야 한다. 공민왕 때도 간언을 하다 유배를 갔던 최영이었다. 또 유배를 가더라도 직언을 해야 할 것 같았다.

간언에는 정간(正諫), 항간(降諫), 충간(忠諫), 당간(當諫), 풍간(諷諫)이 있다. 에둘러 간언하는 풍간을 제외하고 모두 정면으로 간언하는 것을 뜻한다. 최영은 간언이 필요하면 풍간을 피해 꼭 직간을 택했다. 타고난 강직한 충성심을 알고 있는 현명한 임금 공민왕은 최영을 난세의 영웅으로 만들었다. 철없고 아둔한 우왕은 그걸 모르고 있었다. 어리석은 임금은 직신의 충간을 외면하려 했다. 임금이 직신의 충간을 멀리하는 것은 망국의 길로 가는 지름길이라고 하지 않던가.

점점 무능해지는 왕과 달리 왜구의 침입은 갈수록 더 빈번해졌다. 나라의 존망이 바람 앞에 촛불처럼 흔들리고 있었다. 어느 순간부터 우왕은 신변의 위험을 느끼자, 도성을 옮기고 싶은 마음이 생겼다. 조정에서도 대신들 사이에서 도성을 옮기자는 의견이 슬슬 나오기 시작했다.

"재변이 심하니 노성을 철원으로 옮기려 하오."

우왕의 말이 끝나기도 전에 최영은 그 곧은 성격으로 불같이 반대하고 나섰다.

"도성은 함부로 옮기는 것이 아니옵니다. 개경은 선대 임금님들의 혼(魂)이 깃든 곳으로 알고 있사옵니다."

"도성을 철원으로 옮깁시다."

재상들까지 천도를 주장했다. 최영은 결사반대하고 나섰다. 직언을 하는 최영의 말투에는 시종일관 직선적이고 확고한 신념이 담겨 있었다. 아마도 그 원천에는 평생 일상이 전쟁이었던 무인의 삶에서 기인한 듯. 그렇다 해도 최영이 놓치고 있는 것이 있었다. 직언직설을 해야 할 경우 자기주장만 고집하지 말고 적당히 밀고 당기고 주고받는 노련함이 필요하다. 최영의 불같은 성정은 때때로 이 부분을 망각하고 있었다.

"내가 개경을 굳게 지키겠소."

하는 수 없었다. 선대를 충직하게 모신 노 재상의 간언이 아닌가. 도성을 굳게 지키겠다는 최영의 결사반대에 우왕은 철원 천도의 꿈을 접었다. 최영은 철원 천도 반대와 함께 교동과 강화 일대의 사전(私田)을 혁파해 군자금으로 충당하게 하는 한편, 도성 방비를 더 철저히 강화했다.

# 18

# 칼날이 꺾이다

"전하, 무슨 분부로 신(臣)을 찾으셨나이까?"

"공의 여식을 내 비(妃)로 주시오."

갑자기 딸을 달라니 뜻밖이었다. 최영으로서는 내키지 않는 혼사였다. 아무리 왕비가 된다 한들 반갑지 않았다. 선뜻 받을 수가 없었다. 최영은 본처 소생이 아니라는 점을 들어 난색을 표했다.

"전하, 불가하옵니다. 제 여식은 본처 소생이 아니옵니다."

"알고 있소."

딸의 어머니 은씨는 최영의 정실 부인이 아니기에 딸은 서녀였다. 며칠 후 최영의 부하 정승가(鄭承可)와 안소(安沼)가 찾아왔다.

"따님을 주십시오."

최영이 굳은 얼굴로 말이 없자, 이번에는 안소가 나섰다.

"따님이 왕비가 되시면 전하도 든든하실 것입니다."

"왕이 부왕(공민왕)처럼 살해될까 두려워 최영의 딸을 왕비로 맞는

다네."

이때 백성들 사이에선 뜬소문이라 치기엔 제법 그럴듯한 소문이 바람처럼 떠돌아다니고 있었다. 사실 의지가지없는 우왕으로서 최영은 보호자로 안성맞춤이자 적임자였다. 최영은 왠지 내키지 않았다. 매사 충동적이고 돌발적인 성향의 소유자인 우왕이 아닌가. 애지중지 키운 딸이었다. 임금의 장인도 반갑지 않았다. 그보다 대대로 명망 있는 선비 집안에 출가시켜 조용히 살게 하고 싶었다.

사람들은 자신의 안위를 위해 기회주의자가 되기도 하고, 때로는 영악한 계산도 빨리 하는 습성을 지니고 살아간다. 우왕에게도 그런 습성과 정치적 안목은 있는 듯, 나름의 계산을 하고 있었다. 사사건건 자신의 만행을 간하는 최영을 정치적 후견인으로 삼을 수 있는 절호의 기회였다. 혼사로 걸림돌도 제거하고 든든한 장인을 곁에 둔다. 생각만 해도 흐뭇했다. 결국 우왕의 뜻대로 뜬소문이 사실처럼 혼사는 이루어졌다. 최영의 딸은 왕비가 되고 영비(寧妃)란 봉호를 받았다.

시대가 변하고 있었다. 세상의 변화는 고려 뜻대로 흘러가지 않았다. 삼국의 빛과 어둠이 토양이 되어 세워진 왕조가 고려였다. 선대는 비교적 평온했고 역사에 길이 빛날 찬란한 문화를 융성시켰던 왕조. 강대국 사이에서 끊임없이 외침을 겪는 와중에서도 고유의 예술과 문화를 발전시켰다. 그랬던 나라가 지금 안으로도 매우 불안정하고 외세의 지속적인 침략으로, 고려 역사상 가장 혼란스럽고 불행한 시기를 맞았다.

대륙 중원에선 원나라가 몰락하고 명나라가 새롭게 패권국으로 부상했다. 원의 마지막 세력이었던 납합출(納哈出)이 명나라에 패하자 고려는 친명 노선을 선택할 수밖에 없었다. 명과 국경을 맞대고 있는 고려에겐 위기였다. 처음 몇 년간은 외교 마찰 없이 잘 지내고 있었다. 겉으로는 화친을 내세우고 있지만 명나라가 고려 영토를 침범할 수 있다는 불안감이 늘 따라다녔다. 고려의 불안은 적중했다.

명나라는 먼저 우왕의 책봉을 빌미로 막대한 공물을 요구하고 나섰다. 역대 중국 왕조와 그 주변국들은 조공 책봉 관계를 유지하며 생존을 유지해왔다. 즉위한 군주를 공인하고 책봉해주는 대가로 중국 왕조들은 조공을 요구했다. 말을 비롯한 금·은·포 등 공물양은 실로 어마어마했다. 대세는 이미 명이 장악하고 있었다.


어느 날 밤부터 꿈에 한 낯선 사내가 나타났다.

그 사내는 간헐적으로 찾아왔다. 사내는 말이 없었다. 그저 물끄러미 최영을 바라보다 사라졌다. 그 사내가 사라지면 어지러운 꿈속을 헤매곤 했다. 헛소리를 지르며 누군가를 불렀다. 자신도 모르는 누군가를 간곡히 찾고 있었다. 어느 때는 어딘가 멀리 가는 자신의 모습도 보였다. 그때마다 발걸음 따라 비바람과 폭풍이 쳤다. 갑자기 검고 짙푸른 파도가 최영을 향해 덮쳐올 때도 있었다. 물러서려 하자 파도는 더 맹렬히 최영을 향해 할퀴듯 달려들었다. 소리치다 잠이 깨면 그토록 생생하고 절박했던 꿈들은 먼지처럼 흩어졌다.

간헐적으로 찾아오던 사내가 며칠째 연이어 찾아오기 시작했다.


붉은 무덤

그 사내의 낯빛은 창백하다 못해 푸른 기가 돌았다. 어떤 날은 사지가 갈가리 찢긴 채 유혈이 낭자한 몸으로 찾아오기도 했다. 기골이 장대한 사내가 피투성이 옷을 추켜세우며 서 있을 때도 있었다. 그 사내는 몹시 지치고 허기진 모습이었다. 이어 알 수 없는 소리를 연신 흥얼댔다. 마치 오래전 잊혀진 슬픈 시간을 유랑하듯 어둠 속을 떠돌아다니다 가뭇없이 사라지곤 했다. 그러던 어느 날부터 꿈이 깨는 순간, 그 낯선 사내의 모습에서 뭔가 불길한 예감이 어른거려왔다.

때는 이제 막 원나라가 멸망하는 종말의 시대이자 명이 건국되는 대전환의 시기였다. 누구도 선뜻 미래를 점칠 수 없는 암흑 같은 시절이었다.

새로 건국한 명나라가 다시 통보해왔다. 철령 이북 땅은 자기네 영토이니, 자신들의 요동부에 예속시키겠다고 강력히 주장하고 나왔다. 원명 교체의 혼란스런 여파가 고려까지 미치고 있었다. 고려와 명나라 사이에 팽팽한 긴장감이 돌기 시작했다.

이 소식을 접한 고려는 급히 군사력을 강화하는 한편, 문천, 고원, 영흥, 정평, 고흥, 공험진이 고려 영토임을 밝혔다. 결국 사신을 파견하게 되었다. 사신 설장수(偰長壽)가 명나라 황제의 성지를 가지고 돌아왔다. 명은 오히려 사신에게 철령까지 내놓으라고 으르렁대며 호통을 쳤다는 것이다.

"철령 이북 지역을 모두 명나라 땅으로 귀속시켜라."

요동에서 철령까지 칠십 참(站)을 두는 철령위(鐵嶺衛)를 설치하겠다는 정식 통보였다. 뒤이어 북면과 그 일대 거주민인 고려인, 한인, 여진 백성들까지 귀속시키겠다고 재차 통보를 보내왔다.

원래 이 땅은 고려의 땅이었다. 14세기 중엽 반역자들의 투항으로 한때 원나라 지배에 속했지만 고려에 수복된 지 오래였다. 새삼 명이 철령위를 설치하면 고려는 철령 이북의 땅을 잃게 된다. 고려로선 마른 하늘에 날벼락을 맞은 꼴이 되었다.

압록강 서쪽의 영토 회복을 숙명처럼 여기며 살아온 무인이 최영이었다. 당연히 반발하고 나섰다. 철령 이북 땅을 수복할 때 전투에 참가했던 최영. 그의 머릿속에는 언젠가 꼭 고구려와 발해의 영토였던 요동을 수복하고자 하는 커다란 계획을 세우고 기회를 기다리고 있었다. 고려는 그런 속내로 원을 배척하고 만일을 대비해 일관되게 친명정책을 유지해왔었다. 친명파인 신진사대부들도 적극 동조했었다. 세상이 바뀌자 이제는 명나라가 오히려 친화를 빙자해 고려를 위협하는 존재가 돼버렸다. 원이 멸망하고 명이 들어서는 사이 고려는 엄청난 물자를 명나라에 수탈당했다. 영토 문제는 공물 문제와는 차원이 다른 매우 중요하고 긴박한 사항이었다.

급히 어전회의가 열렸다. 대다수 불가 의견과 일단 화친으로 교섭하자는 의견이 나왔다. 며칠 후 다시 어전회의가 열렸다. 명나라와 화의를 하되 철령 이북 땅은 내줄 수 없다. 회의 결과 밀직제학(密直提學) 박의중(朴宜中)을 신성사(陳情使)로 파견해 철령위 설치를 철회토록 요구했다. 이어 전국 오도의 병적을 만들고 성을 수축하라고 명령했다. 서북 방면에 군사를 집중 배치하여 명나라의 급습에 대비하였다. 이

붉은 무덤

때 공산부원군(公山府院君) 이자송(李子松)이 강력히 반대하고 나섰다.

최영은 전쟁 준비를 하면서 이자송을 죽여 걸림돌을 미리 제거해 버렸다. 최영의 생각은 오로지 요동 정벌에 있었다. 고려가 더 번성하기 위해 꼭 필요한 땅이었다. 그 땅이 어떤 땅인가. 공민왕이 회복한 철령 이북 땅을 다시 명나라에 반납하라니 생떼였다. 명나라는 세력 확장을 위해 호시탐탐 기회를 엿보고 있었다. 고려 역시 절호의 기회였다. 원과 명이 대립하는 사이 주인 없는 요동 땅을 다시 찾아온다. 생각만으로도 배가 불렀다. 우왕은 최영의 요동 정벌론 받아들였다. 어떤 수단 방법이라도 동원해 명나라를 쳐야 했다. 절박하고 화급한 상황이었다. 그러나 세상은 최영의 생각과 다르게 흘러가고 있었다.

명나라 황제 주원장은 어떤 인물인가. 천민에서 온갖 풍상을 겪고 제위에 오른 사람이었다. 그의 야심은 이 기회에 확고하게 요동을 명나라로 귀속시키려는 검은 속셈을 품고 있었다. '흥, 그까짓 고려쯤이야.' 코웃음치고 있었다. '원나라 땅은 이제 명나라 땅이야.'

팽팽한 긴장감이 돌기 시작했다. 이 절체절명의 순간 이성계가 뜻밖에 북진정책을 반대하고 나섰다. 요동 정벌 사불가론을 주장했다.

1. 작은 것으로 큰 것을 거슬리는 일은 불가합니다.

2. 여름에 군사를 동원하는 일이 불가합니다.

3. 거국적으로 멀리 공격을 나가니 왜구가 그 빈틈을 틈타 침략할 것이 우려되니 불가합니다.

4. 마침 장마철이어서 활과 쇠뇌의 아교가 느슨하고 대군에 질병

이 돌 것이니 불가합니다.

들고 보니 이성계의 의견에도 일리가 있었다. 전쟁에 출정하기 전 지략이 우선 아닌가. 빨리 무찌르는 것도 중요하지만 정복하고 뺏고자 할 때 정확한 판단은 필수였다. 우선 한서, 기근, 홍수, 역질을 먼저 치밀하게 생각할 필요가 있었다. 이성계의 불가론을 들은 우왕은 고개를 끄덕이며 수긍하는 듯했다. 최영의 입장에선 한가하게 여유나 부리는 것 같았다. 그때 최영이 강력히 요동 정벌을 주장하며 반대의견을 아뢰었다.

"전하, 신의 생각은 명나라가 비록 큰 나라지만 내란이 끊이지 않고 아직 나라의 틀이 잡히지 않아 두려울 것이 없습니다. 요동은 곡창지대이므로 여름에 공격하면 군량미를 얻게 됩니다. 특히 명나라 병사들은 우기에 싸움을 기피하는 자들입니다. 선왕의 반원정책 그 뒷면에는 옛 고토 요동 수복의 간곡한 꿈이 있었사옵니다. 아니 되옵니다. 요동 정벌은 선왕께서도 이루시려던 일이지 않습니까. 지금이 기회입니다."

이성계가 다시 반대하고 나섰다.

"요동 공격이 불가피하시다면 잠시 군대를 서경에 머물게 한 후 군량을 충분히 마련해 가을에 출병하는 것이 옳을 줄 아옵니다."

이성계의 의견도 맞는 말이었다. 우선 급히 요동 정벌을 계획하다 보니 군비도 군량도 부족한 상태였다. 그럼에도 최영이 주장을 굽히지 않는 이유도 분명히 존재했다. 요동에 주둔한 명이 원을 공격하는 순간 고려군이 기습공격을 한다. 만일 원이 고려를 후원해줄 경우 요

붉은 무덤

동 정벌이 성공할 수 있다는 확신을 갖고 있었다.

"이미 군사를 징발했고 요동 정벌을 반대하던 이자송은 처형되었소."

우왕 역시 요동 정벌 의지를 굽히지 않았다. 고려의 옛 영토를 회복하고 자주성을 회복하겠다는 최영의 뜻을 우왕은 같이하고 있었다. 나라가 위기에 처했을 때, 군신(君臣)이 어떤 책무와 선택으로 나라와 백성을 책임질 것인가. 그것이 그 나라의 운명을 좌우할 수 있다.

이성계의 목소리에서 강한 불만이 배어나왔다. 반박하는 최영의 목소리도 심한 분노로 떨리고 있었다. 큰일을 앞두고 협업을 해도 승산을 모르는 일이었다. 서로 단합해도 어려운데 분열과 반목이 쌓여가니 세상에 이런 곤혹스러운 일이 있을까. 지금은 저마다 각자의 자리에서 헌신하며 조화를 이뤄야 할 상황이 아닌가. 최영은 뚝심으로 혼신을 다해 버티며 참고 있었다. 이 위기의 순간, 이성계와 최영 그리고 우왕을 바라보는 권신들. 은근히 고려 왕조를 비방하는 모습도 낯설게 느껴졌다. 그들의 얼굴에는 이미 고려를 향한 충성이란 존재하지 않은 듯 태만하기까지 했다. 고려 왕조의 번성과 생존 대신 일신영달만을 꾀하려는 권신들뿐이었다.

언제부터인지 최영은 고개가 갸웃거려졌다. 이상하다. 갑자기 왜 이런 생각이 들까. 전쟁터를 함께 누빈 사이가 아닌가. 최영을 바라보는 이성계의 냉랭한 시선에서 알 수 없는 거리감이 느껴졌다.

자신처럼 이성계도 워낙 개성이 강한 무인이었다. 한 나라의 무장이요, 재상은 사직의 안위와 생민(生民)의 사활(死活). 죽느냐 사느냐 그 문제가 우선이고 상식이요 순리가 아닐까. 이성계가 뱉는 부정적 말과 냉소 띤 눈빛이 주는 어두운 그림자가 자꾸 눈앞을 가로막고 있었다.

요동 정벌은 고려에겐 원명 교체기의 혼란을 노린 야심찬 계획이었다. 마침내 우왕은 요동 정벌을 명했다. 이성계는 분개심이 일었다. 그 분개심은 이성계의 성난 가슴속을 사정없이 파고들었다. 우왕과 최영의 강력한 주장에 결국 이성계는 타협했다.

마침내 요동 정벌군의 진용이 갖추어졌다. 최영은 팔도도통사, 좌군도통사 조민수(曺敏修), 우군도통사에 이성계가 각각 임명되었다. 오만의 병사와 이만 필의 말이 동원된 이차 요동 정벌이 시작됐다.

역사상 유례가 없는 다수의 전쟁을 치르던 시절. 걸출한 무장 최영은 그 중심에 늘 있었다. 최영에겐 전쟁은 운명이자 숙명이었다. 지력과 무력도 출중했지만, 그보다 실전 경험이 풍부한 용맹스런 장수였다. 그 많은 반대를 무릅쓰고 무리한 출정을 강행한 정벌이 아니었던가. 최영의 목소리에선 자신감이 넘쳐흐르고 있었다.

"경이 북쪽으로 가면 내 옆을 누가 지켜주는가. 나와 함께 남아 평양을 지킵시다."

우왕은 한사코 매달렸다. 간곡히 우왕의 청을 거절하자, 출정을 서두르는 팔도도통사 최영의 앞을 가로막고 나섰다.

삶에는 직선으로 직진과 때때로 우회하는 곡선이 공존한다. 삶이란 원래 계획을 해도 예측한 대로 흘러가지 않았다. 중요한 순간 어느

붉은 무덤

것이 옳고 그름을 떠나 무엇이 우선이고 적절한지 깨닫는 지혜가 우선 필요했다.

"아바마마께서 밤에 주무시다 해를 당하셨는데, 나도 경계하지 않을 수 없소."

우왕에겐 탐라 목호의 난 당시 부왕(공민왕)의 시해가 상처로 각인되어 있었다. 군주나 장수가 중대사를 앞두고 반드시 명심해야 할 것은, 전략적으로 사고하고 전략적으로 행동해야 살아남을 수 있다는 것이다. 한순간도 방심해선 안 된다. 더구나 자신의 안위나 가족의 정에 끌리면 대의를 그르칠 수 있다. 단호하고 냉철하게 외면해야 하는 순간, 목숨보다 더 중요한 일을 우왕과 최영은 잊고 있었다.

요동 정벌은 공민왕과 자신의 오랜 꿈이자 책무였다. 가장 중요한 목 밑에서 정작 최영은 출정하지 않았다. 아니, 할 수가 없었다. 일생일대의 결정적 실수와 과오를 저지르는 이율배반적인 결정을 하고 말았다.

인간은 역시 신(神)이 아니었다.

전쟁 앞에선 누구보다 냉철한 장수 백전백승의 최영도, 자식을 둔한 아비에 불과했다. 팔도도통사로서 요동 정벌을 지휘해야 할 최영이 불참하자, 모든 지휘권은 이성계와 조민수의 손으로 들어갔다. 더구나 요동 정벌 반대 의사를 주장하는 이성계가 아닌가. 요동 정벌은 이성계를 위해 차려진 밥상이 되고 마치 고양이에게 생선을 맡기듯, 최영은 위화도(威化島) 회군(回軍)의 단초를 제공한 장본인이 되고 말았다.

조민수와 이성계는 요동으로 향했다. 한편 최영과 우왕은 전군을 지휘한다는 명목으로 평양에서 대기하고 있었다.

개경을 떠난 조민수와 이성계는 오월에 위화도에 당도했다. 때맞춰 큰비가 내리기 시작했다. 순식간에 강물이 불어나 길이 막히자, 물살이 센 압록강을 건너가기는 도저히 불가능해 보였다. 장마가 시작되자, 압록강 물살이 불어 익사자들도 속출하였고 군수 조달이 끊겨 식사도 제대로 할 수 없었다. 급박한 상황에 처하자 정벌군의 사기도 급격히 저하되었다. 위화도를 가는 도중 병사들의 도망도 잇달아 나왔다. 이유도 잘 모른 채 동원된 병사와 나라를 지키겠다고 자원한 병사의 사기는 차원이 달랐다. 전역에서 끌어 모은 정벌군의 간근(幹根)은 대다수가 호락질 농민들이었다. 전쟁을 치른 실전 경험은커녕 함께 싸워본 적도 없는 신병들이니 제병 협동이 제대로 되지 않았다.

"지금이 농사철인데 나는 도망가겠네."

하나씩 둘씩 삼사오오 도망치기 시작했다.

이성계와 조민수는 어쩔 수 없이 평양에서 대기하고 있던 우왕과 최영에게 회군할 것을 건의하였다.

한편 최영은 평양에서 압록강을 건넜다는 소식만 애타게 기다리고 있었다. 이성계의 회군이라는 한 걸음 퇴보가 백 걸음의 결과를 가져온다는 사실을 미처 깨닫지 못하고 있었다. 기다림은 언제나 희망과 좌절 사이 그 어딘가를 서성거렸다. 기다리다 지친 최영의 눈초리가 초조하게 흔들렸다. 온몸이 전율하는 이 불길한 예감은 무엇일까?

드디어 기다리던 소식이 날아들었다. 요동 정벌을 포기한다는 소식이었다. 이 무슨 청천벽력인가. 우왕과 최영은 이성계의 뜻을 받아들일 수 없었다. 순간 최영은 털썩 주저앉고 말았다. '아, 결정적인 실수였구나.' 후회한들 이미 놓친 고기였다.

우왕과 최영은 내시 김완(金完)에게 금과 비단, 말을 보내 요동 정벌을 독려했다. 기다리던 이성계는 요동 정벌 포기를 재차 간청해왔다. 이성계의 회군 의사를 무시하고 우왕과 최영은 계속 요동 정벌만 재촉하고 있었다. 위기의 순간 한 발 물러남도 대의를 위한 고수들의 묘수였다. 최영이 그 묘수를 모른 채, 요동 정벌 의지를 굽히지 않자 야전 장수들이 기다렸다는 듯 동요하기 시작했다.

"전쟁을 한다 해도 반드시 승리를 보장할 수 없고, 요동을 공격한다 해도 얻을 것이 없다."

정벌을 반대하는 분위기가 팽배하자 이성계의 생각은 더 확고해졌다. 번번이 자신의 생각을 묵살하는 우왕과 최영의 말에 치미는 화를 견딜 수 없었다. 전진만을 계속 주장하는 왕과 최영이 가소로웠다.

날이 밝자 급히 좌군도통사 조민수를 찾아갔다.

"진군 명령을 어찌하시려오?"

"글쎄, 어찌해야 할지."

"원정군은 지금 압록강 중간 위화도에 주둔하고 있소. 회군해 최영을 숙청합시다."

"지금 뭐라 하시었소?"

이성계는 회군을 주장하며 조민수를 설득하기 시작했다. 조민수는 난감했다. 이성계는 끈질기게 달려들었다. 실권이 없는 조민수로서 달리 방법이 없었다. 결국 이성계의 뜻에 따르기로 했다. 이성계는 재빠르게 움직였다. 겉과 속이 다른 회군이었다. 속으로는 야망을 숨긴 채. 겉으로는 홍수와 군량미 부족을 회군의 명목으로 내세웠다.

우왕과 최영은 회군하자는 이성계의 주장에 완강히 맞섰다. 왜구는 우리가 잘 지키고 있다, 군량 보급도 걱정 없다, 또한 전쟁이란 원래 계절을 따지지 않는 법, 그대로 진군하라고 명령했다.

멀리서 모래바람을 일으키며 한 마리의 말이 황급히 달려오는 모습이 보였다. 불길한 예감이 얼핏 스쳐 지나갔다. 예감이란 언제나 불안이란 친구를 동반한 채, 예고 없이 물처럼 스며들었다. 이 불안한 예감 그리고 따라오는 설마 하는 어리석은 치기가 번갈아 스쳐 지나갔다.

불현듯 오늘 아침일이 번개처럼 떠올랐다. 가장의 일상이 전쟁터를 떠도는 것임을 아는 지어미는 좀 남다른 비범함이 있었다. 평소 무인의 아내로 의연했던 아내였다. 집을 나서려는 최영에게 유별나게 뭔가 불안한 기색을 감추지 않았다. 지칫지칫 머뭇거렸다.

"이제는 나이도 있고 하니 출정은……."

"생전 안 하던 말을 하다니, 부인답지 않소."

애써 말끝을 흐리는 늙은 아내를 물끄러미 바라보다 툭, 한마디를 뱉고 무구를 갖춰들고 분연히 일어섰다.

대문을 나서는 남편을 바라보던 유씨의 마음도 오늘따라 착잡했다. 길게 늘어트린 흰 수염, 갑의를 입고 백마에 오르는 남편을 바라

붉은 무덤

보자, 부인 유씨의 눈이 갑자기 물기로 흐려진다. 왜 이러는 걸까. 애써 태연을 가장해본다. 숱하게 보아온 모습이건만 오늘은 남다르게 느껴지며 알 수 없는 불안이 스멀스멀 스며든다. 백마를 타고 뒤도 돌아보지 않고 사라지는 늙은 지아비의 모습을 유씨는 오랫동안 바라보고 서 있었다.

"요동 정벌군이 위화도를 건너 회군하고 있답니다."

설마, 자신의 두 귀를 의심했다.

청천벽력 같은 보고를 접하는 순간, 철버덕 주저앉고 말았다. 마치 자신이 땅 밑으로 '쿵' 꺼지는 듯. 그림자처럼 따라다니던 최영의 예감과 불안은 적중했다. 상황은 아차 하는 순간 이미 돌이킬 수 없는 벼랑 끝으로 몰렸다. '어찌해야 하나.' 입술을 힘껏 깨물어본다. 입안 가득 비릿함이 느껴졌다. 입술을 깨물수록 비릿한 피의 끈적임뿐, 이 다급한 상황에서 최영이 쓸 수 있는 패(覇)는 세상 어디에도 없었다. '아니야, 이건 아니야.' 아무리 버둥거려도 최영과 반대로 세상은 가고 있었다.

전쟁터의 장수가 군주의 명을 거역하고 스스로 회군한다. 회군 명분은 이러했다. '상국(명)을 침범하면 나라와 백성들에게 화를 초래하게 된다. 임금 곁에 있는 악한 신하들을 제거해 만백성들을 평안하게 살 수 있도록 하겠다.'

"장군님, 회군 중인 병력이 벌써 무학재에 이르렀답니다."

조금 전까지도 굳게 믿던 전우이자 동지였다. 눈앞의 꿈같은 사실이 믿기지 않았다. 배신을 확인하는 순간, 온몸이 얼어붙는 듯 오싹 소름이 돋는다. 이럴 수가. 목숨도 버리고 나라를 위해 같이 결전을 맹세하던 무인이 아니었던가. 수많은 전투와 난에 함께 참가한 최영과 이성계였다. 이번 요동 정벌은 경우가 달랐다. 이성계의 갑작스런 위화도 회군 소식이 전해지자, 조금 전까지도 일사불란하게 움직이던 병사들까지 당황하고 동요하기 시작했다.

요동 정벌이란 현실과 이상 사이에서, 길은 보이지 않는다. 평생 용기와 신념으로 살아왔고 살아가는 사람이 최영이었다. 성을 쌓는 자는 망하고 길을 뚫는 자는 흥한다고 했다.

"물은 건너봐야 알고 사람은 겪어봐야 아는 법이여."

세상에서 가장 무서운 독약은 배신이라고 누군가 그랬다. 고려를 불운으로 몰고 가는 이성계의 배신. 그 누가 예상했을까? 굳은 믿음이 한순간에 배신감으로, 배신은 분노를 일으킨다. 왜 이성계를 철석같이 믿고 이곳에 있었단 말인가. 옛날부터 혼란스런 세상일수록 음지의 독버섯처럼 극단적이고 충격적인 일들이 순간순간 돋아났다. 암암리에 배태한 독버섯이란 이름의 배신과 이합집산들.

위화도 회군은 이성계의 배신이 가져온 고려의 운명이고 최영의 운명이었다. 하루아침에 동지에서 적이 되고 만 이성계와 최영 두 사람. 처음에는 서로 신뢰하고 존경했지만 세상을 바라보는 눈은 달랐다.

옛말에도 친구는 가까이 적은 더 가까이, 우정과 재물은 물과 기름과 같다고 했다. 살다 보니 돌아보면 적은 언제나 곁에 있었다. 고려를 위해 전쟁터를 함께 누빈 동지가 베푼 이 기막힌 배신. 처음부터 무례하게 반대하는 이성계에게 한 번쯤은 회의를 품었어야 했다. 누군가 자신을 향해 공을 던졌을 경우, 던진 공에 깃든 심중과 받아야 할지를 분간하는 선구안(選球眼)이 필요했었다. 그걸 잊고 있었다. '서리가 내리면 머지않아 살얼음이 깔린다고 하지 않던가.' 수시로 돌아보며 마음을 훔치는 사람을 경계했어야 했다. 배신은 언제든 독이 될 수 있다는 걸 잊지 말았어야 했거늘, 최영이 평생 간직하고 살았던 그 남다른 총기와 통찰력은 다 어디 갔단 말인가. 노쇠가 가져온 성급함이었을까.

고려를 세운 태조 왕건은 그 많은 호족들과 숱한 전투를 겪으면서도, 물처럼 유연하게 통합과 포용의 리더십으로 후삼국 분열의 시대를 넘어 자주통일을 이룩하지 않았던가. 최영은 패자가 되는 순간, 왜 왕건처럼 하지 못했을까. 이 길 말고 다른 길을 선택해 공감과 배려를 했다면 요동 정벌은 이뤄졌을까.

극과 극은 서로를 끌어당긴다. 한때는 절친한 동지였다. 어제까지 동지였던 이성계가 지금 칼을 들고 달려들고 있다. 누구나 갈림길을 만나면 주저하고 망설인다. 최영은 평생 목숨처럼 지켜야 할 임전무퇴의 원칙을 가슴에 품고 살아온 무인이었다. 함부로 어길 수도 철수도 할 수 없는 절체절명의 순간, 최영에게는 이성계의 배신 앞에 맞서는 길뿐 어떤 길도 존재하지 않았다.

이성계가 이끄는 정예군은 막강한 힘을 가진 대군의 병력이었다. 오랫동안 하나같이 많은 훈련과 조율로 잘 준비되어 있었다. 최영을 보자 그들은 기다리고 있었다는 듯, 피할 틈도 주지 않고 칼을 들이댔다. 먹이를 찾아 헤매는 승냥이처럼 비호같이 달려들기 시작했다. 소수의 병력으로 대항했지만 속수무책이었다. 하는 수 없이 남은 병사들을 우왕이 머물고 있는 화원으로 철수시켰다. 요동 정벌의 꿈은 이성계의 번뜩이는 시선 속에서 난분분하는 봄날 꽃잎처럼 어둠 속으로 흩어지고 있었다. 그 꽃잎에 최영의 육신마저도 한 점 바람처럼 흩어져버리는 것만 같다.

"최영은 공요죄(攻遼罪)를 범한 중대한 죄인이오."

이성계가 이끄는 위화도 반군은 도성 밖에 주둔하고 요란한 함성을 외쳐대기 시작했다. 이성계의 주장은 이러했다. 작은 나라가 대국 명나라에 죄를 범했다는 공요죄였다. 이에 우왕은 교서를 보내 거절했다.

생각지도 않은 바다로 흘러가는 게 인생이란 바다였다. 지금 최영은 요동 정벌이란 그 격랑의 바다 한가운데 홀로 서 있었다. 한평생 천칭의 줏대 위에 서 있듯, 어느 쪽으로도 치우치지 않고 늘 고려라는 나라만 붙들고 살아온 결과가 공요죄였다.

공자는 군자(君子)를 인자(仁者), 지자(知者), 용자(勇者)로 꼽았다. 인자는 불우(不憂), 지자는 불혹(不惑), 용자는 불구(不懼). 인자는 공적인 일에 진정 애정을 쏟기 때문에 사사로운 근심은 없는 사람. 지자는 그릇된 사람이나 일에 미혹하지 않는다는 사람. 용자는 매사에 떳떳하고 당당하기 때문에 두려움이 없는 사람. 이 세 가지 중 하나만 해당해도 군자라 할 수 있다고 말했다. 이성계와 자신은 어디에 속하

붉은 무덤

는 것일까?

지금 이 순간은 최영이 만난 어느 전쟁터보다 더 살벌하고 냉혹했다. 최영과 이성계는 성격부터 정반대였다. 최영은 진취적이고 자주 독립적이며 의리가 강했다. 그 반대로 이성계는 사대 예속적이고 현실주의자인 동시에 권력욕이 강했다.

위화도 회군은 최영과 이성계의 위상을 한순간에 바꿔놓았다. 적과 동지는 돌아서면 적이요 바라보면 동지. 어제의 동지가 오늘의 적이 되는 세상. 어제의 동지가 전쟁터의 적보다 더 살기를 뿜어내기 시작했다. 한때는 떼려야 뗄 수 없는 관계이자 동지였다. 지금은 상황이 달라졌다. 둘의 관계는 양날의 칼이 되었다. 이성계는 최영이 거추장스러웠다. 빨리 쳐내야 할 첫 번째 대상이었다. 슬슬 역모로 몰아 하루 빨리 죽음의 길로 인도하는 길밖에 다른 길은 존재하지 않았다.

돌아보니 세상이 변하고 있었다. 모두 감지하고 있을 때 최영 자신만 모른 채 앞만 보고 걸었다. 시대의 흐름에 관심도 두지 않고 살아온 탓이었다. 미처 시대의 변화를 읽어내지 못했다. 뒤늦게 자신의 부달시의(不達時宜)를 깨달았을 뿐.

혼곤한 세상일수록 맑은 물에 놀 때는 맑은 물에, 흙탕물에 놀 때는 흙탕물에 몸을 섞어야 살아남는다고 하지 않던가. 최영은 세상의 흐름을 읽고 탈 줄 아는 노련미가 부족했었다. 이제 그 세상길을 잃고 사면초가에 고립무원이 된 최영. 아무도 그를 돌아보지 않았다. 세상 인심은 바람보다 더 빠르고 냉정하게 변하고 있었다.

냉철한 선택과 판단이 필요한 순간 주위는 조용하고 음흉했다. 이성계를 두둔하고 나선 고려의 중신들. 그들은 나라보다 자신의 목숨이 더 위급하게 여기고, 살아남기 위해 저마다 동굴 속 짐승처럼 번뜩이는 두 눈만 섬뜩하게 빛낼 뿐. 한손은 다정한 척 남은 다른 손으론 살아남을 궁리를 감춘 채. 강한 줄을 찾아 바람이 불기 전에 눕는 게 상책이라고 믿고 있었다.

일찍이 나랏일을 맡아보는 관리를 벼슬아치라고 불렀다. 나랏일을 보는 벼슬아치들이 자기 이익만 챙기면 그 나라는 망하고 만다. 현명한 선왕들은 벼슬아치들에게 '너희들이 받는 녹봉(祿俸)은 백성들의 피땀이요 기름'이라고 수시로 역설했다. 나라의 흥망이 내외적으로 흔들리고 있지만, 백성들의 피땀 서린 녹봉을 받던 권신들은 보이지 않았다. 오직 침묵의 바다에서 고요를 탐닉하며 은밀히 수지타산을 계산하기에 바빴다. 위기에는 얻는 것도 잃는 것도 뜻대로 되지 않았다. 마치 쓰러진 나무로 만든 외나무다리처럼 최영은 기로에 서 있었다.

하늘조차 곧 폭풍우가 몰아칠 듯 개경의 하늘마저 짙은 잿빛 구름이었다. '다리 부러진 장수, 성안에서 호령한다'는 속담이 있었다. 최영이 지금 딱 그 신세가 됐다. 한 줌 흙을 움켜쥘 힘조차 절망감에 빠져 허우적거렸다. 시간이 흐를수록 절망감은 사나운 가시가 되어 최영의 온몸을 사정없이 찌르고 있었다.

"최영을 처단하시오, 최영을!"

자신을 처형하라는 저 화살촉 같은 소리들. 선죽교와 자남산, 이

붉은 무덤

어 화원까지 이성계의 정예군은 악착같이 쫓아왔다.

멀리 송악산 기슭 정궁(현 만월대) 터가 보이기 시작했다. 태조가 태어난 곳에 지었다는 고려의 정궁. 높은 단을 쌓아 지은 탓일까. 마치 송악산을 타고 오르는 모습이다. 송악산에는 유난히 청청한 소나무들이 많았다. '소나무가 무성하니 잣나무가 기뻐한다'는 옛말처럼. 궁궐 주변에 소나무가 많으니 경관도 좋고 고려도 무궁무진 번성하리라 믿고 있었다. 최영은 고개를 들어 여전히 푸르른 소나무를 바라보았다. 개경을 휘감듯 거대한 산봉우리가 서로 맞대고 있는 송악산과 정궁 터. 최영은 속울음을 삼킨 채 중얼거렸다.

"이 죄를 어찌합니까, 무장으로 태어나 요동 정벌의 꿈을 이루지 못한 이 죄인을 벌하소서."

자신은 구국의 영웅인가, 망국의 죄인인가. 어느새 최영의 눈가에서 굵은 눈물이 흘러내리고 있었다. 왜 이리 서둘렀단 말인가. 살다 보면 갈등과 대립은 필연적인 것. 좀 더 시간을 두고 받아들일 것은 받아들이고 합의점을 찾아보지 못한 뒤늦은 후회. 평생 전쟁터에서도 물러섬이 없던 자신이었다. 갑자기 닥친 이 혼돈 속에서 최영은 물러섬도 전략이고 지혜였다는 사실을 이제사 깨달았다. 송악산을 바라보기조차 부끄럽고 죄스러웠다.

"최영, 나와라! 어서!"

자신을 찾는 마귀 떼 같은 저 고함 소리들. 한 발 한 발 알 수 없는 검고 날카로운 그물망이 덮쳐오고 있었다. 요동 정벌은 한 개인의 꿈이 아니었다. 고토(古土) 회복을 넘어 고려의 기반을 더 튼튼히 초석을 다지는 중요한 일이었다. 개혁을 꿈꾸던 공민왕과 선왕의 유지를 따르려는 우왕, 그리고 자신의 열망이 한순간 잿더미처럼 사그라지고 있었다.

회군파들은 항복을 요구하며 달려들었다. 장수에게 항복은 죽음보다 더 무서운 죄. 거절하자, 화원 담을 무너뜨리고 우르르 안으로 밀어닥쳤다. 차라리 만주벌 까마귀밥이 되었다면 이리 서럽지 않으련만, 무인으로서 전쟁터에서 죽지 못한 이 죄를 어찌한단 말인가.

칼끝 같은 예리한 이성계의 눈빛이 사방에서 느껴졌다. 한순간 이성계의 정예군이 최영을 포박하려는 듯 벌떼처럼 에워싸기 시작했다. 최영은 무인으로서는 탁월한 재능을 타고난, 백전의 전투를 승리로 이끈 장수였다. 신기(神技)에 가까운 뛰어난 용병술, 거기에 철벽같은 담력과 배짱을 지닌 무장이었지만. 이미 날카로운 칼을 잃은 장수가 꺾인 칼로 무엇을 할까. '죽은 땅에 빠진 후에야 살 수 있고, 망한 땅에 서봐야 비로소 흥할 수 있어.' 지금 최영에겐 죽을 땅은 있지만 흥할 수 있는 땅은 어디에도 보이지 않았다.

"장군님, 장군님!"

"칼날같이 날카로운 몸이 꺾였으니 슬퍼한들 어찌하겠나."


옛부터 선지자(先知者)들은 이렇게 말했다 '모든 나라는 한 번의 전성시대를 맞는다. 그렇지만 반드시 망한다. 나라가 망하는 첫 번째 이유는 교만해졌기 때문이다. 한 나라의 도읍지도 지기가 쇠하면 그 나라는 멸망한다.'

붉은 무덤

어느새 고려가 교만해진 걸까? 백성들 사이에서도 별별 이상한 이야기들이 들불처럼 번져나가고 있었다.

"고려가 망하고 있다네."

세상이 변하자, 백성들은 신돈과 반야를 거론하며 지기쇠왕설(地氣衰旺說)을 믿으려 하지 않았다. 오직 원인은 땅이 아니라 사람 탓이라고 믿었다.

"그놈의 요승과 궁녀가 작란(作亂)을 쳤기 때문이야."

어느 날부터 최영은 응상백에 올라탄 이성계의 눈빛에서 소름이 끼치기 시작했다. 그때마다 '아니, 내가 잘못 본 것이겠지.' 완강하게 고개를 저었다. 고개를 저을수록 문득 졸병 시절 호반(虎班)의 말이 번개처럼 지나가곤 했다. '명장이 되려면 정신력이 진취적이어야 해. 강한 부하 앞에선 화내는 것도 전략이야.' 어쩌면 오늘의 이성계를 두고 미리 받은 전령이 아니었을까?

지나가는 바람보다 더 빠른 것이 세상인심이었다. 이미 실권을 잃고 쇠락해가는 왕조 그 낙조 끝에서, 누구도 선뜻 침몰하려는 배에 올라타지 않으려 했다. 돌아볼 사이도 없었다. 최영은 과감히 홀로 선뜻 배에 올라탔다. 그에겐 불안에 떠는 어린 임금, 혼란스런 조정과 권신들의 이반, 동요하는 민심을 지켜야 할 무장의 책무가 기다리고 있었다.

세상 두려울 것이 없었던 전쟁의 용장 최영이었지만, 세상사에는 어두운 장수였다. 자신의 생각과 달리 사태는 이미 어찌할 수 없는 상황으로 변해갔다. 천하의 궁사 최영도 흐르는 세월의 과녁을 맞히지

칼날이 꺾이다

못했다. 아무리 기를 써도 시대의 흐름은 막을 수는 없었다. 하루가 다르게 세상은 이성계에게 절대적으로 유리하게 기울어지고 있었다.

　이성계와 정도전은 바람의 사나이들 같았다. 마치 금방이라도 잿빛 구름이 걷히고 밝고 파란 하늘이 나타날 듯. 이성계가 이끄는 군부와 정도전이 내세우는 신진사대부들이 연합전선을 펼쳐가기 시작했다. 분주한 그들을 바라보며 상심에 빠졌던 백성들도, 이성계와 정도전의 부산함 속에서 서서히 불안한 조짐을 느끼고 있었다.
　"고려는 명나라와의 친명관계를 위해 불가피 최영을 처형해야겠소."
　패장의 길은 길지 않았다. 세상은 승자의 말만 기억하려 했다. 원래 권력의 본질 속에는 잠재된 칼이 들어 있었다. 어떤 권력이든 권력이 강해지면 강해질수록 그 칼날은 더 날카로워진다. 따라서 패자에겐 한 치의 관용도 허락하지 않은 채, 세상은 오직 승자를 위해 움직였다.
　"무인은 왕이 아닌 나라와 백성을 위해 목숨을 내놓는 법이오. 아시겠소?"
　최영이 호령하듯 소리쳤다. 한껏 가소롭다는 듯 송곳눈으로 쏘아보며 비웃음을 짓는, 이성계의 눈초리가 비수처럼 번뜩이며 지나갔다. 그의 눈에는 최영도 물론 임금도 보이지 않는 듯했다. 가래침 뱉듯 무례한 언사를 거침없이 뱉고 있었다. 인간의 기본 덕목인 인(仁)은 이미 찾아볼 수 없었다. 마땅히 지켜야 할 군신(君臣)의 예(禮) 역시 존재하지 않았다.

일찍이 순자는 임금의 도리와 신하의 도리에 대해 논하며 신하 유형을 태신(態臣), 찬신(篡臣), 공신(功臣), 성신(聖臣) 네 가지로 나눴다. 백성들을 통합시키지 못하고 밖으로는 환난을 막아내지 못하며 교묘히 아첨으로 임금의 총애를 받는 태신, 임금에게 충성하지 못하면서 백성들에게는 명성을 얻고 공정한 길을 거들떠보지 않은 채 붕당을 이루며 임금을 가까이해 개인의 이익을 도모하는 데 전력하는 찬신, 백성들을 잘 통합하고 밖으로는 환난을 잘 막으며 임금에게 충성하고 백성을 사랑하는 공신, 마지막으로 공신이 갖춘 자질에다 갑자기 야기되는 일에 신속히 대응 대처하고 온갖 무상한 일들을 대비해 임금을 반석 위에 올려놓는 성신. 성신을 등용할 줄 아는 임금은 왕도(王道)로 천하를 다스리는 왕자(王者)가 되고. 공신을 등용하는 임금은 강자가 되고, 찬신을 등용한 임금은 위태롭게 되며, 태신을 등용한 임금은 망하게 된다고 말했다.

이 절박한 순간 그 세 사람은 아무도 깨닫지 못했을까, 아니면 모른 척하고 있는 것인가? 우왕은 어떤 임금인가, 최영과 이성계는 또 어떻게 어린 임금을 보필한 신하였는가.

잠시 침묵이 흘렀다.

이성계는 회심의 미소를 날리며 최영을 향해 이렇게 말했다.

"이 사변(事變)은 내 본심이 아닙니다. 하지만 대의를 거스르는 것은 국가가 평안하지 못하고 백성들이 힘들게 되어 원망이 하늘까지 이르는 까닭에 이렇게 되었소."

권력에 집착하는 자일수록 초연한 척하며, 피를 탐하는 자일수록 착한 척한다. 이성계는 자신의 야욕을 숨긴 채 위화도 회군의 명분을 당당하게 내세웠다. 그에게는 오직 숙청을 위한 숙청만 존재하는 듯 기세등등했다. 아, 요동 정벌은 끝내 신기루였던 걸까? 최영은 이글 거리는 눈으로 이성계를 노려보았다. 백 번의 전쟁터를 호령하던 용 장다운 기개, 아직도 불꽃같은 무서운 광채를 잃지 않고 있는 무골의 풍모에선 시뻘건 불꽃이 뿜어져 나왔다. 비록 몸은 노쇠해 구부정하지만 용장 최영의 두 눈은 당당하고 형형했다. 다만 그의 등 뒤를 따라오는 세찬 비바람 소리들.

"잘 가시오. 잘 가십시오."

"천명(天命)이구나."

그때였다. 번개처럼 뇌리를 스쳐가는 말이 떠올랐다.

언젠가 퇴궐하는 길에 최영에게 이인임이 말했다.

"전쟁에서는 무적이지만 정치인으로서는 경륜이 부족한 무인의 모습이오. 주위를 늘 경계하시기 바랍니다. 무(武)에는 내가 장군께 하수지만 이쪽은 내가 상수요."

이인임은 죽는 순간 최영을 향해 이렇게 말했다.

"머시않아 이 판삼사가 고려의 주인이 될 것이오."

"설마?"

"조력과 방해는 함께 들어온다오. 경계를 늦추지 마시오. 적당한

붉은 무덤

습도에 적당한 햇빛이 조화를 이뤄야 꽃은 향기롭고 열매도 풍성하다
오. 명심하시오, 영원한 동지도 영원한 적도 없소이다."

"내 일찍 이인임의 말을 새겨듣지 못한 탓에 천추의 한을 남기는
구나. 애석하고 애석하도다."

최영이 하늘을 우러러 탄식하며 중얼거렸다. 아, 그때 이인임의
말을 왜 귀담아 듣지 못했을까. 임견미와 염흥방의 역적 모의 당시,
이인임과 손잡고 확실한 자기 편으로 만들었다면. 오늘 이런 결과는
오지 않았을지도 모른다. 신이나 알 수 있는 일. 난세의 간신 이인임
이 자신에게 전한 마지막 고언을 한 귀로 흘려버린 설마가 불러온 일
이었다.

"회군을 하지 않았으면 고려는 이미 망했소이다."

"닥쳐라. 피는 피를 부르는 법. 너의 역심이 고려를 그르쳤느니
라."

최영의 말은 우렁차고 단호했다. 마치 자신의 목숨이 몇 개나 있
는 듯.

"억지 작작 부리시오. 무모한 짓입니다."

"자네 왕이 되려는가?"

원래 아는 맛이 더 무섭다는 속담이 있었다. 이성계의 시선은 차
갑다 못해 칼끝 같다. 대답 대신 싸늘한 냉소가 최영의 온몸을 훑는
다. 마치 뱀의 혓바닥처럼, 숨이 턱턱 막혀온다. 지금 고려는 거센 바
람 앞 촛불의 위급한 상황이다. 내외적으로 혼란의 격랑에 내몰린 고

려를 위해, 이성계는 어떤 선택을 할 것인가. 불을 보듯 뻔한 사실이 아닌가. 이성계의 무서운 민낯 앞으로 번개처럼 스쳐가는 이인임의 카랑카랑한 목소리가 어제처럼 또렷이 다시 들려왔다.

"대감, 당신이 옳았소이다."

평소 함부로 의중을 내비치지 않고 속내를 감추는 사람이 이성계였다. 가장 무서운 사람이 아닌가. 이인임은 어찌 이성계의 속마음을 간파했을까. 자신의 야망조차도 숨긴 채 오래 인내하는 이성계의 능력까지도.

뛰어난 정치가는 스스로를 버려 백성을 살리고 나라를 구한다고 했다. 지금 그 역사적 사명은 어디로 가고 이리 서 있는 것일까. 사방을 둘러봐도 자신은 이제 고려의 장군도 재상도 아니었다. 남은 것은 나라도 백성도 구하지 못한 씻을 수 없는 대죄뿐이었다. 꿀꺽. 마지막까지 남아 있던 마른침이 목젖을 타고 내려갔다.

"내가 죽으면 귀신이 되어 고려를 지키겠소. 자네는 이승에서 고려를 지키는 파수꾼이 되어주시게."

마지막 한마디뿐, 난세의 영웅은 긴 말이 필요없었다. 고려를 향한 자신의 절절한 충심이 곡진하게 묻어 있는 말을 힘주어 말했다. 말을 마치자 최영은 자신의 온몸에서 피가 흘러넘치는 착각을 느꼈다.

오직 구국일념으로 살아온 난세의 영웅의 말로가 이런 것인가? 정녕 그 어니에노 난세의 영웅이 설 자리는 없었다. 이미 힘을 잃은 장수에겐 칼을 들 수도 화살을 당길 수도 없었다. 아무리 날카로운 칼도, 바람 같은 화살도 한낱 녹슨 무쇠에 불과했다.

붉은 무덤

이성계가 냉정하게 대답했다.

"이것 하나만은 약속 드리겠소. 좋은 세상을 만들 것이고 이 다음 저승 가서 장군을 만나면 부끄럽지 않은 세상을 만들겠소."

순간 최영은 자신의 귀를 의심했다. 마치 그 소리는 고려의 멸망처럼 섬뜩했다. 들어서는 안 될 말 같았다. 날카롭고 단호하게 한 가지만 약속하겠다니, 한 가지 말고 다른 것은 무엇인가. 저 우렁잇속을 어찌 알까. 최영은 지금 냉혹한 세상과 광포한 승자와 잔인한 인간들 앞에서 혼신을 다해 버티고 서 있다. 최영은 탄식했다. 역사의 사명은 태산같이 무겁고 개인의 야망은 티끌처럼 가볍다는 사실을 저 오만방자한 이성계는 알고 있을까?

요동 정벌은 최영 개인의 욕심이 아니었다. 원명 교체기의 혼란을 노린 고려의 자주성 회복을 위한 길이었다. 선왕 때부터 추진한 나라의 기강을 굳건히 다지는 일이 아니었던가. 고려의 끝자락에서 개혁과 요동 정벌에 몸부림쳤던 군주 공민왕과 요동 정벌이란 고토 수복에 몸 바친 무장 최영. 그들의 원대한 꿈은 이렇게 한갓 연기처럼 소리 없이 흩어지고 있었다. 제 아무리 거센 파도도 결국 부서질 운명이 아닌가. 혹 장애물을 만났다고 멈출 수 없듯. 버티는 자가 승자가 될 것이다. 허나 지금 최영에겐 끝까지 버틸 한 줌의 여력도 남아 있지 않다.

# 19 새로운 시대

혼돈의 고려 말. 성리학을 받아들인 신진사대부들은 새로운 세상을 원하기 시작했다. 혼란한 틈새로 신흥 세력들이 움직이고 있었다. 그들은 성리학을 공부하고 과거제도를 통해 관리가 된 세력. 권문세족과 대립하는 한편, 새로운 세상으로 변화시킬 야망을 꿈꾸고 있었다. 권문세족의 횡포가 심해질수록 민심은 나날이 흉흉해져갔다. 민심을 얻는 자가 세상을 얻는다 했다. 때맞춰 등장한 이성계는 구태의연한 권문세족들의 권세를 이참에 꺾어놓으려 마음 먹고 있었다.

그때 나타난 사람이 정도전(鄭道傳)이었다. 그는 젊고 야심만만했다. 야심가 정도전은 거대한 꿈을 품은 채 기회를 엿보고 있었다. 정도전은 민본(民本)을 앞세우며 부패 원인을 제거할 계획을 차곡차곡 쌓아갔나. 우선 사병 혁파를 부르짖었다. 정도전에게는 고려 말 권문세족들의 막강한 세력을 무너트리는 것이 급선무였다. 그 수하에 있던 군사력을 회수하는 데 사명감을 가진 듯 행동했다. 그래야 자신이

붉은 무덤

꿈꾸는 나라를 만들 수 있을 것 같았다. 정도전의 계획은 치밀하고 섬 뜩했다. 정도전이 선택한 새로운 세상의 칼이 이성계였다.

우왕 10년(1384) 새 나라를 만들자, 야망에 불타는 정도전은 새 나라의 왕으로 이성계를 선택하고 길을 나섰다. 이성계는 함경도 지휘관으로 있었다. 정도전은 도착하는 즉시 이성계보다 휘하 병사들을 먼저 살펴보았다. 군령이 제대로 선 정예군을 보자 힘이 불끈 솟았다. 군권을 쥔 이성계. 무슨 일인들 못할까. 회심의 미소를 지었다. 곧바로 손을 들고 성큼성큼 이성계 앞으로 나아갔다. 패기 넘치는 정도전은 예리한 눈빛을 감춘 이성계와 마주 앉았다. 수인사도 나누기 전 정도전은 말없이 시 한 수를 읊었다.

아득한 세월에 한 그루 소나무
푸른 산 몇만 겹 속에 자랐구나

이성계의 호가 송헌(松軒)이었다. 시를 듣고 난 이성계는 무릎을 탁 쳤다. 시가 끝나자 정도전은 단도직입으로 입을 열었다. 최영과 이성계 이 두 사람은 무인이지만 최영과 이성계의 생각은 달랐다. 위화도 회군 이전에 이성계는 벌써 정치적 야심을 가진 사람이었다. 오래전부터 신진사대부 세력과 상당한 인맥을 쌓고 있었다.

기가 센 이성계에겐 자신을 대신할 책사가 필요했다. 이성계는 회심의 미소를 지었다. 자신이 기다리고 있는 책사가 제 발로 찾아왔다.

이성계에게 정도전과의 만남은 하늘이 정한 천운(天運)이 아닌가. 사람의 에너지는 사람으로부터 얻는다. 운명을 바꾸려면 좋은 인연을 만나야 한다고 했다. 이성계에게 야욕에 찬 신진세력 정도전은 좋은 인연이었다. 이 두 야심가는 그 자리에서 곧 혁명동지가 되었다. 자신감에 찬 이성계는 개국의 꿈을 꾸기 시작했다. 사실 이성계의 가슴 속에는 언제부터인지 남모를 큰 꿈과 야심이 순간순간 꿈틀대고 있었다.

이성계는 충숙왕 4년(1317), 함경도 영흥 땅에서 이자춘의 둘째 아들로 태어났다. 본시 이들의 선조는 전주에서 대대로 살았다. 고조부 이안사가 전주 고을 벼슬아치를 혼내려다 미움을 사 더 이상 전주에서 살 수 없게 되자, 도망치듯 함경도 변방으로 가솔을 이끌고 이주해 살고 있었다. 이성계는 어릴 때부터 몸집도 크고 귀가 커 대이장군(大耳將軍)이라 불렀다. 활 솜씨가 뛰어나 사람들은 동명성왕이 다시 태어났다고 부를 정도였다. 그의 뛰어난 활 솜씨는 귀신도 꼼짝 못 할 것 같다는 풍설처럼 신궁에 가까웠다.

어느 해 일이다. 눈만 뜨면 창궐하는 왜구들을 토벌하기 위해 함경도 지역으로 올라가는 중이었다. 안변 지역을 지나고 있었다. 날이 저물자, 부득이 남대천 냇가에서 풍찬노숙을 해야 했다. 군막에시 식은 밥 한 그릇을 먹고 비몽사몽간에 풋잠이 들었다. 잠결에 이상한 꿈을 꾸었다.

어디선가에서 큰소리로 우는 닭울음소리가 들려오기 시작했다.

붉은 무덤

사방에선 무수한 꽃잎까지 흩날리고 있었다. 흩날리는 꽃잎 속에서 갑자기 '쨍그랑' 커다란 거울이 깨지며 땅에 떨어져 박살이 났다. 그와 동시 금방이라도 무너질 듯 다 허물어져가는 집으로 뛰어들어갔다. 이성계가 들어가자 돌연 집이 무너져 내리기 시작했다. 급히 밖으로 뛰쳐나왔다. 돌아보니 마침내 기와집이 폭삭 허물어졌다. 그 허물어진 잔해 속에서 하필 서까래 석 장이 유난히 탐이 났다. 망설이다 급히 다시 들어갔다. 서까래 석 장을 등에 지고 나왔다.

꿈에서 깨어나자 뭔가 묘한 느낌이 들었다. 머리도 식힐 겸 이성계는 이른 새벽 홀로 남대천 가를 거닐고 있었다. 그때 저만치 빨래하는 여인이 보였다. 이어 빨래를 두드리는 방망이 소리가 요란스럽게 들려왔다. 가까이 가보니 빨래하는 여인은 허름한 옷차림의 늙은 노파였다. 이른 새벽에 무슨 연유로 늙은 노인이 찬물에 손수 빨래를 하고 있을까? 필시 곡절이 있어 보였다.

"할머니, 고생이 많으시군요."

그 모습이 안쓰러워 다가가 인사를 청하고 말을 걸었다.

"장군께선 왜 새벽에 나오셨소? 아마 간밤에 꿈을 꾸신 모양이군."

이성계는 노파의 황당한 말에 깜짝 놀라 말에서 뛰어내렸다.

"방금 무슨 말씀을 하시었소?"

"길몽이야."

길몽이라는 낯선 노파의 말에 이성계는 혼자 빙그레 웃으며 서 있었다.

"웃을 일이 아니야, 저기 보이는 설봉산에 가면 큰 도승이 계시니

찾아가 꿈 풀이를 부탁하시게."

노파의 말이 끝나기도 전 이성계의 말이 소리를 쳤다.

"말이 울고 있으니 어서 떠나시게."

인사도 할 겸 말에 올라타 돌아보니 노파의 모습은 흔적도 없이 사라지고 없었다. 노파가 두드리던 빨래도 방망이도 보이지 않았다. 빨리 가보라는 노파의 말소리만 허공에서 들려오는 것 같았다.

마침 함경도 안변 설봉산 깊은 골짜기 토굴에서 무학대사(無學大師)가 수도정진을 하고 있었다. 이성계가 급히 말을 몰아 토굴 앞에 당도하자 어린 사미승이 서 있었다. 어둠 컴컴한 토굴 안에서 두 사람은 마주 앉았다.

"장군께서 소승을 찾은 이유는?"

"남대천 냇가에서 한 노파가 대사를 찾아뵈라고 하시었소."

이성계는 천기(天氣)를 안다는 무학에게 기이한 꿈 이야기를 해주며 꿈 풀이를 부탁했다. 꿈 이야기를 듣고 있던 무학대사는 이성계를 유심히 한참동안 바라보았다.

"장차 임금이 되실 꿈이오."

이성계는 깜짝 놀라 되물었다.

"어째서요?"

"서까래 세 개를 등에 졌으니, 그 모양이 임금 왕(王) 자가 아닙니까. 히물이진 집은 쌍세가 쇠한 고려 왕조지요. 여기저기서 닭 울음소리가 울리는 것은 높은 자리에 오를 징조입니다. 또한 꽃잎이 흩날리며 꽃이 떨어지면 반드시 열매를 맺지 않소."

붉은 무덤

"그럼 거울이 깨진 이유는 무엇입니까?"

"헌 거울이 깨지면 시끄러울 수밖에."

"내가 왕이 될 상인가요?"

그 말은 대역죄였다. 갑자기 이성계의 온몸에서 뜨거운 땀이 사정없이 흘러내리기 시작했다. 심장이 벌떡벌떡 뛰고 있었다.

"안 들은 일로 덮어두겠습니다."

한동안 형형한 눈빛으로 이성계를 바라보던 무학대사가 다시 입을 열고 조용히 말했다.

"천기를 누설하지 맙시다. 또한 장군은 천심을 외면하지 말고 만사 조심하며 하늘이 정하신 때를 기다리시오."

그날부터 이성계는 그 꿈을 가슴 깊은 곳에 묻고 있었다.


화원으로 뛰어든 곽충보(郭忠輔)와 장수들에 의해 최영은 체포됐다. 소달구지에 실려가며 늙은 무장은 스스로 자책한다.

"내외 정세에 눈이 어두운 탓에 요동 정벌의 꿈을 이루지 못했도다. 이 어리석음을 어찌한단 말인가. 내가 고려와 백성들에게 죄인이로다. 내가 나라의 죄인이로다."

자신의 무책임과 군주의 무관심이 빚은 결과인가. 누구를 지키기 위한 요동 정벌이었던가, 누구를 위한 위화도 회군인가?

공요죄라니, 무인의 책무가 무엇인가. 나라의 안위를 지키고 영토 확장이 아닌가. 더더욱 빼앗긴 영토를 되찾는 길이 정녕 반역인가. 나라의 무궁한 발전과 위기의 상황에서, 목숨 걸고 소명을 다하지 못한 무인을 후세의 역사는 무엇이라 불러줄까. 아마도 역사는 순간의 침묵은 허용하나, 언젠가 그 침묵은 기다림을 풀고 잃어버린 말을 불러줄 것이다. 책무를 다하지 못한 채 죄수의 몸으로 끌려가는 무장에게, 고봉현(高峯縣)으로 가는 내내 거친 바람이 세차게 따라오고 있었다. 마치 하얗게 거품을 일으키는 물꽃처럼.

유월 팔일, 아침이 밝자, 기다렸다는 듯 이성계는 궁궐을 포위했다. 한편으론 곽충보를 미리 궁궐에 잠입시켜 영비를 찾도록 지시를 시켰다.

"샅샅이 뒤져라."

위세 좋은 점령군의 목소리는 쩌렁쩌렁 쥐죽은 듯 적요한 궐내를 흔들었다. 그들의 거친 발자국은 사냥개처럼 빠르게 궁궐 안팎을 훑고 있었다.

"찾았습니다."

"어서 궁궐 밖으로 끌어내라."

우왕이 끝까지 저항하며 완강히 소리쳤다.

"너희들이 이 왕비를 내쳐야 한다면 나도 함께 나가겠다."

이성계에게는 최영과 함께 영비도 꼭 내쳐야 할 존재였다. 아무리 하늘을 찌를 듯 기세 좋은 회군파들도 하는 수 없었다.

"우왕을 넝비와 함께 강화도로 귀양 보내라."

이성계는 서두르기 시작했다. 자신이 왕인 듯 당당하게 명을 내렸다. 기어이 우왕과 영비까지 이성계는 강화도로 쫓아내고 말았다. 우왕은 이성계를 기습 제거하려다 폐위되어 강화도로 유배를 가게 되었다. 빛이 있으면 어둠이 있고 어둠을 따르는 그림자가 있듯, 빛이 그 빛을 잃었으니 어둠과 그림자가 따라오는 것은 세상 이치가 아닌가.

"어서 보위에 오르소서."

유월 구일, 창왕(昌王)이 왕위에 올랐다.

이성계는 서두르기 시작했다. 아홉 살 어린 창왕을 옹립하여 임금의 자리에 앉혔다. 그때 우왕의 나이 스물다섯이었다. 아비가 귀양을 가도 왕위에 오르는 것이 군왕들의 숙명이자 타고난 운명이었다.

곧이어 창왕의 왕위 계승을 인정해달라고 명나라에 사신을 보냈다. 왕위 계승과 함께 최영의 죄를 통보했다. '감히 최영이 큰 나라 명을 침범하려 했습니다.' 죄목은 공요죄였다. 이성계는 자신의 계획을 재빠르게 실행에 옮기고 있었다. 한시가 급했다. 스스로 칼을 들고 최영에게 달려들어 빨리 처단해야 후환을 없앨 수 있고 야망을 빨리 이룰 수 있을 것 같았다. 고려의 모든 병권은 이성계가 장악하기 시작했다.

# 무인의 길

낯설고 낯선 하루였다.

고봉현의 전옥서(典獄署) 옥사 안으로 땅거미가 내린다. 차갑고 낯선 풍경들. 가끔씩 옥사가 분출하는 침묵은 냉정하고 야멸차다. 마치 이성계의 눈빛처럼. 꼼짝도 할 수가 없다. 이 참담하고 비통한 심정을 누가 알까. 저 어둠이, 지나가는 바람이 알까.

으슬으슬 한기가 몰려온다.

낯선 옥사 안을 거칠게 훑고 지나가는 칼 같은 한기. 전쟁터에서도 느껴보지 못한 낯선 한기였다. 냉기 속 최영의 눈은 날선 칼끝 같이 날카롭다. 사정없이 달려드는 한기와 신열. 한기에 갇힌 최영의 육신은 다정한 온기를 찾아 두리번거린다.

그때였나. '자네 지금 무엇을 찾나.' 힐책하듯 짙어진 어둠이 다가선다. '무심하고 각박한 세상에서 사람의 온기를 찾다니, 죽을 때까지 철이 안 드는군.' 지나가는 세찬 바람과 함께 어둠이 재차 바싹 다가

선다.

불쑥 바라지창으로 달려드는 어둠 속 검고 푸른 빛들. 오늘따라 그 푸른빛들은 창백하고 쓸쓸해 보인다. 시간이 지날수록 찾아온 한 기조차 손인 양 이리 반가울까.

'죽어서 혼이라도 고려를 지키겠다던 무인이 어찌해 옥사에 갇힌 몸이 되었소.' 갑자기 칼끝에 베인 듯 날카로운 소리가 자신의 몸 깊은 곳에서 들려오고 있었다. 그 소리들은 가시가 되어 달려든다.

무인의 길은 최영의 운명이자 생명의 불꽃과 같았다. '모든 적으로 부터 우리 땅과 백성을 보호해야 한다.' 스스로 생의 목표로 삼아 그 신념 따라 내 자신의 안위는 잊고 살았다. 매 순간이 위급존망지추였다. 오직 나라와 백성을 위해 전쟁터를 누비고 다녔다. 그 옹골찼던 신념은 어디가고 지금 무엇을 하고 있지?

빛처럼 빠르게 물처럼 끝없이 뱉던 직설들은 다 어디 갔을까? 불화산 같던 성격과 간언은 어느새 사발 속 작은 미풍이 됐을까? 오랏줄에 걸린 듯 옴씰옴씰거리는 저 늙고 남루한 낯선 사나이는 누구일까. 지금 이 순간 무엇 때문에 저 낯선 사내는 먹이를 찾아 포효하는 허기진 짐승처럼 이 부침의 시간을 보내고 있을까. 최영은 자신의 지금 모습이 낯설고 낯설다.

은형에 빠진 듯 깨어날 줄 모르는 옥사 안의 고요함. 그 깊은 고요 속으로 치열했던 한 무인의 삶이 서서히 낯선 시간 속으로 묻혀가고 있었다.

무인의 길

허기 속 시간은 느리게 간다. 햇덧은 왜 이리 지루하고 길기만 할까. 최영은 느린 시간조차 생소하다. 해가 뜨고 지는지 모른 채 정신 없이 뛰어다니던 전쟁터. 그때는 하루가 왜 그리 야속하게 짧기만 했던지.

다시 어둠이 스멀스멀 스며든다. 한낮을 뜨겁게 채우던 빛과 소음이 사라지자, 먼 불빛 사이로 조용히 부서져 내려앉는 적요. 싸늘하게 가라앉은 옥사 안 침묵을 할긋할긋 훑고 지나가는 음습한 밤바람들.

밤이 깊어가자, 옥사 안의 싸늘한 냉기가 무거운 침묵과 함께 덮쳐온다. 사나운 냉기 탓일까, 금시 온몸에 소름이 돋는다.

평생 무인의 자긍심과 원칙대로 살아왔다고 자부하던 오기마저 어디로 사라졌을까. 치열했던 삶이 사라진 자리에 슬며시 스며든 남루한 삶의 모습이 달빛에 어른거린다. 그 누추한 삶의 이면 속을 이리저리 떠도는 한밤의 고요함과 쓸쓸함.

먼 달빛이 다가와 언뜻언뜻 온기를 전해주고 지나간다. 선뜻 꺼내지 못하는 최영의 속울음을 달래려는 듯.

어제까지 빛처럼 빠르던 지나간 일상의 시간들이 마치 꿈같다. 흐릿한 어둠 사이로 보이는 먼 불빛들이 오늘따라 더 따듯하게 느껴진다. 지금쯤 저 노란 불빛 아래 작은 호사를 누리고 있을 고려 백성들이 그립다. 자신은 그동안 저 장삼이사들의 소소한 평안을 위해 온 생(生)을 길냈나. 지금도 전쟁이 일어나면 호랑이처럼 달려 나갈 것이다. 멀리 보이는 저 작고 먼 불빛들이 스스로 빛을 낮추며 다독이듯 깜박거린다. 저 작은 불빛들이 건네주는 위로. 패장의 분노와 슬픔을

붉은 무덤

아는지 조용히 어루만져주고 있었다.

번요했던 한낮의 일상마저 숨어버린 깊은 시간. 흐릿한 눈앞으로 수많은 전쟁터의 숱한 상흔들을 환기시키며 아른거리기 시작했다. 내 나라를 위해 단 하나뿐인 목숨을 내건 애처롭고 가여운 수많은 이들. 그 기억들은 고통스럽다. 불같고 올곧은 성미로 서슴없이 뱉은 숱한 직언과 간언들도 개미 떼처럼 따라붙는다.

신은 인간들에게 망각이란 단어는 허락하지 않는 듯. 수를 헤아릴 수 없는 전쟁터의 기억은 어제처럼 생생하다.

밤이 깊어갈수록 짠 기 섞인 마른침만 목젖을 타고 내려갈 뿐. 주위는 고요하다. 오직 한 사내 최영의 시간만 깨어 전쟁터를 달리고 있었다.

삶의 마디마디마다 못동처럼 마주쳤던 지나간 시간들이 주마등처럼 스쳐가기 시작했다.

젊은 시절 자진 병졸 입대 그날부터 최영의 삶은 무인으로서 존재를 증명하기 위한 끝없는 투쟁의 길이었다. 우달치로서 공민왕과의 극적인 만남, 장사성 토벌전, 홍건적의 난, 흥왕사의 난, 제주 목호의 난. 왜구들과 맞붙은 수를 헤아릴 수 없는 전투와 특히 홍산대첩, 요동 정벌의 꿈 그리고 위화도 회군까지.

돌아보니 평생 헤아릴 수 없는 시간이 전쟁과 함께 흘러갔다. 구름인 듯 바람처럼 떠돌던 일상이 전쟁이었던 백전(百戰)의 전쟁터. 독한 살기를 품은 칼과 창이 사방에서 난무하며, 주검조차 한 점 바람처럼 흩어져 사라지던 싸움터들.

사람은 저마다 제몫의 고통과 책임을 가지고 태어났다고 했다. 감내할 운명마저도. 병졸에서 팔도도통사가 되기까지, 신은 야속하게도 최영에게 신탁을 주실 때, '뼛속 마디마디 고려의 무인으로 살아가라' 오직 하나만 부여했다.

신탁 탓일까. 최영은 제몫의 책임을 위해 평생 전쟁터의 살기 속을 내 집처럼 뛰어다녔다. 그 길 외엔 아무것도 존재하지 않았다. 고려와 백성만 생각하는 그 길은 때로는 가시밭길이었고 매 순간이 거칠고 치열했다.

최영은 갑의만 걸치면 온몸 가득 희열을 느끼는 천상무인이었다. 갑의라는 제복은 남다르다. 갑의를 입으면 병력(兵力)이 된다. 사람이기에 앞서 나라의 힘을 구성하는 자산이다. 그래서 갑의를 무인의 수의(壽衣)라고 여겼다. 여기엔 비장함과 함께 엄청난 명예와 자부심이 담겨 있다. 무인은 갑의를 입는 순간 갑의와 운명을 같이한다. 그것이 무인의 책임이고 예의다. 무인이 할 수 있는 희생의 극치가 갑의에 담겨 있다.

"당신은 왜 매 순간 아니 일생 전쟁의 길과 직진만 택하셨소?"

언젠가 누군가 최영에게 물은 적이 있었다.

"나에게 전쟁은 생존이며 오직 나라와 백성을 위해 나라의 안위를 지키는 일만이 숙명이라 여기오."

붉은 무덤

살다 보면 오르막길도 오르고 굽은 길도 가야 한다. 최영은 한사코 그 길을 외면한 채 평생 무인의 길을 따라 직진만 고수하고 살았다. 모난 돌이 정에 맞는다고, 때로는 나아가고 때로는 수그리고, 중심을 잘 잡아야 살아남을 수 있는 게 인생이라고 했다. '나는 순로(順路)를 두고 무엇 때문에 역로(逆路)만 찾아다니며 고생을 사서 했을까' 사람들은 대부분 나라의 녹을 먹는 재상 자리에 오르면 권력, 재물, 안목을 키우고 세상살이를 영악하게 익혀나갔다. 그 길만이 부귀영화를 보장해준다는 듯. 그러나 최영은 오로지 '황금 보기를 돌같이 하라'는 선친의 유훈만 가슴 깊이 품고 살았다. 설사 그 삶이 빈한해도 유훈을 동아줄처럼 붙들고 평생 분수 넘는 욕심은 품어보지 않았다.

단 한 번 큰 욕심을 부렸다. 요동 정벌은 오랜 욕망이자 숙원이었다. 끝내 버릴 수도 씹어 뱉을 수도 없는 욕심이었다. 마지막 피 한 방울도 왕조를 위해 쓰겠다던 백전백승의 장수 최영. 그가 풀어내야 할 태산 같은 짐이자 책무였다.

고려의 무인으로 자부하며 나라의 녹을 먹는 장수로서 의무이기도 했다. 이 죄를 어찌할까. 공민왕도 우왕도 지키지 못한 죄. 고토를 찾아오지도 못하고 칼도 칼집도 다 잃은 난세(亂世)의 패장이 된 죄. 무인으로서 책무를 다하지 못한 패장에겐 목숨은 물론 입도 귀도 존재하지 않는 법. 무인의 칼은 칼집 속에 있을 때만 발광체가 된다. 스스로 빛을 내는.

"요동 정벌은 장군의 욕심이 과하고 성급했소."

어디선가 이성계의 비웃음 섞인 야비한 목소리가 메아리처럼 들려오는 것 같았다.

"그렇소. 하지만 내 개인의 욕심이 아니오. 처음이자 마지막으로 고려를 위해 요동 정벌이란 욕심을 부려보았소."

"인생은 무거운 짐을 등에 지고 먼 길을 떠나는 것과 같아서, 절대 서두르지 말라는 말이 회자되는 것을 잊으셨소?"

"서두르다니. 내 아버지는 내 것이 아닌 것, 남의 것을 내 것인 듯 탐하지 말라는 유훈을 남기셨소. 요동 땅은 엄연히 우리 땅이오. 무인으로서 과한 욕심이오?"

"맞소. 당신의 과한 욕망이 가져온 광기의 욕심이었소."

봄꿩은 제 울음소리에 죽는다 했다. 욕속부달(欲速不達)이라던가. 요동 정벌을 너무 서둘렀나? 정녕 성급한 욕망이고 광기, 아니 노욕이었을까. 그것도 아니면 자신의 영원한 미완의 꿈이었나?


다시 깊은 어둠이 짓쳐들어온다. 어둠 속 나무 잔가지들의 푸득푸득 떨리는 소리. 마치 어두운 옥사 안 짚북데기 위에 홀로 앉아 허기와 냉기로 떠는 자신처럼.

생(生)은 왜 다짐대로 살아지지 않을까. 돌아보면 언제나 후회의 순간순간 놓치고 산 것들이 태산같이 무거울까. 우리는 무엇을 잃은 후에야 그 소중함을 깨닫게 되는지. 왜 모르고 살았을까. 신은 어찌해 지난 후 깨닫고 짚어보는 어리석은 생의 습성을 주셨을까.

최영은 한평생 세상의 모든 미(美)와 추(醜)를, 낮은 곳과 높은 자리에 서서 특별하게 보고 경험한 사람이다. 인간으로서 울고 밤을 지새

붉은 무덤

우며 새벽을 기다리는 법을 배우지 못했을까. 지난날 무엇을 위해 그리 치열하게 살아왔던가. 고추처럼 매웠던 지나간 시절들.

인생이 언제 한날한시 편한 날이 있었던가. 웃다 돌아서면 울어야 하는 것이 다반사였고, 올라갔다 내려왔다 널판처럼 널뛰는 운명이 인생이 아닐까? 마치 부뚜막 위에 놓아둔 얼음덩이같이, 한순간 사라질 것을. 무엇이 서운하고 슬플까. 행복도 불행도 배신까지도 서로 공동체 운명을 갖고 태어나지 않았던가. 인생이란 늘 그런 것을.

밀물 썰물처럼 드나드는 자조(自照)와 자조(自嘲)들. 시간이 흐를수록 자조(自照)와 자조(自嘲)의 칼끝은 날카롭다. 혹 누군가 한마디 위로도 사치 같고 체기인 듯 명치끝에 걸린다. 잿빛 어둠 사이로, 최영의 백발이 밤바람에 너풀너풀 춤을 춘다. 마치 지나간 영욕을 날려 보내라는 듯.


하루 이틀, 날이 갈수록 몸피는 헐거워져 갔다. 온몸의 기가 뭉쳤다 풀어지기를 반복하는 듯 연신 거칠고 마른 숨만 가르랑 가르랑거렸다.

그러던 어느 날이었다. 갑자기 '스르륵 툭, 스르륵 툭' 낯선 소리가 들려오기 시작했다. 이 낯선 소리는 어디서 오는 것일까? 잠시 무미한 시간이 지나갔다. 가만히 숨을 멈추고 기다렸다. 그것은 몸의 소리였다.

누가 행여 끊어갈까. 한평생 죽을힘을 다해 조이고 움켜쥐었던 긴장의 매듭들. 매 순간 그토록 자신을 다그치고 긴장시키던 굳은살처럼 박여 있던 생의 끈들이 풀리고 있는 듯.

　이상한 일이다. 어느 순간 한결 가볍게 느껴져 온다. 뭔가 덜어낸 기분이라고 할까. 시간이 흐를수록 순간순간 조이고 조였던 생의 끈들이 느슨해지는 것 같다. '이젠 됐네.' 한 방울의 슬픈 눈물도 들끓고 일렁이던 분노도 한 줄 획 긋듯. 놓으라는 듯. 꽁꽁 조여맸던 생의 끈들이 서서히 풀어지고 있었다.

　가르랑, 가르랑 가치작거리던 마른가래가 다가와 다시 속삭인다. '이미 헐거워지고 삭아가는 늙은 육신 무엇에 쓰겠나. 어서 내려놓게. 홀가분하고 후련할 거야.' 두 손을 힘껏 움켜쥐어본다. 뜨거운 땀이 가득 배어나왔다. 서서히 땀이 사라지자, 진땀이 나던 손은 마른 국수처럼 뻣뻣하다. 헐거워져가는 몸처럼. 최영은 자신의 늙은 몸이 전하는 말을 조용히 듣고 있었다.


　오랜만에 잠이 설핏 들었다. 잠결에 누군가 자신을 향해 걸어오는 기척이 느껴졌다. 생시처럼 무탁이 다가오고 있었다. 그 충성스런 무골의 기품은 여전했다.

　"그대는 어찌 이 먼 길을 왔는가. 어서 오게."

　"적적하시지요. 그래서 왔습니다."

　이 한마디가 왜 그리 복받쳤을까, 한순간 말을 잇지 못했다. 울고 싶어도 울 수 없는 이 참담한 순간, 무탁이 찾아왔다. 아마 지금 저 사내의 가슴도 최영 자신처럼 막막하리라.

　"다시 태어나도 무인의 길을 가실 생각이신지요?"

뜬금없는 무탁의 첫마디가 최영의 가슴을 후려친다.

"물론 이 길을 똑같이 갈 것이야."

장인이 굵고 푸른 나무의 살을 깎아 목기를 만들듯, 최영도 치열한 열정으로 온 자신을 바친 고려였다. 마지막 순간까지 장군으로서, 재상으로서 고려 왕조에 대한 충성심을 끝까지 의로 지켜내는 길이 자신의 길이었다. 백성들에게 베푸는 의리 역시 책무로 알고 지키려 애를 썼지만. 이제 빚으로 남긴 의리와 책무만 남았다.

"세속적 욕망보다, 오직 고려의 부국과 강병 그것이 장군님의 신조가 아니었나요. 밖으로는 장수로 외세 침략을 막고 안으로는 고려의 재상으로서 고려의 굳건한 태세 확립의 기틀을 다진 최고의 승부사가 장군님 아니신가요."

"요동 정벌은 무모한 나의 욕망이라 하네. 어서 말해보게."

"곡진한 염원이 아니셨나요."

"자네 말처럼 내가 꼭 이뤄야 할 소망 같았네. 누군가 신의를 저버리고 넌지시 이성계의 주장을 따르자고. 그 말대로 설사 부귀영화를 얻어도 그 부귀영화가 얼마나 오래 지속되고 무슨 영화가 기다리고 있겠나. 교차하는 부귀와 쇠망 속에서 연기같이 사라질 것을. 안 그런가."

"너무 자책하지 마십시오. 도도하게 흐르는 강물도 서로 굽이치며 급한 물살에 부딪쳐 소용돌이치지 않습니까. 강물 속 그 깊은 속내를 모른 채. 누구나 타인이 모르는 아픔과 상처를 간직하며 주어진 생을 따라. 단지 절제된 슬픔을 안고 임금도 필부도 살아간다고 배웠습니다. 어떤 이의 삶을 두고 회한으로 가득 찼다고 했을 때, 단지 한 개인 생의 부침만은 아니지 않습니까. 도도한 인생이란 존재하지 않는 듯합니다.”

“그래, 하나 물어보겠네, 요동 정벌은 나의 헛된 자존심과 설익은 욕심이 부른 광기인가?”

“광기라니요. 오직 고려를 사랑하신 결과지요.”

“정녕 요동 정벌로 나라의 위상을 높이고자 했던 꿈이 오히려 역성혁명의 원인이 되고 말았네.”

“역성혁명이라니요. 아니옵니다.”

한사코 아니라고 소리치는 무탁의 성난 목소리에 화들짝 선잠에서 깨어났다. 긴 밤을 핥고 지나가는 싸늘한 한기가 최영을 향해 사정없이 덮쳐오기 시작했다. 새벽이 깨어나고 있었다.


칠월이 되자, 최영은 다시 충주로 이송되었다. 그의 나이 칠십삼 세. 한평생 무인으로서 나라의 번영과 백성을 살리는 활인검(活人劍)이 되고 자, 오직 한 길 그 치열한 열망을 가슴에 품은 채, 용광로의 쇳물처럼 뜨겁게 살아온 백전백승의 노장 최영의 긴 삶이었다.

생사일근(生死一根), 생과 사가 한 뿌리라 했다. 달도 차면 기울고 날카로운 칼도 반드시 부러지는 법, 이제 칼날 같은 몸이 꺾였으나 무 잇이 애석할까. 자신이 죽어야 고려가 산다면 최영은 백 번 죽어도 울지 않을 것이다.

오늘따라 한사코 무인임을 내세우던 객기도 허망하다. 가진 것이 없으니 잃을 것도 없다고 생각하는 순간. 최영은 오직 살아서도 죽어서도 고려의 무인으로서 마땅히 고려에 바쳐야 할 목숨이 아직 남아 있었다.

어둠 속에 낮게 걸린 희미한 별무리들. 경각간에 달린 이생의 밤과 잠, 찾아오지 못하는 벗처럼. 오늘도 야속한 잠 대신 헐거워진 육신 사이로 슬며시 떨어지는 이슬 같은 차가운 눈물 한 방울.


십이월의 고추바람 속 눈길을 최영이 소달구지에 실려가고 있었다. 하늘이 뚫린 듯 아침부터 거센 눈보라가 쏟아지듯 몰아친다. 길인지 눈 속인지 앞도 잘 보이지 않는 눈길. 시리고 찬 겨울바람조차 아우성치며 달려든다. 살을 에는 듯 차고 독하다. 최영이 탄 소달구지가 막 충주를 벗어나려 할 때였다. 눈도 뜰 수 없는 그 회오리 눈보라를 헤치며 들려오는 숨찬 가녀린 소리.

"이보시오, 이보시오. 따뜻한 밥 한 술 드시고 가시게 해주시오."

세찬 눈보라를 뚫고 달려오는 낯선 여인. 뛰어오며 계속 큰소리를 치고 있었다. 이른 아침 조밥 한 덩어리 먹으려는 순간 사령이 들이닥쳤다. 하는 수 없이 최영은 빈속인 채 따라나섰다. '저 낯선 여인이 어찌 알았을까?' 그 여인의 갸륵한 마음에 무쇠 같은 무인의 눈가도 금시 붉어지고 있었다. 눈보라를 헤치며 달려오는 저 온기. 이 세상 어느 온기가 이보다 더 따뜻할까.

"여봐라, 잠시 멈추어라."

언제 갚을 수 있을까, 이제 가면 황천길인데 고맙다는 인사는 하

무인의 길

고 가는 게 사람의 도리가 아닌가.

"고맙소."

얼마나 달려왔는지 여인의 얼굴에서 땀이 흐르고 있었다. 추위 탓인지 밥그릇을 들고 서 있는 손은 빨갛다. 전해주려는 사람도 받아야 할 사람도 모두 눈보라 속에 꽁꽁 언 차디찬 손.

찬손에 전해지는 이 따뜻한 온기. 허기진 속은 낯선 여인의 온기로 금시 따뜻해진다. 온기 있는 음식을 먹어본 것이 언제였던가.

음식에는 주는 이의 간절함과 지극한 진심이 담겨 있다. 누군가를 위해 재료를 준비하고 완성까지. 이 음식을 먹을 사람을 떠올리며 심혈을 기울여 만들고 익혔을 것이다. 더더욱 따뜻한 온기를 지닌 음식 속에는 곡진한 마음이 함축돼 있다.

겨울 세찬 한기 속에서 흘리는 여인의 저 진땀. 더운 이밥 한 수저 먹여 보내고 싶은 저 곡진함. 흰 쌀눈을 꽃술처럼 품은 탱글탱글한 밥꽃이 소복한 이밥 한 그릇. 이름 모를 촌부에게서 전해지는 이 정갈하고 낯익은 온기. 오래전 혀가 기억하는 갓 지은 어머니의 정성스런 이밥 한 그릇처럼. 낯선 여인이 전해주는 온기는 가슴속 익숙한 그리움을 지나, 영혼의 숙취까지 해장시켜줄 듯 따뜻하게 최영의 언 몸속으로 스며들고 있었다. 잊었던 기억들을 한 가닥 한 가닥 풀어놓듯 낯선 여인이 건넨 밥 한 그릇은 따뜻했다. 세상 어느 밥보다.

최영이 탄 소날구지가 떠나고 난 후에도, 그 낯선 여인은 한동안 눈보라 속에서 최영을 배웅했다. 낯선 여인의 따뜻한 배웅을 받으며 저승길로 향하는 최영의 소달구지가 눈보라에 자꾸 미끄러졌다. 아마저 고마운 여인은 돌아가, 식은 보리밥 한 덩이로 허기를 채울 것이다. 여인이 건네준 이밥 한 그릇은 이 세상 모든 어미들이 자식들에게 베푸는 바다 같은 사랑을 품고 있었다. 가장 순수하고 가없는.

하늘 아래 가장 아름다운 이밥 한 그릇을 최영의 언손이 감싸 가슴에 꼭 품는다. 저승길에 가져가려는 듯.

작은 인연으로 시작된 이 귀한 인연을 어찌하나. 혼이 존재한다면 저세상에서도 오래 기억해야 할 인연 한 자락을 소중히 가슴에 묻고. 이생길인지 황천길인지, 토악질하듯 퍼붓는 사나운 눈발 속으로 고려 최고의 무인 최영이 끌려가고 있다.

그사이 고드름이 된 달구지 창틀 소복 눈들. 시진(市塵)을 묻힌 채 부유하다 빙야에 갇힌 길가 젖은 삭정이 무리들. 그 곁을 떠도는 길 잃은 지친 눈보라들이 언길을 뚫고 최영을 따라오고 있었다.


충주에서 다시 개경 순군옥으로 송치된 지 며칠이 지났다. 무엇이 그리운지 뜬눈으로 하얗게 지새운 채 날이 밝아오고 있었다. 어찌 여름벌레가 겨울 혹한을 알까. 검푸르스름한 어둠 사이로 선뜩선뜩 가슴을 파고드는 황소바람은 매섭고 야멸차다. 들이치는 눈발 사이로 찬 냉기가 괴수처럼 번갈아 달려든다. 작은 바라지 틈으로 비쳐드는 한 줄기 간헐적인 흰 달빛만 오롯한 옥사 안. 숨이 멎듯 잦은 기침들이 최영을 괴롭혔다. 어렵사리 겨우 겉잠이 오고 있었다.


"높은 곳에 오를수록 바람은 더욱 거세지려니 항상 신변을 주의하도록 하라고 이르지 않더냐."

천둥번개가 치듯 노기 띤 불호령 소리가 들려왔다. 낯익은 홍주 닭재산 산신령의 목소리였다. '아. 내가 닭재산 산신령의 명을 따르지 않은 탓에 제명대로 죽지 못하고 이렇게 죽는구나.'

"닭재산 산신령님이시여, 일러주신 말씀을 잊고 살았습니다. 저는 옳은 일이라면 용감하게 제 한 몸을 던졌사옵니다. 비록 그 길이 험로라 할지라도. 그때 그러셨지요. '나라를 위해 그 한 몸 아끼지 않는 것도 사내 대장부로서 마땅한 도리이나, 그대는 아직 죽어서는 안 될 몸. 살아서 더 큰일을 해야 하니 부디 몸조심하라. 특히 높은 곳에 오를수록 바람은 더 거세지니 항상 신변을 주의하도록 하라.' 그 말씀 잠시 잊었습니다. 불민한 저를 제 평생 도와주신 은혜 죽어서도 어찌 잊겠습니까."

삼배(三拜)를 드리려는 순간 최영의 눈이 번쩍 떠지고 말았다.


그 시각 최영처럼 문인 원천석(元天錫)도 잠자리에 들지 못하고 있었다. 어찌할꼬. 그를 보내야 한다. 오로지 고려만 품고 산 백전백승의 영원한 고려의 명장 최영. 날이 밝으면 형장의 이슬로 사라지려 한다. 충성스런 장수이자, 원칙론자인 참 무인. 그가 쏘는 한 발의 화살과 내딛는 발걸음마다 승전보가 울리지 않았던가.

세상이 변하면 같이 변하는 것이 인생의 이치련만. 이 충절한 용장은 어찌해 끝까지 고려만 끌어안고 고결한 삶을 살았을까.

고려 말의 내외 환란을 해결하며 동분서주한 최영은 진정 고려의

붉은 무덤

해결사가 아니었던가. 꿋꿋이 밖으로는 외적을 물리쳤고, 안으로는 고려 왕실을 지키려 불철주야 전쟁터만 떠돌던 명장이자 재상이 아닌가. 그는 한평생 전쟁터를 떠돌며 고려와 백성을 위해 싸웠다. 최영에게 흠이 있다면 시대의 흐름을 읽지 못한 채, 기존 질서만 주장하며 수하 이성계와 불화한 일. 모두 불화라 했지만 원천석의 생각은 달랐다. 사람을 너무 믿은 탓에 동지의 야심에 속았다는 생각이 더 깊다.

타고난 출중한 무예와 뛰어난 지략으로 전쟁에서 항시 빛이 났던 용장 최영. 그는 백번의 전쟁에서 신출귀몰하고 신용(神勇)했던 고려의 무장이자 청백리였다. 신은 인간들에게 생명과 책임을 주었듯, 신이 내린 자신의 책무에 최선을 다하려 애쓴 고려 최고의 무장이었다. 한 치 앞도 모르는 것이 세상사. 평생 신절을 지켜 충성을 다한 백전백승의 가장 용맹스런 장수가 지금 죽음 앞에 서 있다. 마지막 호국지장(護國之將)이 못 되고 공요죄라니. 갑의가 벗겨진 채 죽어야 하는 무장, 이 얼마나 끔찍한 형벌인가. 만개한 꽃들이 낙화하듯 지금 그에겐 공(功)이 없구나.

실한 알곡을 키우듯 고려 천지에 강한 우국충정의 꽃을 두고 이제 그는 가려 한다. 다만 천추의 한을 묻고 떠나는 그 무거운 발걸음을 어찌하고 가려 하나. 한 사람의 죽음은 한 우주가 소멸하는 것이라는 말처럼, 최영의 죽음이 고려에 어떤 소멸을 가져올 것인가? 하늘의 운수를 누가 감히 꾸짖고, 부색(不塞)하고 통하는 것을 알리요.

고려는 무인 최영이 있어 평안하고 행복했다. 불의 앞에선 불같고 청렴 강직하며, 평생을 우국충신으로 살아온 이 충성스런 무장의 비극적 최후 앞에. 고려 백성들도 나처럼 최영 그가 그리울 것이다.

'최영, 당신이 있어 참 행복했소.'

고려 천지에서 들려오는 고려 백성들의 갸륵하고 간곡한 저 피울음소리. 아무쪼록 저 울음소리들이 최영의 요동 정벌의 꿈과 한의 씻김이 되길. 원천석은 빌고 또 빌었다. 하늘에 뜬 별은 언제나 그 자리에 있듯 이제 그는 가지만, 최영은 영원히 고려가 준 갑의를 입은 채고려를 지킬 것이다. 요동 넓은 벌 햇빛과 함께 영원히.

어느새 창틈으로 동이 트고 있었다. '장군, 고맙소. 이제 편히 쉬시오.' 문인 원천석은 지필묵을 집어 들었다. 백전백승 무장 최영을 보내는 길에 홀로 산하와 마주 서서, 그의 영면을 빌며 마지막 석별의절통한 마음을 애끊는 시 한 수로 써 내려가기 시작했다.

> 거울이 빛을 잃고 기둥과 주춧돌이 부러지니
> 사방의 백성이 모두 슬퍼하네
> 빛나는 업적은 끝내 없어진다 해도
> 꼿꼿한 충성은 죽어도 사라지지 않으리

해가 지자 다시 옥사 안으로 어둠이 깃들기 시작한다. 스며드는 박빙 같은 한기. 발밑에 나동그라진 꽁꽁 언 밥 한 덩이. 어젯밤에노 그젯밤에도 구메밥(죄수에게 주는 밥)에 손도 대지 않았다. 이 어둠과도 오늘 마지막 이별을 고해야 한다.

붉은 무덤

그때였다. 좁은 창틈으로 환한 달빛이 가만가만 들어왔다. 오랜만에 만난 환한 달빛이었다. 순간 '아, 달아기씨.' 자신도 모르게 흘러나왔다. 젊은 한 시절 더없이 애틋했고 시렸던 그리움이었다. 이제 늙고 마른 가슴속으로 아직도 무엇이 남아 있다고. 이리도 아련한 기억 속 이름이 떠오를까. 마치 아랫목에 묻어둔 주발 속 온기처럼, 따듯하게 슬며시 다가서는 이 그리움. 어디서 그녀도 내 죽음을 듣고 있을까?

축시가 지나고 인시가 되자, 갑자기 걷잡을 수없이 눈이 감겨왔다. 신이 베푸는 마지막 만찬인 듯 잠이 쏟아지기 시작했다.

낯선 공기에 실려 어디선가 들릴 듯 말 듯 귀에 익은 목소리가 들려오고 있었다.

"고맙소, 최영 장군. 고려를 위해 그동안 참으로 수고했소."

순간 최영은 소스라쳤다. 개혁을 부르짖던 혈기왕성하고 영민했던 젊은 개혁군주 공민왕의 목소리였다. 그립고 그리운 목소리.

"성은이 망극하옵니다."

"장군은 어찌해 짐처럼 고종명(考終命)을 못 한단 말이오. 아마도 우리에게 부여된 책무와 소임을 끝까지 완수하지 못한 탓인 듯싶소. 마지막 순간 '잘 놀다 가네' 소리도 못하고 남의 손에 죽어야 하는 이 기구한 운명이 참으로 안타깝소."

"전하를 가까이 모실 수 있어서 행복했고 홍복이었습니다. 전하께서 무인의 길로 이끌어주신 이 은혜를 어찌하나요. 간곡히 하명하신 책무 역시 받들지 못했습니다. 이 죄인을 벌하소서."

무인의 길

"무슨 소리요. 평생 고려를 위해 살지 않았소. 돌아보니 백 번의 영광은 흐르는 물과 같고 한 치의 실수는 태산과 같더이다."

"전하, 전하."

"장군의 가장 큰 죄는 나라와 백성을 너무 사랑한 죄요."

공민왕의 그 한마디는 그동안 분출되지 못한 채 온몸에 고여 있던 최영의 성난 분노를 한순간 순환시켜주고 있었다. 애달프게 전하를 부르는 최영의 서러운 등 뒤로. 멀리서 새벽 도량천수(道場千手) 소리가 은은하게 들려오고 있었다.

또 길고 긴 하루해가 지자, 늘 그랬던 것처럼 어둠이 찾아들었다. 어디선가에서 '월월월월' 삽살개 짖는 소리가 정겹게 들려왔다. 아직 자신이 살아 있음을 넌지시 일러주고 사라지는 작고 사소한 세간의 다사로운 정다운 소리들. 불현듯 최영의 가슴속으로 두고 온 그리움과 두고 가야 할 그리움들이 강물처럼 흘러내리기 시작했다.

서로 몸을 비비며 사분거리는 마른 나뭇잎 소리가 한동안 어둠 속 바라지창을 흔들고 있었다. 갑자기 서늘한 기운 사이로 금마가 지나가는 모습이 환시같이 지나갔다.

"금마야."

부르는 잠깐 사이 눈이 또 감겨왔다. 최영은 어느 순간 괴이한 잠 속으로 빠져들고 밀았다. 눈앞에 기골이 장대한 낯선 사내가 서 있었다. 그 사내의 낯빛은 창백하다 못해 푸른 기가 돌았다. 그뿐이 아니었다. 사지가 찢긴 채 유혈이 낭자한 몸으로 서 있다. 언젠가 본 듯한

붉은 무덤

모습. 누구지? 아, 자신의 꿈속에 가끔씩 나타나던 그 사내였다.

이윽고 그 사내는 목이 쉬고 갈라진 탁성으로 들릴듯 말듯, 가늠키 어려운 소리를 웅얼거리기 시작했다. 어느 순간은 위엄과 자부심이 한껏 묻어나는 강단진 목소리가 되었다. 또 허기진 표박자(漂泊者)의 목소리로 변하곤 했다. 어느 구천을 떠돌기에 저리도 허기질까?

"당신은 누구시오?"

낯선 정적이 잠시 흘러갔다. 수상한 침묵을 깨고 최영이 노기 띤 큰 목소리로 재차 물었다.

"누구시오?"

"평생 당신을 지켜보았소이다. 지금 홀로 외롭지 않소?"

"외롭다니요, 나는 혼자였던 적이 없소. 내 길에는 언제나 목숨을 함께한 병사들이 같이 있었소."

이상한 일이다. 이 낯선 사내는 무슨 연유로 나를 지켜보았다고 하는 것일까. 참으로 알다가도 모를 말이 아닌가.

"장군, 어찌 사셨소?"

"세상 참 달게 살았소."

허언이 아니었다. 나라와 백성을 위해 일상이 전쟁이었던 참으로 파란만장한 삶이었다.

"전쟁터가 일상의 삶이었으니 오죽했겠소."

"아니요, 행복했소."

"후회는 없소?"

"결코 후회는 없소이다."

무인의 길

"그래도 뭔가 아쉬움이 있을 것이 아니오."

"글쎄, 정 묻는다면 전쟁은 나에게 많은 것을 주기도 하고 가져가기도 했소. 얻은 것은 무인으로서 행복한 일생이었소. 다만 무인으로서 갑의를 입고 전쟁터에서 죽지 못한 아쉬움이 있소."

낯선 사내의 목소리는 나직하나 집요하게 다시 물고 늘어진다.

"왜 이성계와 반목하다 이 지경이 되셨소?"

"특별한 개인적 이유는 없소. 오직 부국강병한 고려와 백성들의 평안한 삶을 원했을 뿐이오."

"그건 당신의 어설픈 욕망이고 꿈이 아니었소?"

"허허, 꿈이라, 욕망이라 했소?"

낯선 사내는 비록 유혈이 낭자한 모습이나 눈매는 매섭고 날카로웠다.

"아직도 미련이 남아 있소?"

미련이라 물었다. 옛날부터 늙거나 병을 앓는 경우 또는 배척당한 영웅들은, 스스로 조각배에 몸을 실고 먼 바다로 홀로 떠나지 않았던가.

"허허허."

대답 대신 최영은 한동안 허기진 헛웃음을 토해냈다. 그 헛헛한 웃음 속에서 삶의 비의(悲意)가 칼날처럼 스쳐 지나가고 있었다.

"낮과 밤이 서로 뗄 수 없듯 명예와 칭송에는 책임이 따르지 않습니까. 나는 그 큰 명예에 따른 무거운 책임을 다하지 못하였소. 방금 미련이라 했습니까. 고려가 최영이고 최영이 고려인 듯 살아온 내가,

　　　　　　　　　　　　　　　　　　　　　　　붉은 무덤

숨이 끊어지는 순간까지 고려와 백성을 지켜야 할 몸인데 어찌 미련이 없겠소.”

“무인으로 불꽃같이 살았는데 억울하지 않소?”

“천만에. 내 목숨이 수천 번 수만 번 찢긴다 해도, 내 한 목숨이 고려와 백성을 위하는 길이라면 그 이상 더 바랄 것이 없소.”

덕지덕지 피딱지가 앉은 채 헐고 부르튼 최영의 입술 사이로 마른 침이 진물처럼 흘러내려가고 있었다.

“역시 당신은 고려를 위해 태어난 불세출의 충성스런 무장이시오.”

“아니올시다. 나라를 위해 전쟁터에서 죽지 못한 무인이 무슨 충성스런 장수란 말이오. 당치도 않소.”

무인의 책무가 무엇인가. 나라의 안위를 지키고 영토 확장이 목적이라 평생 몸으로 익혔다. 더더욱 빼앗긴 영토를 되찾는 길이 정녕 반역이고 역모란 말인가 공요죄라니.

“나는 대대손손 고려의 번영을 누리게 하고 백성을 지킬 책무가 있는 무인이오. 나, 최영은 평생 모든 것을 다 바쳤소. 그것이 나의 사명이었소. 그러나 지금 그 사명을 다 마치지 못한 죄인이 되었소. 공요죄보다 무인으로서 그 책무를 못 한 죄가 백 배 천 배 크다오. 어찌 이 죄인이 눈을 감을 수 있겠소.”

“숙명인 것을.”

“숙명이라면 기꺼이 받겠소, 그런데 당신은 대체 누구시오?”

“나는 전생에 큰 전쟁에 진 패장이었소. 원한이 깊어 말로 태어나 다시 전쟁터를 누비는 승장이 되고 싶었소."

순간 번개처럼 금마의 모습이 최영의 눈앞을 스쳐갔다.

"혹, 금마?"

"그렇소, 금마로 환생해 당신한테 간 것이오. 내 꿈은 오직 함께 전쟁터를 누비며, 당신을 길이 남을 최고의 전승을 남기는 무장으로 만드는 일이었소. 그런 나를 당신은 단칼에 베어버리지 않았소? 참으로 절통했소. 그 깊은 원한이 하늘에 닿았는지 다행히 당신은 백전백승을 거둔 장수가 되었소. 내 한을 풀어줘 고맙소. 이젠 구천 그만 떠돌고 당신과 함께 떠날까 하오."

'미안하다, 금마야.' 최영이 입을 달싹이려는 순간 낯선 사내는 연기처럼 사라지고 말았다.


심한 갈증에 눈을 떴다. 입안이 깔깔하고 목이 몹시 마르다. 과거와 현재. 꿈과 현실. 그 경계선에서 나오기까지 최영은 한참을 옥사안 검은 어둠과 싸워야 했다. 푸른 새벽 달빛이 바라지창으로 스며들고 있었다. 어둠 속 어디선가에서 끊길 듯 말 듯 들려오는 희미한 소리. 멀리서부터 흙 밟는 회다지 가락이 들려오기 시작했다.

날이 밝으면 사람의 옷도 무인의 옷도 아닌, 붉은 흙이 내 영원한 옷이 되어 낯선 흙집 속 유민(遺民)이 될 몸. 이제 나의 혼은 어디를 헤메고 다닐까. 안때는 익숙했지만 지금은 낯선 나라가 된, 요동땅 어느 낯선 거리를 헤매고 다니지는 않을까? 점점 가깝게 들려오는 회다지 소리.

붉은 무덤

이른 새벽부터 알 수 없는 탁기가 개경을 향해 몰려오고 있었다. 아직 동도 트기 전, 송악의 백성들이 몰려들기 시작했다. 하나 둘, 남녀노소, 거동이 불편한 촌로들은 어린 손자 손을 잡고 집을 나섰다. 젊은 아낙들은 자는 아이를 업고 큰아이를 앞세우며 '어서 가자, 어서' 발걸음을 재촉했다. 고려의 마지막 충신이요, 청렴한 재상이자 용장 최영을 그냥 보내드릴 수 없었다. 황천길 떠나는 이 위대한 혼을 보내기 위해 아니 건지기 위해 구름처럼 송악으로 몰려들었다.

'아이고 아이고.' 울부짖는 통곡소리가 개경을 휘감고 돌다 바람에 흩어지곤 했다. 인산인해의 고려 백성들은 넋이 나간 듯 개경 거리는 순식간에 통곡 소리로 변했다.

"역모라니. 언제 최영 장군이 누구를 위해 무엇 때문에 역모를 꾸몄단 말인가. 충신의 피는 하늘이 안다."

저마다 가슴속에서 '당신이 있어 편안했소, 이렇게 보내드릴 수 없소,' 울부짖는 고려 백성들. 그 울부짖음은 그 누구도 떠날 사람과 남은 자들을 위로할 수는 없지만 잊지 않겠다고 오열하는 남은 자들의 다짐만 메아리가 되어 개경 천지를 핏빛처럼 붉게 물들이고 있었다.

"역대 선왕들이시여, 울부짖는 저 가련한 고려 백성들을 보살피소서."

"최영 장군님, 한평생 고려를 지켜주셔서 감사합니다. 장군의 죽음은 길이길이 고려와 함께 결코 헛되지 않을 것입니다. 장군을 이리 보내드리는 이 야속한 세상이 원망스럽소이다."

백발의 선비가 큰소리로 울부짖으며 소리쳤다. 아마도 최영의 마지막 길을 전송하고자 먼 길을 달려온 듯 노독이 역력해 보였다. 옷은 헝클어지고 머리는 풀어헤친 채 얼굴은 온통 흙과 먼지로 얼룩져 있었다. 말을 마치자 두 주먹으로 땅을 치며 머리를 땅에 박고 통곡하기 시작했다. 어느 사이 저마다 큰 소리로 따라 통곡하고 있었다.

춘정(春亭) 변계량(卞季良)도 최영의 죽음을 앞두고 애끓는 마음을 이렇게 시로 남기며 그의 마지막 길을 배웅했다.

> 나라가 위태로울 때 분투하여 구원한
> 별 중의 별이 떨어졌구나.
> 말을 배우는 어린 아기부터 거리의 아이까지도
> 그 이름을 자세히 알고 있는데
> 일편단심 굳센 마음은
> 결코 죽지 않고 모든 사람이 사랑하네.
> 오래고 긴 세월이 지나가도 큰 태산이
> 거슬려 옆으로 스러진 것 같으나
> 영원히 솟아 있으리라.

누군가 사라져야 고려가 살고 역사가 되는 것일까. 충직한 무인 하나가 사라진 후, 역사는 무엇을 새로 쓰며 연명될까.

지그시 한 곳(곳)을 응시하는 용상 최영의 곡진한 눈빛. 그 눈빛 가득 고려 왕궁과 평생 일상이었던 전쟁터가 눈에 들어왔다. 그 눈은 자신의 몸에 체화된 모든 전쟁터를 백 번 이상 보아온 무인의 깊은 눈이

붉은 무덤

었다.

고려 개국공신 가문에서 태어나, 어려서부터 기골이 장대하고 용력이 출중하여 일찍이 소년무사 소리를 듣고 자랐다. 영민한 임금을 만나 평생 무장으로서 백전백승도 이뤘다. 마지막 순간 과분하게도 고려 백성들의 가슴 저린 융숭한 대접을 받고 떠나다니 몸둘 바를 모르겠다. 꼭 하나 요동 정벌을 이룩하지 못한 채 고려 백성들을 두고 가는, 천추에 한이 될 이 무겁고 무거운 죄를 어찌해야 하나.

무인의 생명은 내 것이 아닌 나라와 백성에게 바친 목숨이다. 그것이 갑의를 입은 장수가 나라를 위해 목숨을 걸어야 하는 이유다. 모든 무인은 나라와 백성에게 희생하는 존재다. 무장으로서 갑의를 입고 전쟁터에서 죽지 못한 치욕은 태산처럼 무겁다.

무인에게 갑의는 생명과 같다. 갑의를 입는 순간 갑의와 함께 운명을 마치는 것이 무인의 예의다. 갑의만 걸치면 희열을 느끼던 최영이었다. 갑의가 입고 싶다, 갑의가, 갑의가.

'고려의 무인들이여! 나 최영은 지금 이 순간 죽음 앞에 두려움은 없소, 오로지 꿈을 이루지 못하고 떠나는 몸이 애석할 따름이오. 한평생 혼신을 다해 고려 왕조를 지키며 백 번의 전쟁을 치렀지만, 마지막 무인의 책무를 못한 죄, 어찌 씻을 수 있겠소. 혹 천운으로 다시 생이 주어진다면, 백천 생이라도 무인으로서 고려를 지킬 것이오. 아무리 먼 길을 돌고 돌아도 돌아가고 싶고, 죽어서라도 내가 지켜야 곳은 고려뿐. 역사는 순간의 침묵은 허용하나 언젠가 그 침묵을 풀고 기지개를 켤 것이오. 그때 내 원한인 붉은 무덤이 후손들에게 두고두고 말할 것 같소. 요동은 고려의 영토이고 우리 땅이라고. 죽는 것도 스스로 원한바 없지만. 작은 나라가 감히 큰 나라 명을 침범했다는 공요죄라 는, 낯선 죄목을 목에 걸고 형장의 이슬로 사라져야 할 목숨이 죄스러 울 뿐이오. 갑의를 입고 전쟁터에서 장렬히 죽겠다던 평생의 내 삶은 정녕 꿈인가 싶소. 반드시 고려를 지켜주시오. 그리고 내 통한이 서린 상실의 땅 요동을 잊지 마시오.'

탁기 가득한 개경 하늘을 바라보는 최영의 곡진한 눈빛이 그렇게 허공을 향해 말하고 있었다.


마지막 순간이었다.

눈썹은 고사하고 얼굴색 하나 변하지 않았다. 바람이 불 때마다 백설같이 성성한 최영의 허연 머리가 흩날렸다. 무골의 기품이 서린 짙고 굵은 눈썹. 붉은 불을 뿜어낼 듯 두 눈에선 광채와 정기(精氣)가 마지막 순간까지 이글거리고 있었다. 최영은 마지막까지 대대로 명문 가 후손으로 태어난 자손다웠다. 지금은 비록 위화도 회군의 한을 품 고 공요죄로 떠나가는 죄인에 불과하지만, 상실의 땅 요동을 가슴에 묻은 채 숨이 멎는 순간까지 고려를 지켜온 최고의 영웅이자 존경받 는 무인의 기개가 역력한, 고굉지신(股肱之臣)다운 모습이었다.

"하늘에 고하건대, 아생무탐욕(我生無貪慾), 묘불생초(墓不生草). 내 게 죄를 묻는다면 고려에 충성한 죄뿐. 털끝만큼의 사심과 탐욕의 마 음으로 요동 침략을 강행했다면, 내 무덤 위에 풀이 날 것이오. 그렇 지 아니하면 풀이 나지 않는 붉은 무덤이 될 것이오."

붉은 무덤

최영은 마지막으로 무너진 정궁(현, 만월대) 터를 향해 삼배를 올리고 두 눈을 지그시 감았다.

"어찌 이리 고려를 두고 황망히 떠나시오!"

흰옷 입은 고려 백성들이 통곡하며 만가(挽歌)를 부르기 시작했다.

에헤, 에헤에야, 에헤 에헤 어이 가리
어디를 갈꺼나, 차마 서러워서 어이 갈꺼나
에헤, 에헤에야, 부디 돌아오시라
다시 살아오시라, 꿈에서라도 돌아오시라

고려 역사상 가장 위대한 백전백승의 최고 무장 최영이란 별이 떨어지고 있었다. 한 시대를 풍미했던 영웅의 마지막 길. 그 영웅의 혼을 보내는 길조차 반역이 되고 아픔조차 반역이 되는 세상. 충신 최영이 사라지며 흘린 붉은 피를 밟고 살아갈 고려 백성들의 슬픈 울음소리가 개경 천지에 핏빛으로 처절하게 번지고 있었다.

누군가 그랬다. 하찮은 존재의 죽음을 우리는 비극이라고 말하지 않는다. 비극은 위대한 자의 삶과 죽음에 부여되는 특권과도 같은 것이라고. 아마도 지금 저 울부짖는 고려 백성들의 울음소리는, 어쩌면 이 죽음의 비극에 특권을 부여하는 한편, 오직 평생 나라와 백성을 위해 몸 바친 한 무인에 대한 보은이 분출된 깊은 속내가 아닐까.

"어서 형을 집행하라."

집행관의 목소리가 떨어지자, 갑자기 무서운 한 떼의 급풍이 불어오기 시작했다. 모든 것들을 단숨에 날려버릴 듯 사나운 바람이었다. 갑자기 잿빛 하늘에서 먹구름이 일며 천둥번개가 치고 온 천지를 검은 안개가 덮쳐오고 있었다.

절명의 순간이었다. 최영의 눈앞에 금마(金馬)가 서 있었다.

"어서 가십시다, 어서. 떠날 준비가 되었소."

금마의 커다란 눈에서 뿜어져 나오는 형형한 그 눈빛이 최영을 재촉한다. 무인 최영의 혼이 돌아갈 나라는 어디일까? 짙은 먹구름 사이로 검은 안개가 쉴 새 없이 자욱하게 내려오고 있었다.

순식간이었다. 휘몰아치는 한 무리의 검은 안개가 최영도 금마도 단숨에 삼켜버렸다. 만고불멸의 충용지장(忠勇智將)이라 칭송받던 무인 하나가, 그렇게 섣달의 검은 안개 속으로 순식간에 사라졌다.

붉은 무덤

## 참고문헌

박영규, 『고려사 이야기』(전 3권), 주니어김영사, 2006

박영규, 『한권으로 읽는 고려왕조실록』(증보판), 들녘, 2006

최재형 지, 『동국영웅 최영 장군』, 동국영웅최영장군선양회, 2016

홍양호, 『해동명장전 1』, 김종권 역, 한국자유교육협회, 1971

『고양 민속학 자료집』, 고양문화원, 2017

『홍성군지』, 홍성군, 2016

『홍성문화원의 숨겨진 우리 마을 이야기』, 홍성문화원, 2010